书香岁月

漫忆社科书店

黄德志 主编

中国社会科学出版社

图书在版编目（CIP）数据

书香岁月：漫忆社科书店/黄德志主编.—北京：中国社会科学出版社，2018.6

ISBN 978 - 7 - 5203 - 2677 - 3

Ⅰ.①书…　Ⅱ.①黄…　Ⅲ.①回忆录—作品集—中国—当代　Ⅳ.①I251

中国版本图书馆 CIP 数据核字（2018）第 113260 号

出 版 人	赵剑英	
责任编辑	黄燕生	
责任校对	韩天炜	
责任印制	王　超	

出　　　版	中国社会科学出版社	
社　　　址	北京鼓楼西大街甲 158 号	
邮　　　编	100720	
网　　　址	http://www.csspw.cn	
发 行 部	010 - 84083685	
门 市 部	010 - 84029450	
经　　　销	新华书店及其他书店	

印刷装订	北京君升印刷有限公司	
版　　　次	2018 年 6 月第 1 版	
印　　　次	2018 年 6 月第 1 次印刷	

开　　　本	880 × 1230　1/32	
印　　　张	10.75	
字　　　数	224 千字	
定　　　价	58.00 元	

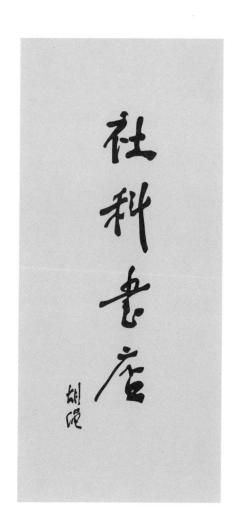

全国政协原副主席、中国社会科学院原院长胡绳为社科书店题写的店名

上左图：社科书店创办于建国门内大街29号（1981-1983）

上右图：社科书店第一次迁址建国门内大街54号甲（1984-1998）

中左图：社科书店第二次迁址建国门内大街5号中国社会科学院大楼一层（1998-2008）

中右图：社科书店第三次搬迁建国门贡院东街中国社会科学院4号楼（2008-2016）

下图：社科书店第四次搬迁贡院东街新店（2016-至今）

上图：2007 年 5 月，时任全国人大副委员长李铁映在参加中国社会科学院成立 30 周年纪念大会前特意到他曾支持关心下的社科书店

中图：2001 年 12 月社科书店举办首次学术沙龙，时任中国社会科学院财贸经济研究所所长江小涓作《WTO与中国》讲座

下图：中国社会科学院学部委员、副院长蔡昉在中国社会科学出版社社长赵剑英陪同下莅临重装开业的社科书店祝贺

上图：著名学者、时任国家图书馆馆长任继愈教授夫妇是社科书店的老读者

中图：中国社会科学院荣誉学部委员，国际知名语言学家吴宗济，是社科书店年岁最大的读者，2004年来书店时已年逾94岁

下图：中国社会科学院学部委员、世界宗教研究所所长卓新平是社科书店第一个读书会——"湘人读书会"会长，参与组织了多次读书讲座活动

上图："贡院学人沙龙"是社科书店创办的公益读书活动品牌

中上图：由社科书店承办每周举行的"知止中外经典读书会"已广受关注，颇具影响力

中下图："知与行读书生活会"也是社科书店参与创办的公益读书会

下图：社科书店始终服务于学术与学者，经常参与各种学术会议的现场售书

社科书店剪影

社科书店剪影

小书店连着大学者
（代序）

　　从书名和目录可以看出，本书是一部对北京社科书店的回忆文集，作者都是作为书店的顾客、与我们结成书缘的专家、学者和读者。

　　北京社科书店（以下简称社科书店）是中国社会科学出版社创办的一家不足200平方米、主要经营人文社会科学学术图书和期刊的小书店。我们这家小书店为什么值得那么多专家学者和读者纵笔回忆呢？这是因为它曾留下过专家们的印迹，触发了学者们的心声，沉淀着读者难以忘怀的记忆，因此催生出了集子里的这些故事。

社科书店 1981 年创办于建国门内大街 29 号，当时仅有一间十几平米的门市部，两年后在中国社会科学院的支持帮助下在建内大街 54 号盖建起新的店面，并正式注册为北京社科书店。90 年代末因长安街改造，书店又在社科院领导的关怀支持下搬迁进社科院大楼一层，经营 10 年后于 2008 年迁至社科院 4 号楼所在的贡院东街，直至再次迁移并装修改造延续至今。算起来社科书店从创办到现在已坚守了 37 年。

北京的实体书店超过 30 年店龄的屈指可数。社科书店四次搬迁，始终没有远离建国门一带及东长安街一路，它已成为这里的"一带""一路"的一道文化风景线。社科书店的变迁也始终没有离开我国哲学社会科学最高学术殿堂的中国社会科学院，成为这里人文社会科学科研成果的重要展示窗口。中国社会科学出版社作为社科书店的创办和管理者，每年有 1500 多种人文社会科学优秀学术图书第一时间在这里展示销售，社科书店已然是社科出版社的一张靓丽的名片。由于社科书店倚傍中国社会科学院的独特地理环境与文化氛围，社科院所属其他 4 家出版社的最新优秀图书以及各研究所的几十种学术刊物也都先后进入社科书店销售，在京的各大主要学术出版机构也在社科书店设立了专架专柜，社科书店从某种程度上也被称为首都北京的学术文化之窗。

37 年来，社科书店走过了艰难的路程，经历了图书市场的荣衰变化，克服了客观环境的道道难关，之所以得以生存，正是因为有书里书外的这些可敬可佩的读者的支持。这里有诸多学人青春求知、汲取养分的记忆；有不少学术大家孜孜不倦、思而不殆的身影；有许多学科带头人交流学术、传递薪火的音貌。正是这些科研成果的作者、研究者、学者成了书店的主要读者，他们不仅支撑起国家学术殿堂的高度，也支撑着社科书店的生存。他们对于社科书店的热情关怀、无私帮助，是书店坚持与坚守的巨大动力。对此，我同中国社会科学出版社的全体干部职工，同社科书店全体同仁一样，充满感激之情和感恩之心！

社科书店以弘扬学术、服务学人读者为宗旨，自建店以来，它始终注重广交学者朋友，把主要为学人的读者奉为上帝。因此，毫不夸张地说，它已成为名副其实的学者之家。来书店寻书、购书或参加文化沙龙活动的学者可以说络绎不绝。37年来曾光顾社科书店的知名学者数不清。本书得到诸多学者赐稿，就充分说明了学者们对我们这个小小社科书店的青睐，反映了社科书店以书为媒、以书会友、打造学者之家、为学术事业服务所做的努力和奉献。

说到奉献，我不能不提这本文集的主编、在社科书店奋斗、奉献了18年的老经理黄德志，我们都尊称她老黄。她1996年从编辑岗位接手社科书店，直到2014年荣退。老黄作为出版社的一名元老和资深编辑，为出版社留下了经她之手出版的许多精品力作；老黄作为一位出版活动家，热心为人、诚恳待人，她的很多作者成了朋友，她的很多朋友也成了作者，而她的作者和朋友都成了社科书店的读者。正是由于老黄的个人魅力，才在这么短的时间里有了这本回忆社科书店的厚重文集。我想说，有老黄这样的编辑是中国社会科学出版社的大幸，有老黄这样曾经的掌门人也是社科书店之大幸！

我们编辑出版这本小书，意在向中国社会科学出版社建社40周年献礼，也是为了纪念社科书店建店37周年；更重要的，是为了激励和鞭策我们社科人再接再厉、砥砺前行。我要借本书出版之际，代表中国社会科学出版社，向曾经和现在关怀、支持、陪伴、坚守社科书店并为之付出的所有人致敬！我还要特别要感谢老出版家、著名书法家、中国书法家协会名誉主席沈鹏先生欣然为本书题写书名！

一个出版社、一家书店、一本小书只是我们新时代大潮中的一滴水珠、一朵浪花，但它也折射出弘扬学术、繁荣文化、推动全民阅读的前行之光。愿这本小书能给大家启迪。

是为序。

中国社会科学出版社社长　赵剑英
2018 年 5 月 30 日

目　录

漫忆社科书店

岁书月香

漫忆社科书店

岁书月香

○汝　信

赞社科书店

一个学术机构，不仅要有必需的物质条件和科学研究带头人，而且也需要有相应配套的为科研服务的设施，如图书馆、出版部门和书店。这是我在 20 世纪 80 年代初去哈佛大学任访问学者时深切体会到的。哈佛大学并没有高级豪华的建筑，校园也很一般，连个堂皇的校门也没有，但有全美最好的大学图书馆，堪称一流的艺术博物馆和自然博物馆，有为学术研究服务的出版社，大学周围还有一些深受广大读者欢迎的书店。我们这些访问学者便是书店的常客，不仅可以购买到所需的学术著作，还时有打折处理的名著出售，但更重要的是通过书店陈列的书籍和组织的活动可以了解各学科研究的状况和最新成果，是学术信息和思想交流的另一平台。当时我就觉得这是值得我们借鉴的。可喜的是，随着中国特色社会主义建设和科学文化事业的发展，我院的科研和出版工作也登上了新台阶，社科书店应运而生，长期以来，全心全意为广大读者服务，向他们提供优秀精神食粮。对我院学术研究成果的交流和推广起了积极的作用。衷心祝愿书店兴旺发达，越办越好，为我院科研事业做出更大贡献。

（作者系中国社会科学院原副院长、学部委员）

○江小涓

我为社科书店
做了第一期讲座

　　2001 年 12 月，我受社科书店黄老师邀请，到社科书店办了一期讲座，讲中国加入 WTO 问题。记得主持人是当时中国社会科学出版社的总编辑王俊义，除了黄老师，参加的大约二三十人。当时书店设在社科院大楼底层，面积不大，几乎全都是纯学术著作，很受学者们喜爱。作为系列讲座第一讲的主讲人，我颇有受宠若惊的感受，社科院有太多的大家，我是沾了时代的光。当时中国刚刚加入 WTO，这个问题很热，而我不久前在中国社会科学出版社出了一本这个主题的专著。

　　我的观点与当时的主流观点并不相同，不知道黄老师是不是因此选择了我。在中国加入世界贸易组织之前，国内普遍认为中国产业将受到严重打击，一片悲观气氛。我长期研究产业和开放问题，感到不能低估中国产业在开放条件下的竞争能力，不能低估入世对中国产业发展的积极作用。我提出绝大多数产业都能经得住竞争并加快发展和提高竞争力，中国应该以积极的态度争取早日加入世界贸易组织。从 20 世纪 90 年代中期开始，我就此观点在多个报刊发表文章和在多种场合加以呼吁，引起挺大争论也就引起了较多关注。记得作讲座时我还是坚持讲这个观点，用了一些数据和国际比较分析，感觉大家还能听得进去。书店面积不大，大家离得很近，你说我答，气氛亲切放松。特别是黄老师，用南方口音的普通话，笑眯眯地周旋场面，周到地招呼每一位参加者，心满意足地看着大家讨论，感觉她特别热爱书店，喜欢为大家张罗事。

参加者中我还能记得赵汀阳先生。他有一种奇特的气质，说话挺坚定，笑容却有点犹豫。此后我再未碰见过赵先生，但却记住了这个名字。后来我在一本刊物（好像是《读书》）上多次看到他画的插图，既哲学又乡土，有意味也有趣味，挺有看头。再后来看到了他搞的天下主义，我的理解是似乎要论证中国传统的"天下"观念比西方倡导的国际秩序更好。我偶然会想起这个观点，觉得应该深思一下，但至今也未能想清楚。记得他给我打过一次电话，好像是商量出一套丛书，细节记不得了。

许久未去社科院大楼了，也不知书店是否搬到了更大的场所中，希望书店能办下去，办得更好。

（作者系国务院副秘书长、机关党组成员，曾任中国社会科学院财贸经济研究所所长、研究员）

○单天伦

黄德志与社科书店
——印象深刻的几件事

我习惯称黄德志同志为老黄，觉得这样叫更亲切。老黄一直视我为她的朋友，她的朋友很多，我也算是一个。在认识老黄之前我就和老黄的先生唐君锡仁兄相识多年。锡仁兄是位非常纯正、厚道的一心做学问的人，是位地理学史专家，著述颇丰，但不太擅言谈和交往，我很敬重他。老黄很有组织才能和交际能力，和老唐两个性格互补，天作之合，相得益彰，铸就了一个美好家庭。

老黄给我印象最深刻的是笃爱书，只要一谈到与书有关的事，她就兴奋不已。读书、教书、编书、写书、售书，以书为伴，情有独钟。书是她生活的重要组成部分。她原是一名教师，传授知识，教书育人，其乐融融。后来到中国社会科学出版社做编辑，她刻苦学习，勤奋有加，广泛联系学术界，积年累月，深得一些学术大家的信任和学术界优秀中青年学者的喜爱。正在她的编辑工作深入发展、胜任有余的时候，领导发现她不畏困难、勇于开拓、敢于创新的精神，把经营社科书店、扩大中国社会科学出版社图书销售渠道、提升中国社会科学出版社所出书籍的社会影响力的重任交给她。老黄二话没说，愉快地接受了任务。凡与书有关的事，编书出书，增加文化积累、加强科学文化建设，她乐意；售卖图书，发挥书籍的最大价值、扩大书籍的影响力，以书滋养人的精神世界、提高人的素质，她乐意，而且总是全身心地投入，乐此不疲。这里我仅说说老黄与社科书店的几件事。

一　经营艰辛，筚路蓝缕

领导提出让她主管经营社科书店是从事业发展需要出发，交代任务时并没有提供条件。老黄要从头做起，边学边干，从接管书店、清点库存，到人员招聘、制定店规、保障运营、促进销售，一切都得亲力亲为。筚路蓝缕，个中艰辛、困难，自不待言。仅社科书店前后数次搬家，就够操心、劳神、累人的了。

社科书店也是命运多舛，1981年创办不久就因建设拆迁，1984年才在位于东单以东的长安街南侧、现北京邮电局西端的几间原为职工宿舍的小平房建起新店，地面比街道低尺许。店铺门面很不起眼，但面临长安街，西近东单，东靠北京站，人气还好。老黄接管书店后开阔思路，采取了一些以书为中心但远超出单纯售书的旧书店模式的举措，很快让书店声名鹊起地火起来。我就曾不止一次被她书店各种专题性主题书展所吸引，去参观购书。我手边的李泽厚、刘刚纪主编的《中国美学史》（第一、二卷）就是参观书店书展时所购。

正当社科书店发展兴旺之时，又因长安街改造，不得不搬迁。这可难坏了老黄，且不谈打包搬运，书店几位女同志体力难支，更重要的是搬到何处能保持书店持续发展？她费尽心思、使出全身解数，打报告、找领导，不厌其烦，终于获得李铁映院长的支持，破例在建国门内大街中国社会科学院科研大楼东段一层腾出办公用房，破墙开门，用作社科书店门面，并且特意将铁栅栏东侧开了一个门，与西大门相对，便于行人光顾书店，于是书店得以东山再起，再度兴旺起来。可好事多磨，又遇"非典"事，为人民健康计，政府和各单位严格管控人员流动，于是东侧门关闭了，之后书店又被调整搬出大楼，不得已搬到贡院东街北端。后来又因社科院住房调整、维修，在贡院东街北到南，搬来搬去。但社科书店却始终在"小巷深处"，远离大街闹市，偏于一隅，人迹难至。

如何趋利避弊，做到"好酒不怕巷子深"，老黄费尽心机，屡出妙招。她充分利用中国社会科学院这棵大树、这一特殊群体，提出一个响亮的口号："请将这里的好书告诉别人，请将别处的好书告诉我们"，借助中国社会科学院广大科研人员的力量，扩大书店知名度，延伸空间。并采取了一系列的举措，扩大店内图书的影响，扩大图书销售量。如投影推介新书、好书，举办重要新书出版座谈会，举办学术沙龙，举办学术讲座，把图书摆到人们用餐、聚会的通衢要道旁，摆在各种学术会议的会场外，为学者代购图书，送书上门，还在书店内辟出专区摆设桌椅供顾客阅读选书等。在老黄和她的同事努力下，社科书店几次搬迁，虽然越搬越处僻静地，但社科书店却能在此环境中生存，并持续发展。这生动地应验了一句老话"事在人为"！

我为老黄这种不惧困难、勇于进取的精神点赞。

二　定位新颖　境界出众

老黄办社科书店给我的另一个印象是，她办书店不仅关注经济效益问题，同时或者说更加关注的是书的去向，发挥书的价值和书的作用。她总是本能地从编辑的角度去看书店的营销，把书的社会价值与书店的经济价值综合在一起考虑。在做法上往往是想从出好书（甚至自己动手编好书）、宣传好书、售好书来促进销售量，带动经济利益。她始终把社科书店与社会科学发展，把选好题、编好书、营销好书融为一体。这种经营书店的理念和定位，比起单纯经销中国哲学社会科学界、文化界学者优秀成果、学术书刊的专业书店来，思路更开阔，境界更高。因为社科书店目标定位与众不同，她经营书店的行为方式也很特别。她以书店为阵地，密切关注理论学术界的发展动向和论争，策划选题、组织编书，以书为载体、论题，组织举办学术讨论会、新书出版座谈会，推介新书，推动理论学术研究，扩大书的影响，赋予书店以学术气息，提升书店的品位等，融汇互动，从而使书店更贴近社会，贴近学术理论界，更有生气，更有活力，从而更加引起人们关注。例如 1997 年前后，伪气功猖獗，扰乱人们的思想，为了破除迷信，倡导科学，老黄联系科学界一些专家、学者，撰写文章，对伪气功进行揭露批判，并于 1997 年在社科书店举办座谈会，邀请自然科学界、哲学社会科学界的专家、学者和多家新闻单位记者与会，揭露伪气功违背科学的骗人术。笔者有幸参加了"伪科学曝光座谈会"。书店里里外外挤满了人，一些来购书的顾客也驻足旁听。有的人连坐的位置都没有，只能站着听。会议由著名哲学家、党史学家龚育之主持，中国工程院院士王大珩，两院院士朱光亚，中国社会科学院研究员刘培育、王俊义等著名学界大家和学者与会。会后，《人民日报》《光明日报》等多家媒体做了报道，产生了很大的社会影响，有力地打击了邪气，为社会传播了正能量。《伪科学曝光》一书以严正的科学反对伪科学，树立正气，普及科学。老黄的这种经营书店的理念和做法，境界高人一筹，我是认同的；一些做法我也认为是可以提倡的。

三　编售一身　不遗余力

老黄是位精力充沛、充满活力的人，更是由于她经营书店的理念所使然，所以她一直是书店经理、出版社编辑（编审）系于一身。作为经理，她把社科书店经营得有声有色。与此同时，她密切关注社会科学发展动向，特别是哲学学科的建设和发展，不时策划选题，联系作者，组织写书，编辑出版了一些很有分量、很有影响的好书。如李泽厚、刘纲纪主编的我国第一部《中国美学史》，原计划全书五卷，200万字，是一部贯通古今的中国美学通史，已出了第一、二卷；汝信主编，彭立勋、李鹏程任副主编的《西方美学史》，全书四卷，280万字，作者多为国内一流的西方美学史研究专家，具有相当权威性。这些重要学术著作的推出，既对学科建设、繁荣学术做出了贡献，也为社科书店提供了有价值、有吸引力的书源，有利于社科书店作为专业书店的地位、品位的提升。老黄说社科书店是她第三个孩子（她有两个儿子），正因为她懂书、编书、酷爱书而又领导经营书店，且为社科书店的创建与发展付出了大量的心血和辛劳，才对社科书店有如此之深的感情。这就是懂书人经营书店的优势，也是老黄编辑、经理系于一身，不辞辛苦、不遗余力的动力源头。

（作者系中国社会科学院原副秘书长）

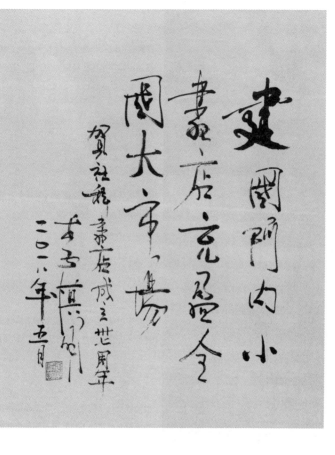

中国社会科学院原副院长李慎明为本书及社科书店题词：

建国门内小书店，充盈全国大市场

在时任中国社会科学院院长李铁映关怀下，社科书店1998年搬进社科院大楼一层，迎来了书店10年的黄金发展期

中国社会科学院原副院长、学部委员汝信对社科书店情有独钟、关爱有加

时任中国社会科学院副院长的李慎明和武寅都是社科书店的老读者，始终关心书店的发展

中国社会科学院副院长、学部委员蔡昉（右一）原副院长武寅（右四）以及学部委员卓新平（右三）与中国社会科学出版社社长赵剑英（右二）一起为社科书店新装开业揭牌

国家图书馆原馆长任继愈教授是社科书店的作者和读者，曾为社科书店题写过店名。图为任继愈教授夫妇（右三、四）在社科书店与中国社会科学出版社黄德志、黄燕生、张小颐合影

○李景源

最动人处是精神
——社科书店琐忆

今年初，忽然接到社科书店原经理黄德志先生的电话，她说今年适逢中国社会科学出版社成立四十周年，社科书店正值创建三十七周年，想请我为此写点东西。虽然我与黄经理许久未谋面了，但电话那头传过来她的爽朗笑声和亲切的问候，一下子就感染了我，使我爽快地答应下来。她还在电话中特意叮嘱我，不仅是写一篇回忆文章，重要的是对书店发展提出指导性的建议。

每个出版社都会有自己的书店和销售网络，借以真切地了解和反馈社会大众的精神需求，接受主体的信息反馈，构成书籍出版方向、定位调整的内在环节。社科书店作为中国社会科学出版社创办、领导的书店，在京城内外享有盛誉，与它标榜的学科领域密不可分。书店外面树立的"社科书店"牌匾是由胡绳院长题写的，他对社会科学的独特作用有深刻的理解。过去讲到自然科学时，主要从生产力的角度讲自然科学的重大作用。引用马克思的话：科学技术是生产力。社会科学的地位虽然与自然科学是并列的，但很难称为生产力。哲学社会科学的独特作用在于引领和指导人类社会历史向前发展，这就是理论的指导作用。单从生产力方面去讲，哲学社会科学这一块很软，但是从理论指导这个角度去讲，哲学社会科学是自然科学无法替代的，理论指导是哲学社会科学的本质功能。这一点，在历史转折时期，例如在改革开放的初期，在思想路线和政治路线的拨乱反正过程中表现得最为明显。在真理标准问题讨论前后，哲学研究所和《哲学研究》杂志在发表文章、组织全国性的理论讨论会等方面发挥了重要作用，先后编辑并在中国社会科学出版社出版了两本《实践是检验真理的唯一标准问题讨论集》，在全国产生了广泛的影响。《哲学研究》杂志订阅数一度上升到230万份，这预示着哲学社会科学事业迎来了繁荣似锦的春天。

改革开放事业极需理论的指导，壮大哲学社会科学队伍是一项非常重要的任务。中国社会科学院于1978年开始逐年招考研究生，并于1980年在全国招考研究人员，录取的这批青年才俊勤奋求学、学海觅舟，淘书、读书如饥似渴，社科书店在这个时期如沐春风，迎来了发展的大好时机。作为专营哲学社会科学学术书刊的专业书店，成为学术界和大专院校师生向往的精神乐园。20世纪80年代初，社科书店几乎每周都去北京大学等院校售书，一些热心的师生还为书店来校售书主动张贴告示，一时间成为北京大学三角地一处吸引人的文化景观。"请将这里的好书告诉别人，请将别处的好书告诉我们"，这句口号成为社科书店的招牌。近40年来，书店通过举办主题书展、学术讲座、读书会和学人沙龙，为推动和促进哲学社会科学的发展做出了独特的贡献，吸引了许多名人学者莅临书店，如叶秀山、卓新平等学者都曾在这里做过学术讲座，任继愈、汝信等学术大家都是书店的忠实读者，胡绳、李铁映、汪道涵等领导都曾是书店的贵客并关心书店的发展。

社科书店能在国内上万家书店中声名鹊起，荣获"中国图书发行双优单位"顶级荣誉，这一切都与深受广大学人尊敬的黄德志经理的苦心经营密切相关。黄德志先生原是中国社会科学出版社哲学编辑室的一位资深编审，集学者、编辑、出版诸种学识和品格于一身。在她身上焕发出来的既有为学术立命、为真理守望的学者精神，又有强烈的事业心和责任担当的企业家精神。我每次去书店遇到她，她总是笑容可掬地迎上来，永远是那么满面春风，永远是那么精力充沛，对读者总是热情洋溢，给人以老朋友般的温暖，使书店充满了人文气息。黄先生不仅有扎实深厚的哲学专业知识，而且有敏锐的学术眼光，长期的编辑生涯，使她懂得一部高质量、高品位的学术著作是如何产生的。所以，每次遇到一本好书，她都会热情主动地给予介绍和评价。我在1984年就看到她为李泽厚、刘纲纪主编的《中国美学史》写的新书介绍《我国第一部〈中国美学史〉首卷即将问世》一文。改革开放以来，哲学是最活跃的学科之一，而美学又成为哲学学科中的显学。黄先生在文中不仅介绍了五卷本的篇章结构，而且对该书给予了高度评价，认为多卷本的《中国美学史》是一项开创性的工作，它将填补中国文化史上的一项空白，对确立中国美学在世界美学中的地位将会产生重要影响。黄先生多次向我提及，哲学所学者写的书销售情况非常好，如汝信先生主编的四卷本《西方美学史》和《简明西方美学史读本》，叶秀山、王树人主持编写的八卷本11册的《西方哲学史》等著作，在学术界获得广泛赞誉，这使她感到很欣慰、很振奋。在汝信先生主编《西方美学史》的数年时间里，黄先生自告奋勇，主动承担起责任编辑的各项工作，不辞辛苦，甘于奉献，与课题组成员一起同心同德，共闯难关，终于将四卷本共计290万字的《西方美学史》奉献给学术界和广大读者。之后，黄先生再接再厉、不辱使命，又协助课题组成功申报了《简明美学史读本》的项目，《西方美学史简明读本》的出版，使我院对西方美学史的研究和出版臻于完善。

黄先生对编辑、出版的热爱，缘于她把书籍当作为生民立命、为民族立道的事业。基于此，她把促进中国哲学学科建设与发展作为自己矢志不渝的事业，竭尽全力给予支持。2004年，哲学研究所主办首届"中国哲学大会"，黄先生主动承担了《新世纪的哲学与中国——中国哲学大会（2004）文集》一书的责任编辑工作，在她的精心策划下，皇皇三大卷文集及时出版了。在大家眼里，黄先生是一位性情中人，也由于此，她往往更多地关心和关注写书人的情义和境遇，在我任哲学所所长的几年间，黄先生与我多有交流，多次感谢梁存秀先生和陈瑛先生参与书店举办的文化沙龙，主题包括自然科学史、伦理文化建设等内容。她还谈及李敏生先生主动赠书给书店，书款达二千多元。最令我难忘的一件事，是黄先生主动到研究所来找我，为冯国超评职称一事打抱不平。她关注冯国超，是缘于一本书的编辑，书中有若干学术难题需要斟酌，冯国超提出了中肯的意见，原作者看后很满意。黄先生来找我，主要是向我介绍由冯国超编写、译注的若干本著作的社会效益和学术界的肯定评价，如由商务印书馆出版的《国学经典规范读本》系列、由华夏出版社出版的《华夏国学经典全本全注全译丛书》很受读者的欢迎，累计销量已超过二十万册。其中彩图版的《中国传统体育》还出版了英文版，受到国际奥委会前主席萨马兰奇先生的高度评价，为北京申办 2008 年奥运会做出了独特的贡献。黄先生为学者职称问题所费的心思，正是她为人仗义真性情的自然流露。她的学品和人品、她对出版事业的敬业精神和赤胆忠心，是我们学习的楷模。

（作者系中国社会科学院学部委员，
哲学研究所原所长）

○周　弘

社科书店、黄老师和我

一个多月以来，在和突发性高血压昏天黑地的鏖战中，我总有一件事挂怀：社科书店的黄德志老师年前约我写上几笔感想，以志对"中国社会科学出版社40周年暨社科书店37周年店庆的庆贺"，截稿日是今年3月底。我答应了，但是还没动笔就病倒了。手机静音、电脑关机、电视停运……我这个号称不读书就会感到难受的人，竟然因为难受而不敢碰书，当然也没有写任何东西。眼看就要爽约了，就在3月底期限马上要到的时候，莫名其妙而来的高血压终于绷不住神降了下来，好像要给我创造履约条件似的。拖欠了多少工作来不及清点了，排在第一位的就是要写几句有关"社科书店"和黄老师与我的缘分。

书是读书人的食粮，更是读书人的朋友。我和黄老师从结缘到结友都是因为书，因为黄老师掌管了多年的社科书店，更因为社科书店这位年长的掌门人对书的热爱、对读书人的喜爱，对有关书的一系列活动的真挚、热情和投入，因为她把爱书、爱人和爱事业始终如一地融为一体。和这样的人，不交朋

2010年4月本文作者（左一）与中国社会科学院原副院长李慎明（中）和黄德志经理在书店合影

友都不可能。

　　初识黄老师是因为她代表出版社向我约书稿。说来惭愧，那次我没有践约。但是此后，黄老师执掌社科书店，组织各种各样的读书活动，总是要约上我。我有时能去，多数情况下不知在忙什么别的。但是，每次去，都能感受到黄老师对书店、书和作者、读者的那份热情和投入。而且，黄老师总能够在大家的发言中，发现最精彩的观点加以强调和重复，给人留下深刻印象，这也许是一种资深编辑的职业特长，但更由于黄老师有一份特殊的投入和用心。

黄老师不仅关心书和书店的发展，并为此奔走呼吁，她更加关心读书人和写书人。黄老师给我提出过不少写作建议，也常常把他人的成果介绍给我。她更是朋友。忘记从哪年开始了，无论我在世界的哪个角落，都会时不时地收到来自黄老师的问候。黄老师不仅关心我的工作和健康，也关心我的家人。在我的家庭中，说起黄老师，大家都知道她的热心肠，知道她是同事、长者、朋友，知道她乐观通达、活力无限，虽然他们从来未曾谋面。

因为黄老师，我又想到了社科书店。很久没去了，找个时间，约上黄老师，再到社科书店逛逛。

（作者系中国社会科学院学部委员、欧洲研究所原所长）

○卓新平

营造读书氛围，为重塑
中华之魂提供气场

新年伊始，有这么多朋友来社科书店参加读书沙龙，真是很感动。这些天发生的一些事情，使我联想起自己在学术层面的许多所闻所感。一是媒体报道中国近些年来已有上万家书店倒闭、关门；二是最近在上海听说复旦大学的哲学教师张庆熊先生面对空无一人的教室而震怒，因为本应听他课的三十多位武警学员为了给电影《色·戒》男主角在复旦演讲的场地维持秩序而集体缺课。我们中国今天的物质生活确实已好了很多，国民生产总值也占到了世界第二位，但我们的民族魂在哪里？我们的精、气、神是什么？好像没有太多的人在关注，而对之较真的人则更少。党的十七届六中全会号召我们要弘扬中华文化，推动文化发展和文化繁荣。但我担心的是人们好像把重心转向了对文化产业发展的关心，而真正开始风行的也主要是通俗文化、功利文化，至于具有精神底蕴、思想深度的文化追求却未得到真正的重视。今天的读书风气受到了网络文化、网络阅读的冲击，整个社会的读书兴趣下滑已是不争的事实。虽有号召社会读书的呼喊，其效果仍然不尽如人意，对读书的社会关注从宏观来看也很少很少。我们今天的社会转型时期，也是中华民族的精神回归、灵魂重塑的难得机遇和关键时刻；因此我们的社会媒体和大众舆论应该被引向对全民读书的提倡及拯救，而不要将主要精力放在具有"煽情"特点的吸引大众参与，甚至倾心于娱乐"选星""创星"和"捧星"的宣传。可以说，我们要想真正提高中华民族的文化气质和精神境界，能够自豪且具有竞争力地自立于世界文化之林，则有必要呼吁、号召全民读书，让社会营造出积极的读书氛围，尤其是让越来越多的人读高雅之书、学术之书，以便能为重塑中华文化之魂、体现我们的文化自知、自觉和自强提供必要而有利的气场。

就我们学术圈的人士而言，则应有强烈的责任感、使命感。我们现在谈得较多的是要创新、突破，要出新思想，达到高水平。其实，这首先需要有学术活跃，然后才可能出真知灼见，有创新思想。所以，我们的创新一是需要突破国外的模式，目前这种模式对我们的影响实在太大，甚至已经束缚了我们本来应该已经活跃起来、可以获得解放的思想；二是需要突破传统的模式，对于自我传统之深厚积淀的偏爱不能泛滥为溺爱，我们在处理、对待自我的传统时必须张弛有度、弃扬适当，持有开放、进取心态。只有在参考并超越这两种模式的前提下，我们才可能真正做到有所创新，走出一条适应当今形势的新路。为了真正实现我们的学术创新，我想，我们应该努力的，一是在学术标准上门槛要高，强调高雅的学术品德、形成良好的学术风气，坚持科学的学术方法，具有严谨的学术态度；二是在学术探索上门槛要低，提倡"百家争鸣，百花齐放"，让学者有思想性、发挥想象力，对其研讨的事物持有好奇心、怀疑态和惊讶感，允许学者有"奇谈怪论"、发"奇光异彩"。那种在学术问题上给人戴帽子、打棍子的做法，只会把学术研究逼上绝路，让思想火花熄灭，尤其是在我们社会科学院，应该对这种窒息大胆学术探讨的"文革"遗风坚决说"不"！作为学者，我们的学术实际上就是我们日常生活的主要组成部分，学术已经成为我们的生活方式、生存态度、生命感受，也带给我们精神享受，折射出我们时代的文化写照；而且，学术追求让我们能够形成这一人文社会科学研究群体，表达了我们的社会共在和思想共识。所以，我们这些人所表现出的爱文化、爱学术的忘我精神，就好似有着一股宗教般的激情。"文以载道"，这已是我们安身立命的生存现实和人生境界。中国学者是我们中华民族文化探究的先行者、摸索者和保护者，我们为此也应有一种文化追求上的殉道精神、创新意识，要敢为人先、勇立潮头。

这次组织读书沙龙，我本来只是想为了促成它而出点微薄之力，将自己最近完成的一套学术散论丛书送给大家笑纳。没想到社科书店的黄老师和读书沙龙的组织者却要让我讲讲，不由得使自己害怕是否有自我炒作之嫌，更怕大家由此而笑话我自不量力。其实，这些散论的确很散，不足挂齿，不值一谈。当然，它们也反映出我自己学术生活的一个侧面，揭示出看似苦、累或复杂的学术活动给我带来的一种乐趣、充实和收获；或许，这也说明学术应从点滴做起，同样能在这些点滴中折射出学术的觉悟和真谛。通过这些散论的表述，我得以把自己零碎的做学问时间连成了一线，已使我的读书、谈书和写书乐趣串在了一块。

在这六本散论中，《学苑漫谈》是讲演集，其实质是与众人一起读书、谈书、评书。我的体会是与众人谈书能使我们作为脑力劳动个体户的研究者不再孤立，也驱赶了孤独，在群言中能集思广益，受到启迪、感染和鼓励。在讲演中可以感受校园气氛，获得那种教学相长的惊喜。今天社会相关阶层已在形成"读书班"之风，各种形式的读书班、读书会异彩纷呈，而我的所谓讲演也大多是这些读书班给我提供了机会，结交了很多知音。这些读书人来自各个不同行业，虽兴趣各异却共有求知兴趣，而且大家的文化层次都很高，志向也极为远大。我基本上是三句话不离本行，几乎每次都是讲宗教，但所触及的有不同宗教和不同宗教层面，以及其广延的社会、文化领域，悠长的历史、现实延续。讲演的准备就是一个多读书、猛补课的机会，让自己体会到讲"一碗水"和准备"一桶水"这种比喻的意义。其实，这些讲演并非独白，而是有问有答、有碰撞、有回应，讲者同样有许多意外收获和知识上的提高。如果时间允许，我很愿意参加这样的讲演，由此让我和大家多了许多讨论、交流，也获得了求同或达和的共识及共鸣。而且，在人们对宗教探讨感兴趣、对宗教问题有思考的氛围中，我们这一边缘、敏感学科的从业者就不再感到孤单，而是获得了学苑、家园的温暖。

《以文会友》是序文集，这实际上就是读书心得、读书札记，而且对我来说也充满着成为学界朋友新书第一个读者或最早读者之一的那种"先睹为快"的快感和愉悦，虽然写"序"是给别人看的，在一定程度上起到一个对此阅读的介绍、引导或导读作用，但"序"者必须首先是其"读"者，"序"即读后感，因而其本身就是一种思想、观点的沟通和交流，文人以"文"会友，这在写序的过程中对此感受特别强烈。这些"序"本身就是与读书密切关联的学习、领会、消化、融合的过程，从"读"而走近作者、体会作者，进而以"写"来与作者对话，其中有回应、有争论、有悟出的新意、有"接着说"的延续。"写"是有感而发，言其理解、领悟、联想，以及所受到的启发和自我思绪的发挥。自己在给中国宗教学领域的这些学者朋友新作的写序过程中，可以深刻感受到中国宗教研究自我国改革开放以来的不凡历史、曲折过程。尽管这里所涉及的著述和为主而有的感触不过是反映这一当代中国宗教学创新发展的"吉光片羽"，仍能让人们享受到这一伟大时代的独特"光辉"。宗教学著作的出版非常不容易，几乎每本书在问世前都要经历审读之关，多有波折。而我之所以会不自量力地去写这些"序"，实际上也有在宗教学界"见义勇为"的原因，即设法去减轻这些作者们"闯关"的难度，尤其是给我们这一领域的学术新秀们多一些鼓励，多一种支持。

《心曲神韵》是随感集，书名受到泰戈尔一本诗集中译名

《心笛神韵》的启发，"心曲"虽不成悠扬的"笛"声，却也是自我思绪的自然流露，而且自感也在追求那种思无所羁、旨在超越的"神韵"。这些文章大多是"逼出来"的"急就章"，而且不少还是在即席发言之后的回忆补记。其写作场景也多在机场休息室、长途飞机上，以及开会的宾馆和出差的途中。不过，这种随遇而发、随感而言却是自己真实思想和学术见解的自然陈述，在其"自然"之中仍有"道法"。宗教学在今日中国是"可道"之道，却也绝非"常道"。随感、断想、意识流、沉思录，是颇有文学色彩的哲思，这些"小文"可能谈不上"文雅"，却有着爱智求睿的努力。它们反映了当代中国宗教研究的不同"场景"和这些同仁们聚会时的学术氛围，折射出相关学者的学术性格及性情。在写作这些文章时，我的立意为"文"小而"志"大，以学者的眼光和笔触论及社会、文化中的不少热点问题、敏感问题，对物质层面虽实而精神层面仍虚的现状发点议论、做些补救，而自己的思想聚焦也表达了自己的明确态度和期盼。因为没有真正把握能否以微薄之力来促进我们社会的美好发展，故而只能以己之"心曲"来求社会共识、精神共享的"神韵"。

《间性探幽》是对话集，从两人谈、四人谈到众人谈，旨在"间"性（Between）中深层次地了解对话的双方，在细微之处来"通幽"，实现彼此的真正"走近"。人类社会的矛盾、冲突虽多为政治、经济、民族、宗教等原因，却也不乏双方不解、误解的复杂因素。人与人之间，往往会有理解难、"难于上青天"的感叹，到处都会有误表、误听、误解之存在，故此才有解释学被视为理解的艺术之原端，我所取的书名受到去年贺岁片《非诚勿扰2》片尾曲"最好不相见"以及由此流传的六世达赖喇嘛仓央嘉措"但曾相见便相知"等诗文的启发。所谓"相"就是"间"性的动态表达，"间"为关系定位，为空间性布局，"相"为关系互动，为时间性变动。人际相遇的最多方式即"间"性对话，"间"性沟通，进入这种"间"性是一种未知，也是一种冒险，"间"性之"相"就是这种探险之旅，其体验可能是"苦涩"，是"随缘"，也可能是"乐趣"，是"喜悦"。今天中国社会对待宗教的态度，在一定程度上反映了对宗教的不解或误解，许多人不去细看、洞观，没有对话、沟通，而盲目地并单边地批判宗教，否定宗教。而要解决这一问题，则有必要把当事人拉入宗教与世界，尤其是宗教与中国的这种"间"性之中，并让尽可能多的人们听到其"间"性对话。我希望这种对话是敞开的、澄明的，以对话来求得人间真谛、真道之在，这样让我们在对待人生、社会和宗教时，能够更真实、更客观、更透彻、更开明一些。

《西哲剪影》是以"爱智"为题而对我所特别感兴趣的西方哲学家加以素描，其中也多触及我所关注的宗教、无神论等问题，思想、理论的形成要靠人，会体现人的个性、特色。人是最重要、最主要的创造者。所以，我个人认为思想虽会形成体制，却要靠思想家个人的追求，是一种悟、磨的慢功夫，其开窍、解蔽的偶然或必然很难事先构设。所以在思想领域做集体项目很难成就思想大家和严谨、统一的思想体系，这基本上是个体户的行为，是人之个性的奥秘，而且其在文史哲的创新中颇为普遍。当然，这一领域的资料整理、历史勾勒可以靠集体攻关、联合项目来实现，它主要是积累、搜集、回顾和反思，而思想学术创新则可能主要由个人来完成，靠一种学术个性的历练。所以，在西哲研究中我对作为个我的思想家、哲学家会油然起敬，深深感受到其孤独中的伟大，佩服其单行独立而达到的成就。在谈到中国思想文化发展时，有些人认为中国思想的前途乃在于摆脱宗教、进入哲学。但以我在研究西方哲学家中所得到的体会来看，宗教与哲学在方法论上会有一些区别，但在人类所向往的终极追求、超越境界上却并无泾渭分明之别。因此，在阅读、理解西方哲学家时，我们有必要细心关注科学、哲学、宗教这三大领域的复杂关联，它们之间的历史冲突有些是认识层面的，但更多的往往是政治层面的。所以，在探究人之谜、宇宙之谜等终极问题时，要慎言它们的根本区别，应多找其复杂关联。除了探究西方哲学家的思想，我也喜欢窥视这些人群的人性。而其学术与人生的结合，则往往可以用"苦难辉煌"来表述。他们多有悲惨人生或孤寂人生，与他们的思想成就及其广远影响截然不同。或许，这也给我们研究哲学的人带来一些"同命相怜"之感，当然也会因其"哲学的慰藉"而得以超脱、释然。思想家往往是孤独、孤寂、孤立的，和者甚寡，高处不胜寒。但同样也能"会当凌绝顶，一览众山小"。所以，做哲学家必须要有"水穷云起"的胸襟，在复杂的现实中要寻求"空谷幽兰"之隐。达不到此境或心力衰竭则有可能步入抑郁或精神崩溃的险境。西哲中有些哲学家成功了，但他们也真的把精神搞垮了。当然，写这些人物剪影的目的，也是希望不知哲学有何用的社会对哲学、哲学家能有一些理解和宽容，允许他们在思想之探上单行独立，书真知灼见。我们需要中国当今的伟大思想和思想家，所以希望大家爱智慧、爱哲人，让新的思想能够脱颖而出。西方政客撒切尔说到中国当今发展时曾安慰西方世界说："你们根本不用担心那个'大国'，因为它在未来几十年，甚至一百年内，无法给世界提供任何新思想。"这种表述可以反映西方舆论在对华态度上的一种精神、心态上的狂傲。我们要迎接西方在文化软实力层面上对我们的这种挑战，使撒切尔之类再不敢如此胡言。

《田野写真》是由四个调研报告及其附录构成的调研集，基于今天中国宗教及宗教研究的现状讲了自己想说的真话，提供了一些话题和思考，力求悟真、求真和写真。当代中国社会已有许多新的发展、社会结构发生了变化，社会阶层出现了重组，社会文化产生了转型，人们的生活、追求和心态也与以往有着明显的不同。所以，我想从一个宗教专业研究者的角度来试图真实地观察、描述今天的社会变迁，更好地促进我们的社会建设和文化发展。我的一个深切体会是，宗教是人们鲜活的生活，既有传统的积淀，也有当今的体验。中国已是共产党执政六十多年的社会，中华人民共和国成立后我们社会、政治上的变化实际上告诉我们对宗教的批判"已经结束"。马克思主义经典作家的宗教批判在根本上立足于社会批判、政治批判，而不是宗教批判本身。如果今天仍强调中国的宗教"不好""落后"，则实际上在指责我们当今社会"不好"，认为是社会

"出了大问题"，其实质则是要破坏、重组这个社会。我想，我们今天的宗教研究，是为了呵护、建设我们的和谐社会，是使我们的执政党有尽可能多的朋友和同盟军，而不是制造分歧、挑起矛盾，让社会陷入内乱。这里的确有一个如何思考、构设我们今天文化战略的问题。今天对中国宗教究竟应怎样看、怎么办，目前分歧很大、争议尖锐。我们学术界是弱势群体，并不占有话语权。但我们的立足点应是尽可能让我们自己的社会和谐，使我们的文化有其自知、自觉，让中国的国际地位稳固，消解内外阻力，力争长治久安。对此，我谈了一些自己的想法，涉及一些前沿领域和敏感问题，讲了不少真话。中国社会在今后五至十年乃非常关键的发展时期，从文化战略和文化软实力构建的意义上，我想从中国之"士"的角度，以知识分子的良心，出自对国家发展的关心，在这关键时刻理应直言、敢言。当然，我的所言也是开放性、商讨性、探索性、前瞻性的，欢迎回应、辩论、批评、补充和完善。我们真正应该做的，就是回到社会真实，找出指引方向的真理。

在当今中国社会转型时期，更需要学术界对社会发展的人文关怀。文化发展不能只盯着通俗文化、仅注重文化产业，而要提高大众文化的品位，升华民众的精神境界，否则"通俗"就会蜕化为"庸俗"，文化"物化"而只剩躯体、没了灵魂。我们社会的"物质"发展已经达到相当高的程度了，而文化精神的支撑却明显不足。我们迄今只有思想输入，很少有思想输出，而能够输出的那一点点也是我们的老祖宗所留下来的，吃的是老本，而没能立新功。目前我们已从资本、资金、技术和产品等的输入转向其对外输出，但对我们的文化弘扬、国家影响真正起支撑、决定作用的应是思想的输出，是给世界提供中华民族的精神财富，形成我们国家真正起作用的核心竞争力。我们的社会整体建设一定要防止外表华丽、内部朽坏、有体而无魂的窘境。我们今天强调文化精神意义上的"固本化外"，但究竟有哪些"本"需要"固"，有哪些"外"能够"化"，都并不十分清晰。在一定程度上，我们的文化发展可能会陷入盲区，在其方向的辨识上仍然非常模糊。党的十七届六中全会精神给了我们文化发展的指引和警示。而今天在相关领域的理解或解读上对之尚有偏差，也不能排除会出现偏离的危险，结果可能会失去中国文化重建及繁荣的这一大好且重要的时机。我们的社会今天仍然没有根本改变轻人文、少读书的状况，人民群众对文化的需求虽然正向着多元方向发展，文化流俗的嬗变却使不少人离维系社会共在所必需的精神追求已越来越远。媒体推荐的、大众接收的已越来越多是"快餐文化""娱乐文化""广告文化"和"作秀文化"，表面华丽娇艳，却缺乏精神灵魂。当前我们的文化战略并不十分清楚，相关文化举措中也缺少精、气、神的构设。所以，我们决不可因为今天表面上的多元文化繁荣而产生"莺歌燕舞"的陶醉，而需要有"危机四伏"的警觉。回顾百年发展，我们对自己的传统已破坏得太多，从外面的文化中也引进得够多了，但在构建自己的新文化、形成当代中华思想精神体系上却做得太少太少了，今天社会生活中出现的"少德""无道"现象，已在不断敲响警钟，甚至已有震耳欲聋的音响效果。我们今天文化佳境和文明优势的形成，不能靠任何"文化工程"来简单地突击完成，而必须是不断熏染、润物无声、潜移默化的结果。这在很大程度上依赖于全民提倡人文精神、关注人文发展的社会氛围及共有气场，因此，我们要向全民提倡、推广读书教育、博雅教育，培育我们民族的优雅精神，形成我们民众的"重文"气质，一个民族如果灵魂脱体、精神朽坏、素质下降，其再强大的外壳也难以避免其坍塌。所以，今天的文化发展及文化繁荣，其核心应是弘扬文化精神，关键在于找回中华文化之魂。为此，中国的读书人群体必须坚持并力争扩大，我们的书店应坚持为中华民族提供精神驿站和思想家园，使我们的文化创新努力能不断得到知识的调适和充实，能够思域开阔、博采众长。在我自己所从事的宗教学研究领域，我是在以"守土有责"的学者使命和义务来坚持读书、写书，希望从宗教这一领域切入我们的文化关注及文化战略，旨在理顺我国社会、文化中的宗教关系，维系并发展中国的和谐社会。必须坦言，这一领域"水太深""雷太多"，难以坚持却也贵在坚持。在这一敏感雷区三十多年的摸爬滚打中，自己也留下了不少断想和散论，结集在此，其意蕴是既向大家求教，亦向大家求助。

（作者系中国社会科学院学部委员、世界宗教研究所原所长。本文系作者参加社科书店沙龙的发言讲稿）

卓新平心语

　　藏于深巷的社科书店，对于学者来说具有独特的吸引力。来这儿觅书，具有一种曲径通幽的感觉。多彩的图书，持续着我们求学的激情；典雅的环境，带来了我们心灵的幽静；从这里我们走向博大的寰宇，回归深邃的赜境；我们以品书来究天人之际，悟道德之蕴，思虚实之意，获存灭之理。在这里我们徜徉于梦想与真实之间，求性本之透，避空幻之破，在水穷云起中直面世界，穿越江湖，超越自我，升华心灵。所以，社科书店以其知识的厚重、精神的富庶而持久地吸引着我们这些书乡的游子，是我们人生之旅中休憩的驿站，静谧的港湾。在社科书店这一神圣与真实之界，永存有我们的仰慕和敬意。

○张立文

逢草逢花报发生
——记社科书店

"风雨急而不辍其音,霜雪零而不渝其色。"在人工智能的大智能时代,它以疾风暴雨之势降临人间,深深地改变人类生活、生产演化的规则,颠覆着人的衣食住行用的传统生活方式,也严峻地冲击着人们传统阅读文本的习惯。在几乎人人有一部手机和电脑的形势下,人们往往阅读互联网所传播的各种信息和文本,而把纸质书籍丢在一旁,因而使阅读纸质书籍的人数逐渐减少,出于经营利益的实体纸质书店大受影响,于是不得不关门大吉。

虽然手机、电脑替代纸质书籍的风雨急,犹如厚霜暴雪压得纸质书籍透不过气来,但阅读、吟诵纸质书籍的声音不辍于耳,也不变其光鲜的本色,永远散发着阵阵书香,使人心旷神怡,联想翩翩。五千多年来中华民族书写文字,最初契刻在甲骨上,是为甲骨文,至今已发现15万片有余,又有钟鼎文,以知殷周时社会、制度、文化、经济、政治以及人民生活状

张立文教授撰写此文的信函与手稿

况。春秋战国时是书写在竹简及帛上，至今已有大量发现，如马王堆帛书、楚简及各地发掘的简帛，发展出简帛学，解决了汉以来学者存疑的诸多学术、社会、文化的疑难问题。蔡伦造纸，才有纸本书籍的大量书写和印刷，对文字的传播、普及起到了前所未有的作用，其伟大的意义不可估量。甲骨、金文、简帛、纸质书所说的五千年来的中国故事，是中华民族灵魂的所依，民族精神的体现，道德精髓的载体，价值观念的宣示，文化识别的符号，民族理性的标志。它传承着中华民族先圣先贤治国理政的经验教训，记载着社会、经济、文化、制度发展演变兴衰的理路，记录着中国伟大的科技的四大发明，宣扬着中华民族创新的卓越智慧，这是我们取之不尽的精神财富，用之不竭的思想宝库。

千百年来，我们阅读、吟诵的是纸质书籍，它的生命永存而不灭。它曾给人以知识的海洋。人一呱呱落地，无论出生在大思想家、大文豪之家，抑或目不识丁之家，天老爷一视同仁，都是一张白纸。"性相近，习相远。"知识只向勤奋的人开放，而向懒惰的人封闭；它给人以民族的记忆，我是谁？中华民族以悠久的、不断的文明史，光辉灿烂的文化思想，独立创造的哲学理论思维，使世界各地的炎黄子孙认祖归宗、叶落归根；它给人以人格的塑造，人格标志，人所具有的独特性，是人的自然性与社会性的融合，它极大程度上受社会文化、教育、书本内容和方式的影响，而止于至善；它给人以伦理道德的培育，中华民族先圣先贤以崇高伦理道德而享誉世界。沃尔夫在《中国的实践哲学》中说："老师与学者们在推进道德教育方面，又有责任照顾全民，无论是王亲国戚或最卑微的人，都自襁褓时开始即受到训导。所以，在道德战线的实践上，君主与臣民们得以互相标榜。"中华道德的实践精神，塑造了中国人的高尚德性气质与情操；它给人以智慧的启迪，人的智慧与智力相关，除受环境作用的影响外，包括学习、读书，以及教育的指导和培养，纸质书籍是提升智力和智慧的重要因素。王安石在《伤仲永》中说：方仲永五岁要求读书，并能作诗，"秀才观之，自是指物作诗立就，其文理皆有可观者"。其父为利，引领仲永作诗以得钱，不使其学习。王安石在舅家见到仲永已十二三岁，作诗不如前。又过了七年，"泯然众人矣"。可见不读书、不学习，即使是神童，也会退化。学习、读书是增长智慧的必由之路。智慧的开发来自读书，智慧的增进来自学习，除此无他途；它给人以思维的锻炼，思维是十分复杂的脑机能，是人脑对现实事物的关系和联系进行复杂多层次概括的总和，是认识事物内在联系和本质特征的高级形式（参见孟昭兰主编《普通心理学》）。学习、读书是进行思维锻炼的重要途径，参加各种社会生产、生活、科研等实践是提升思维能力的重要方法。面向现实、面向社会、面向生活、面向新时代，是思维锻炼的源头活水和强大推动力。全力、全身心投入学习、读书，为实现中华民族的伟大复兴而贡献聪明才智；它给人以美好的价值理想，是激励人艰苦奋斗的无穷力量，使人为实现价值理想而奉献一切，而抛掉烦恼、消除孤独、缓解焦虑、减轻痛苦，焕发精神的动力，是勇往直前地担当起新时代所赋予的使命与职责的促进力。

纸质图书的价值不会消失，其书香永放光彩。在华灯高照的长安街上，黄德志先生经营着中国社会科学出版社的书店，她不为利，只为人民大众提供先进的精神食粮；不为钱，只为人民大众供给中华优秀传统文化；不为名，只为人民大众提供实现人类命运共同体的新时代航向。她继承弘扬先辈创办书店的初心，为实现中国梦而不懈努力。"东风好作阳和使，逢草逢花报发生。"在春风的吹拂下，实体书店将坚强地生长着，这是人民大众的期盼。

（作者系中国人民大学教授、孔子研究院院长）

○陈　来

社科书店的老黄

我的博士论文是 1985 年夏天通过答辩并获得博士学位的。在前一年，1984 年的冬天，我还正在写论文的过程中，一次陪张岱年先生到香山开魏晋玄学的会，碰到中国社会科学出版社哲学编辑室的黄德志女士（后来我们一直习惯称她为老黄）。她对我说，"张先生推荐你的博士论文到我们社里出版!"原来，我的博士班同学刘笑敢这时已经联系了出版社，认识了老黄，并且得到了老黄的承诺，论文毕业后争取到中国社会科学出版社出版。于是老黄就在这个会上跟张先生说起此事，请张先生应允到时为之写序，张先生便说："还有陈来的论文，他也是明年毕业。"由于张先生把我的正在写作中的博士论文也推荐给老黄，所以老黄就找到我说起此事，也承诺将来在中国社会科学出版社出版我的论文。我当时自然觉得这样很好，但更担心论文本身能不能写得好，达到出版的水平。

1985 年 6 月，我们的论文先后都通过了答辩，9 月初，张先生把我们叫到他家里，把已经帮我们写好的序交给我们。我们把张先生的序交给了老黄，这就使我们的论文正式进入了在中国社会科学出版社出版的过程。这时，社里大概已经有了中国社会科学博士论文文库的规划，故先进入严格的审查程序，我的博士论文《朱熹哲学研究》由当时任出版社总编辑的丁伟志先生审稿。大概过了数月之后，我收到了丁伟志先生的信，一共有十几页，其中谈的都是他的审读意见。以丁先生当时担任的总编辑职务，为一本博士论文的出版，竟写了十几页的意见，我想，这样的审读，恐怕是空前绝后的。而且，照理说，他的审稿意见也不必直接寄给我，由此可见他在学术上的平等待人，和对青年学人的关心。对此，我自己是很受感动的。

1986年秋天，我赴美国访学，此前半年多，我几次到老黄的家里，商量出版的有关事情。老黄是非常热情的人，她在组稿方面非常积极，与作者都保持密切的联系，我那时去她家，有时就在她家吃午饭。她还带我去皂君庙社科院宿舍的一些同志家拜访过。由于张岱年先生对我的论文评价较好，所以老黄逢人便说，陈来的论文挖掘得深，还准备优先安排我的书出版。

她多方面地想方设法，为我们出书考虑，比如，安排我的论文请丁伟志先生来审，就是老黄的主意，她认为这样能够保证出版的顺利。那个时候，我们还是学术界的新人，出书是很不容易的，由于有老黄的周到考虑和安排，我们的论文都在1988年春作为文库的第一批出版了。收入博士文库的我的《朱熹哲学研究》是我出版的第一部学术著作，我们都知道，学者的第一部著作出版最难，尤其是在20世纪80年代后期出版资源特别紧张的时期，所以，我衷心地感谢中国社会科学出版社对我的学术发展的关键性支持。

我的书出版后，仍与老黄保持着联系，我记得有一次，大概是20世纪80年代末，我们还一起去任继愈先生家拜年，老黄特别跟任先生介绍了出版社评职称的情况。老黄跟许多著名学者都经常保持联系，如跟李泽厚先生也很熟，她对美学方面的书的出版特别关心。事实上，老黄的本职工作，在哲学编辑室，是美学书籍的组稿编辑。但由于她工作热情主动，所以出版我们哲学史的书，她也费力很多，贡献不少。她组稿的第一本书，就是张岱年先生的《中国哲学大纲》，这样的编辑，在当时的社科出版社，还是不太多的。

由于在中国社会科学出版社出书，所以20世纪80年代和90年代初，我常常去出版社，有时到中国社会科学杂志社去办事，也顺便到出版社哲学编辑室坐坐。这一时期，我的其他书也分别在上海人民出版社、人民出版社和辽宁教育出版社出版了。由于和不同的出版社都逐步发展了合作关系，所以，和中国社会科学出版社的联系慢慢减少了，后来，哲学编辑室的熟人渐渐离开，到出版社的机会就更少了。

社科书店于1981年成立，是当时北京为数不多的几家社科专业书店之一。老黄接手社科书店则已是1994年4月的事了。多年来，书店几经搬迁，但始终在社科院附近，所以，每到社科院开会，我都会顺便到社科书店转一下，看看中国社会科学出版社出的书，看看老黄在不在。

多年来，我在许多出版社都出过书，最新的一本书已经是我的第40本书。但老黄是我的第一部书的责任编辑，这是我永远感谢不忘的。

（作者系清华大学国学研究院院长、教授）

○刘笑敢

老黄与我的社科缘

我的学术生涯与中国社会科学出版社和社科书店有深不可解、密不可分的缘分，特别是黄德志女士先以出版社责任编辑的身份，后以社科书店负责人的身份一直对我有恩有惠，正值中国社会科学出版社成立四十周年之际，她约我写稿纪念，我当然义不容辞。

记不清第一次是在哪里见到她的，大概是20世纪80年代前期，只记得我们很快就成了很熟的朋友。我们变为好朋友也有很多缘由。比如，她在社会科学领域组稿等活动常常与我本人或我熟悉的老师、朋友有关，包括我的导师张岱年先生，还有其他熟识的同行和同学。再如，她的先生与我的一个老朋友刘钝又都在自然科学史研究所工作，两家住得也曾很近，我与她的先生也有了直接认识的机会。不过，这里更值得说、更值得感谢的是她为我搭了走向李泽厚的桥。

我在北京大学读博士学位的时候，有一次见到黄德志，她说李泽厚见到她，跟她说："有个年轻人，我认为他是年轻人，叫刘笑敢，写了一篇关于庄子的文章，写得很好，你们去找他，让他写一本书，十万字，我写序，你们出版。"黄德志告诉我此事后，我感到很意外，有受宠若惊的感觉，所以记忆尤其深刻。意外是因为我那篇文章是纯考证的，是关于《庄子》内外杂篇的前后关系的，主要是语言资料的排比分析，发表于中华书局的《文史》辑刊，该刊主要是古代文史方面的文献研究，而李泽厚是哲学家，特别是美学专家和康德专家，他怎么会看到我的这篇文章，并且有如此的评价呢？尽管意外，李先生看得起我，我就可以借机去拜访一下这位心中敬仰的大人物。由黄德志牵线，我有了拜访李泽厚的机会。第一次见面谈得很愉快，才知道他兴趣广泛，也关注考据方面的题目，年轻时也作过考据性的文章。我向他讲了我读他的书的体会，我说："您的书说出了很多我们想说而不会说、不敢说的话，对我们很有启示。"他说："对，我就是开个头，让年轻人继续往前走。"我在北京大学开始讲中国哲学史时，每个人物专题都会分别介绍张岱年、冯友兰、任继愈以及李泽厚的相关观点，然后根据原典加以分析评说。这种教法很受学生欢迎，特别是李先生的观点比较新颖，能给年轻人更多的启发和新鲜感。

黄德志对我更直接的帮助是在我尚未完成博士论文时就向我约稿，让我将博士论文交给她由中国社会科学出版社出版。虽然我对自己的论文出版是有信心的，但没有写完的论文就有重要出版社约稿，这对一个博士研究生来说实在是莫大的幸运和鼓励，这是我不能忘记的来自老黄的恩惠。没想到的是，论文交出后迟迟没有出版，原因是出版社后来又收到陈来和李申的两部博士论文，当时的总编辑郑文林先生看到有三篇博士论文，就萌发了编辑一套博士文库的想法，社里讨论，社科院讨论，组织编委会，一拖就是一两年，眼看我要去哈佛了，我问老黄，我走前能不能见到样书？她说，能，一定让你走前带上。她说到做到，为了赶时间，辛辛苦苦找了外地一家印刷厂赶印了出来，虽然不是后来大批出版的规格，但毕竟赶在出国前送到我手上，这份情谊也是难以忘怀的。李泽厚的序言也是老黄建议我去请他写的。没有她的建议，我也不好意思去向李先生请序。老黄为李泽厚主编的美学丛书做编辑，他们关系很密切，她大概知道李先生会为我写序。我带着装订三册的油印论文去李泽厚在和平里的家中。他坐着一边翻阅我的论文，一边让我说我是如何写的。他翻完了，我也讲完了，他说，我可以为你写序，我会认真地写一篇序。据说，他为我写的序是最认真的，他给自己的学生写的序言会说此书稿我没有看过。我的书稿他是看过的，有具体评介。我当然感谢李先生的提携和栽培之恩，但没有黄德志从中穿针引线，我是不会认识李先生的。

能带着刚出版的博士论文到美国访问也是很大的幸运。密歇根大学的孟旦（Donald Munro）教授看了我的书和第一部分的英文提要，就决定将其翻译为英文出版。时任哈佛燕京学社社长的韩南（Patrick Hanan）对我说："中国哲学的书能翻译成英文出版是很少有的事，好像冯友兰的《中国哲学史》以后就没有了，你这是第二部。"当然，这份殊荣也要感谢黄德志的特殊努力。

当然，作为朋友，我也应邀为老黄做过一些事，如审稿、编辑加工一些书稿等。据说，我的审稿意见还曾得到出版社总编辑的肯定，说老黄找对了审稿人。多年以后再见到老黄，她已经专心管理社科书店，邀我去参观，以后我找她也直接去书店。那时的社科书店还在建国门内大街，在社科院大楼的马路对面。书店管理得井井有条，布置整齐大方，找书很方便，与一般的商业书店不同。老黄经营书店和当编辑一样有热情、有魄力，也非常专注。我很佩服她干什么都要尽力干好的精神。曾多次去参观，感到在那里买书很舒服、自在，好像在那里买过不少书。有一次，我随便看书翻书，她见我对《道教大词典》感兴趣，就慷慨相赠。此书现在也还在用着。近日与老黄通话，感到她还是那么热力十足，热情迸发。我非常感谢中国社会科学出版社，感谢社科书店，当然，这一切背后都有老黄的音容笑貌……

（作者系香港中文大学哲学系教授）

○张冠梓

一次难忘的学术沙龙

在社科院工作，最幸福的事儿无疑是一头扎进书斋、潜心学术研究。无奈，工作特点决定自己难得有这样的福分。每每头昏脑涨地开完会、办完事后，到社科书店走一遭就变成了难得的消遣，总能满足我的些许"嗜好"。可以说，除办公室外，我在社科院去的最多的地方，一个是食堂，另一个就是书店。而且，在社科书店，我有多重身份，是读者，是买书人，还是作者，既有获得感，又有成就感。书店的"店主"——当时的社科书店经理、编审黄德志老师格外关照我，每次都给推荐好书，拉着我聊上一阵儿。有一次，她还专门为我的一部书《哈佛看中国》举行了"贡院学人沙龙"。

我清晰地记得，那次沙龙是2010年8月14日，我主编的《哈佛看中国：全球顶级中国问题专家谈中国问题》（人民出版社2010年出版）一书出版不久。黄经理邀请我在沙龙上谈一下主编和出版这部书的感想。她很重视这件事，邀请了学术界的不少专家学者和新闻记者参加，包括一些老前辈、名专家捧场，她还亲自主持了讨论。

对于中国学者而言，哈佛大学无疑是美国主流文化的标志，也是学术神圣殿堂的标志。能到哈佛访学，遂了我多年的心愿。我特别珍惜这一年的学习机会，学得很卖力，课余也走了不少地方，还四处拜访名师，可以说取得了至今仍受益不尽的收获。《哈佛看中国》一书，就是我在那一年的小小学习成果。这本书以三卷本、70余万字的篇幅，对哈佛大学的47位中国问题专家进行了深度访谈，较为全面和系统地展现了哈佛这座世界级名校的"中国观"。在沙龙上，我有感而发，主要谈了三点。

第一个感想是，他者的视角不仅有益而且必须，但必须服从和服务于自我的审视。我觉得，和中国人研究自己的问题相比，哈佛教授的视角——作为"他者的视角"——看中国问题，显然是不一样的，具有不一般的参考和借鉴价值。外交家吴建民说过，中国在鸦片战争后首次走到了世界舞台中心，这一新变化世界没有准备好，中国自己也没有准备好。中国正处在快速变化、急剧转型的历史时期，无疑需要"他山之石"，需要听取不同的意见和声音。也就是说，我们一方面要自主地研究好自己的问题，一方面还需要倾听其他国家、地区和文化背景下的人们的观点和意见。《哈佛看中国》就是力图做这方面的尝试，即站在对方的角度思考"对方"问题。记得哈佛大学费正清中国问题研究中心原主任傅高义教授在接受采访时说，西方国家对中国的误解是各种矛盾长期积累的结果，消除这些误解也不是一蹴而就的事情。可以看到，在哈佛的不少学者已经换位思考，试着站在中国的立场上思考中国的问题，提出了许多比较深刻、中肯、客观从而比较有建设性的意见和建议，有的可以说是真知灼见。许多学者的观点并不是一成不变的。大家熟知的哈佛大学教授约瑟夫·奈是"软实力"一词的首创者。2004 年，他在其著作《软实力：世界政治中的成功之道》中既不看好、也不强调中国的软实力，他认为同美国相比，中国的软实力微不足道。然而仅一年后，他却在《华尔街日报》专文介绍《中国软实力的崛起》。被美国人视为"重大国际事务权威观点发源地"的《外交》杂志的编辑部门——外交关系协会在其网站上也开辟专门网页，以问答的形式介绍中国的软实力。他们认为，"伴随着中国经济的飞速发展，被称作'软实力'的文化、外交等方面，中国的影响力已经渗透到世界许多角落，无论在东南亚、拉丁美洲，还是在非洲，你都可以发现中国的影响"。当然，通过访谈也发现，也有个别自命不凡的为中国"支招"的人们，说些似是而非、不痛不痒的话。还有个别所谓的"中国通"，出于维系与中国"良好关系"、与中国政府官员与学者"良好关系"的考虑，在与中国交往特别是在与中国政府交往时，隐瞒了自己的真实观点。对待这些学者的观点，不管是什么样的，我想都应当采取自主的、审慎的态度，需要擦亮自己的眼睛，调动自己的大脑，多听多想，有取舍，有鉴别。关键是，中国的问题还是需要我们自己去积极地研究、自主地解决。一个是，要主动出击，积极做好宣传、交流工作。中国在面对世界目光的检视时，当然会有褒扬、也会有批评，甚至有误解、有歪曲。只有积极主动做好宣传工作，只有更加公开透明地展示自己，才能让谣言与误解遁于无形，止于真相。另一个是，切实改进宣传、交流工作，注重宣传、交流的效果。我注意到，我们有些学者的对外交流，老外感到听不明白，甚至很隔膜、很生疏，久而久之就失去了和我们交流下去的兴趣。因此，在坚持我们的立场的前提下，改进表达方式显得非常必要。应当采用西方人"惯常"的方式、更易于明白和接受的方式来交流。

我谈的第二个感想是，既要保持应有的自尊，又要保持必要的自省，两者同样重要。我认为，在对外交流中，持有什么样的姿态是一个非常重要的问题。正确的态度是，既要有应有的自尊，又要有应有的自省。举一些中国人缺乏自尊、自信，甚至崇洋媚外的例子。譬如，做同样的工作，外国人的薪水会高出一大截。他们不必理会那些惩罚条例或加班时间，报酬仍然有增无减。如果中国公司想吸引外国专家，必须提供比中国员工高得多的薪水，有时甚至得超过西方国家的水平。譬如，一些中国老总出差时身边往往带着一名白人随员，"身边带个白人，当地人会高看我们一眼"。尽管随行外国雇员不必开口，其存在却往往会使事情进展更顺利，至少能让氛围变得更友好。再譬如，一个白人女性在中国某公关公司担任项目经理，然而她除了参与各种会议，几乎没有任何实际工作可做。开会时她只是安静地坐着，不知道会议议题，甚至对客户一无所知。她在中国之所以拿钱却不用出力，仅仅因为她是白人。那家公关公司有西方客户，他们想让公司显得更加"国际化"。还譬如，不少外国人在国外开车规规矩矩，到中国就任意行驶。即使有哪个交警没收了驾照，也可以轻易地取回来。中国法律对他们网开一面，而越来越多的外国人也学会了玩弄他们可以享受的特权和"潜规则"了。这些例子说明，中国人在与外国人特别是与欧美国家的人打交道过程中，缺少自尊和自信。而缺乏自信、自尊相反的一面，是中国人的"虚荣"、"虚骄"，缺乏应有的自省、自觉意识。因此，有些学者提出来，中国人应当增强"文化自觉"，对自己的文化有"自知之明"。具体说，就是明白自己的文化的来龙去脉、特色和发展趋向，从而增强自身文化转型的能力，并获得在新的时代条件下进行文化选择的能力和地位。此外，应具有世界眼光，能够理解别的民族的文化，增强与不同文化之间接触、对话、相处的能力。

我谈的第三个观点是，持开放的心态不可或缺，但必须以坚守自主的立场为前提。在科技高速发达的今天，经济全球化是一个不可违的大趋势，但也没有哪一个国家和民族是不注重自己的传统或文化的独特性和自主性的。我们强调文化的自主性，不是不讲开放，不是意味着简单地复古或回归"东方"，因为这个时代推着我们一步一步走，这个世界需要我们在西方或者其他世界里汲取一些为我所用的东西。无论在文化上、政治上、经济上还是思想上，没有自主性就没有了自我。当然，反过来说，这个自主性不是孤立的、绝缘的、封闭的，是在通过跟别人的对话、交流中形成的，开放和自主必须有一个恰当的关联和平衡。强调自主性，就是要提醒我们注意，认识世界需要有独立判断，不能糊里糊涂地落入别人的圈套。我们的现代化，一定是具有中国内涵的中国式的现代化。如果我们能从传统中去寻找那些对今天有实质性的建设意义、启发意义、鼓舞意义的东西，而不是买椟还珠，只学得其表象和皮毛，那么几千年的文化将真正成为我们最宝贵的财富，成为我们的源头活水和不断前进的动力。

记得我在谈上述感想时，引起了当时与会者的热议，他们对我的观点颇为赞同，并鼓励我整理出来，这就是后来在《科学时报》上登出来的整版体会文章。这的确是我在哈佛访学特别是采访学者时的深切体会，现在回过头来看，当时的那些体会仍然有现实意义。时间虽然过去了将近十年，但回忆起这次在别人看来不怎么起眼的学术活动，对我而言非常难忘，也由此感谢社科书店，感谢黄总的良苦用心。

（作者系中国社会科学院人事教育局局长、研究员）

○厉　声

社科书店为科研服务，
初心如一

　　阅读和掌握丰富而翔实的资料，是哲学社会科学研究工作的前提和必备的条件；拥有能够任由自己阅读的研究资料或参考书是社会科学研究人员的福分和最大的心愿。我是做边疆研究工作的，1997年进入中国社会科学院，此前受学术和研究的环境所限，学术功底与阅读、掌握研究资料方面都甚为欠缺。在我努力弥补这一缺憾之时，社科书店成为我不可或缺的资料文献宝库。

　　该书店是社会科学专业书店，早在20世纪80年代就已以经营的学术特色，在学界、文化界和高等院校师生中有很大名气和影响。书店坐落于中国社会科学院主楼一层，由胡绳院长题写的"社科书店"匾额十分醒目。初次步入书店，给人的印象是环境雅静，销售人员专业而热心，图书陈列拥挤而有序；部分图书是按专业分类的，边疆史地研究类的图书有专门的陈列位置；查看书架，既有最新出版的前沿著作，也有打折的长线销售基础性文献资料，甚至有各类专业学术杂志。记得市面上已很难见到的《康熙朝满文朱批奏折全译》与《雍正朝满文朱批奏折全译》，是我最先淘到的两种档案文献汇编。我喜形于色的举止引起了书店的关注，一位姓黄的负责人微笑着走来，第一句话是："社科书店首先是为科研服务的"；简单的同行交流就敲定了各种"优惠"：新书八五折、购书可送货上门、可以预订或寻找某类图书、为作者提供销书渠道……迈出书店之门时，双方已构建起了牢固的信誉基础。2003年，课题组承担了中国社会科学院第一批重大项目"中国历代边事与边政通论"，项目内容涉及古代、近代、现代2000多年的边疆历史，书店随即成了项目组的"资料库"和"图书代购店"，往往是一个电话就解决了所有的问题。

一晃20年过去了，社科书店在改革开放的大潮中不断提升，书店为科研服务初心却始终如一，我们在持续受益、受惠中对书店的感恩之心始终如一。2017年，170万字的《中国历代边事与边政通论》著作获得了第四届中国出版政府奖，书店听说这一喜讯后，第一时间专门祝贺，却只字不提自己所付出的辛勤劳动。可尊可敬，可仰可慕。

（作者系中国社会科学院原边疆史地研究中心主任、研究员）

○于　沛

社科书店——
我的精神家园

　　今年6月，中国社会科学出版社将迎来建社40周年的喜庆节日。经过40年的努力，该社已经发展成为我国马克思主义理论传播的坚强阵地、哲学社会科学出版重镇、国家智库成果的重要发布平台和中国学术"走出去"的生力军。早在1993年，它首批被中宣部和国家新闻出版署授予全国优秀出版社称号。

　　我作为中国社会科学院的一名研究员，中国社会科学出版社忠实的读者和作者，此时心情澎湃，激动不已。正是出版社诸位领导的悉心指导，和责编们的辛勤劳动，我所主持的院重大课题《马克思主义史学思想史》（6卷本）由中国社会科学出版社出版后，2017年获得了中国出版政府奖、中华优秀出版物奖等国家级奖项的提名奖。此外，我个人承担的国家社科基金课题和院的多项课题，也大多在这里问世，为中国哲学社会科学这个百花园奉献上一朵朵小花。

和各个研究所的诸位同人一样，我们成长的每一步，都离不开党、国家和人民的栽培，同时也都离不开中国社会科学出版社的阳光雨露，因为凝结着我们心血的成果，即使尚显稚嫩，也是从这里走出。魂系梦绕，难忘我们的出版社，尤其难忘它的一个窗口——社科书店。社科书店是一家书店，又不单纯是一家书店。我们每一个人在工作和学习中，都深切地感觉到社科书店赋予我们的实在是太多了：购书、订书、浏览、阅读、小憩、交流……每当到院部开会办事的时候，我们总要提前到一会儿，留出到书店的时间；散会，办完事如果又"磨蹭"了的话，那肯定就是又回到书店里去了。

　　从事哲学社会科学研究，离不开对经典作家著作的研读，离不了解国内外学者在相关问题研究中的最新进展，了解他们的最新著作，以及他们提出的各种前沿问题、热点问题和重大理论问题等。"与君一席话，胜读十年书"，研究者之间还要经常切磋、交流，要在交流与切磋中获得启迪和灵感，碰撞出新的火花。这一切，在社科书店都可以得到满足。社科书店虽然没有富丽堂皇的厅堂，没有现代的交际茶舍，但人们一迈进门就感到特别温暖，春风拂面，给人一种踏踏实实的家的感觉，没有任何多余的顾虑或负担，社科书店是我们的精神家园。

　　每当你走进书店，黄德志经理和值班的店员，都会热情地介绍新到的图书。我们的工作单位，甚至我们的研究方向，她们都了如指掌，所以每次介绍都很专业、很到位，当看到意料之中或意料之外的新书时，往往会给我们带来惊喜。专业书不多，但进店的书多是精选过的，即使如此也不可能本本都买，有时翻翻看看，有些必要的数据或索引想要记下来，店员则会提供力所能及的帮助，提供纸笔，在本不宽敞的店铺内，帮助找个便于写字的地方，顺便放上一杯热水。走进社科书店，时有参观"社科院最新研究成果"展览的感觉，因为店内最显著的地方，摆放的都是院内学者的最新学术专著。一本本、一排排著作墨香扑鼻，集中展现了中国社会科学院学者的风采。站在这些书前，往往会感到无声的鞭策和鼓励，人们不由得会思索，在这些硕果累累的同事面前，我该怎么做呢？

社科书店的黄经理和她的店员们，把经营这家书店当作一项事业，在平凡的工作中做出不平凡的业绩，是名副其实的中国社会科学出版社的窗口。中国社会科学出版社把编辑出版"主题图书"当成自己的责任和使命，社科书店则自觉地经营"主题图书"。这些图书不仅在学术上精益求精，而且关注现实，服务大局，在推进马克思主义中国化、时代化、大众化，继续发展21世纪马克思主义、当代中国马克思主义等方面，表现出鲜明的特点。社科书店几十年如一日，源源不断地为研究人员及社会各界读者提供丰富的精神食粮。这就不难理解，为什么一提起社科书店，大家总是自豪地说，这是我们自己的书店。

年终岁末或是其他适合的日子，社科书店经常会举办被一些人称之为"神仙会"的读书会和文化沙龙，热情的黄经理是当然的也是最称职的主持人。在书店的一隅，编者、作者、读者喜气洋洋促膝相谈，俨然节日已经提前到来；社科院的领导、出版社的领导，以及一些研究所的领导，也都抽空赶来。无论是德高望重的著名学者，还是渐露头角的青年才俊；无论是院所领导，还是普通的读者，大家轻松地围坐在一起，或交流自己在著书立说中、阅读中的心得；或介绍一些学科发展中新提出的前沿问题和重大理论问题；或具体结合一本书，解读当代中国社会发展中提出的一些有代表性的现实问题。总之，与会者从不同的话题、不同的视角、不同的内容都在谈一个共同的话题，即如何按照立足中国、借鉴国外，挖掘历史、把握当代，关怀人类、面向未来的思路，着力构建中国特色哲学社会科学。虽然每人面前只有一杯清茶，但大家都感到这是难得的思想盛宴、学术盛宴。

光阴荏苒，中国社会科学出版社已经成立 40 周年了，经过长期努力，中国特色社会主义进入了新时代，这是我国发展的新的历史方位。在新时代，我国哲学社会科学地位更加重要、任务更加繁重。历史表明，社会大变革的时代，一定是哲学社会科学大发展的时代。衷心祝愿中国社会科学出版社和社科书店百尺竿头更进一步，为当代中国社会科学的繁荣发展，做出更多更好的贡献！

（作者系中国社会科学院世界历史研究所
原所长、研究员）

○李　薇

社科书店——精神的安乐窝

　　一个学术单位除了要有博大的图书馆，还要有个精深的书店，即便小一点，只要是精致的就好。1985年，建内大街5号的新大楼正式启用，中国社会科学院终于有了一个像样的门面。大约十年后，新图书馆竣工，大院整体外观终于跟上了长安街的整体发展。接下来不久，好消息传来，原本设在院外的社科书店搬进了院部，图书馆与书店终于配套了。社科书店地界稍偏，门脸略小，但与食堂毗邻，方便大家在填补物质饥渴后再去满足一下精神需求。多年来，它与图书馆已经成为社科人静心阅读、踏实思考的精神"安乐窝"。

　　在社科书店搬进院部大院之前，我因常逛书店与店长成了熟人，自书店搬来院部，我和她就相互成了办公室或书店的常客。我发现，店长很善于把周围"资源"都恰到好处地"充分利用"。例如如何向上级申请地盘、如何要求减免租金、如何组织学术活动等问题，从写报告到搞策划，店长背后总有朋

在2012年社科书店"新年读书会"上中国社会科学院日本研究所所长李薇主动请缨做开年第一次读书会主持人

友在帮忙。社科院的一些院局处领导、知名学者，都曾经为她出谋划策。店长的能量来自她的执着性格和敬业精神，也得益于长期与读者互动交流所积累下的互信关系，而大家对店长的援助，源于对社科书店发展的期盼和对这位"书店人"的信赖。在店长敬业精神的感召下，我也曾经不由自主地贡献了微薄之力。还记得有一天中午，店长老黄带着一身汗来到我办公室，手里拿着为我准备好的笔和纸，给我布置的作业是把她的申请理由和心情用公文报告的方式逐条整理。动笔之前，她要用有限的时间讲给我她的目标与困难，那神情和语速至今深深地留在我的记忆中。面对这样执着的人，真的不能无动于衷，好在我受过一点法学训练，归类提升于我并不是件难事。从那以后，我一直扮演帮她归纳整理报告书的角色，直到她和我都退休。

社科书店并未把单纯的营业额作为追求目标。在经历了一波三折的建店装修布架等初期工程后，社科书店早早开始考虑定位的问题。店长穿梭于各楼层的研究所，虚心听取学者、读者们的意见，最终，社科书店选择了较高的站位，走的是贴近学科发展的学术之路。首先，是熟悉学者。店长带着店员不断地走访研究所的熟人，他们可以通过接触这一两个人扩大到一个或者几个研究室的范围，在强化自身知识结构的同时，也提升了对学者的认知度。渐渐地，店长可以说出某个学者及其著作以及在学科的地位。其次，是关注学科发展。社科院学术报告厅的活动中常有社科书店人的身影，他们知道，那里讨论的都是前沿最新的或学科重要的问题。无论是约书、购书还是推介，都注意跟上这些前沿问题和学科关切。最后，是组织学术活动。由于地方有限，社科书店只能组织小型的学术沙龙，围绕座谈的特定题目选择参与人。每一次小书店都挤得满满的，充满温馨的学术氛围，而每一次书店人都参与互动，他们既推介了学者和著作，同时也提升了自己。可以说，社科书店虽小，但因位于社科院大院内，学者云集，知识充裕，学术氛围浓厚，这一切都给了书店和书店人得天独厚的"天时、地利、人和"的发展空间和成长机会。

对于读者，社科书店除了给予购书的便利，也提供了各种学术信息。例如我总是接到店长的电话，告知我喜欢看的书到了，不一定特指哪一本，也许是那一方面的。其实，我不记得告诉过她，但她却都记得。去书店总是得到新书以及读者群的相关评论信息，这些都成为我购书、读书的重要参考。有时，可以找店长"走后门"，获得抢手的或者市场上断档的书，真不知道店长是费了多少功夫给我找来的。还有时，店长会向我打听国际学术交流的情况，会跟着话题内容推介给我相关的图书和知识，总不会让我白去一趟。更有意思的是，店长会告诉我圈子里熟人的来店时间，平时难得一见，可在书店相会。我和朋友们能在书店学习知识，开阔眼界，结下读书友谊，得益于贴近学术圈并且懂书懂人的社科书店人。如今，建店37年的社科书店已经成为社科院和社科人学术生活的一部分，它的存在带给了读书人思考与欢乐。它总是让你惦记，并与你互相关照着。

一个民族的强大，在其文化的高度与精神的强健。从这个角度看书店，它的分量重得不能再重。书店就像学者一样，立足当下，融会中外，贯通古今，构建思想以及建设性的程序原则，以造福于民族与国家。正因为如此，社科书店小中见大。也许大家都期待着，在数字化传播飞速发展的环境下，它还能继续散发无可取代的书香，在跟随新时代的进程中，它还继续与学术的发展、学者的成长同步前行。

（作者系中国社会科学院日本研究所原所长、研究员）

○邢广程

苏联解体了，
但研究还要继续

　　黄德志老师打来电话，通知我 2018 年中国社会科学出版社建社 40 周年。此时我真的感到岁月如梭，一转眼中国社会科学出版社已到了不惑之年！尽管对时间的飞逝颇有感慨，但细想下来，中国社会科学出版社不负时光，40 年来给世界奉献出一本本好书，可喜可贺！黄老师约我写一篇文章，结合建社 40 周年谈谈相关学术问题。我答应了，但迟迟没有动笔。随后，黄老师又打来电话，催促我抓紧时间。我向黄老师表示，我可以向贵社建社表示祝贺，就不要写文了吧。黄老师不依不饶！她还提示我，《苏联高层决策 70 年——从列宁到戈尔巴乔夫》五卷本，多年在中国社会科学书店销售书中名列前茅，况且这个多卷本的专著作为我院优秀科研成果系列的组成部分也曾在中国社会科学出版社再版过。她建议我可以谈谈这本书的写作体会。

　　我是 20 世纪 80 年代初来我院研究生院苏联东欧系攻读硕

士学位的，后来又获得了博士学位。在学习期间我经常到社科书店购书，当时该书店坐落于东单大街东南角长安大街南侧，面积不大，有些简陋，但有很多我所需要的苏联方面的专著和译著。我喜欢这个书店。后来社科书店几度搬迁，但我总是前往购书。《苏联高层决策70年——从列宁到戈尔巴乔夫》五卷本中的很多参考书就是从这个书店淘来的。在这里需要特别感谢这个书店，感谢黄老师！

为完成黄老师的任务，我谈一点对苏联共产党失去政权的思考。苏共垮台具有深刻的历史和社会等综合性因素在起作用。苏联解体多年了，但对苏联的研究需要持续下去。苏联虽然解体了，但苏联解体所产生的历史性冲击波还在起作用。最近几年俄罗斯与欧盟在乌克兰问题上的争斗就完全可以看到苏联解体历史性影响的影子。苏共亡党和苏联解体问题一直是国内外学术讨论甚至是激烈争论的问题。列宁所创建的布尔什维克无坚不摧，取得了十月革命的胜利。由布尔什维克发展到苏联共产党，是苏联不断走向强大的过程，但苏共作为一个非常强大的执政党在没有强大的政治对手的情况下为什么会崩塌了呢？这个问题非常重要。

我在这部书中曾提到苏共犯了"2×2=蜡烛"的错误。而"2×2=蜡烛"是一个什么性质的错误呢？实际上这就是犯了逻辑思维错误，犯了颠覆性的错误。从理论上说，布尔什维克党与其他政党一样也会犯错误，也干蠢事，但共产党决不应犯逻辑上的错误。

苏联共产党失去政权，自我坍塌，这是一个非常重要的历史问题，需要加以研究。从政治制度的设计来看，从苏共党纲和党章规范来看，苏联共产党不应该出现这样的局面。因为苏联共产党和别的政党有不一样的地方，这就是它有先进的马克思主义理论指导，有先进的工人阶级支撑，代表了广大人民群众的根本利益，所以这样的先进执政党是不会瓦解的。这就决定了苏共不会犯"二二得蜡烛"的颠覆性错误。尽管受到历史条件的限制，苏联共产党也会犯这样和那样的具体性的错误，有时甚至是严重的错误，但是苏联共产党正因为有科学的理论指导，正因为代表工人阶级的根本利益，所以苏联共产党从制度设计上就可以避免犯颠覆性的错误，即使因历史条件和经验积累的限制犯了一些大大小小的错误，但是苏共完全可以借助先进的马克思主义理论和广大人民群众的支持而自己主动积极地改正错误。但非常遗憾的是，苏联共产党最后也不可避免地犯了颠覆性的错误，犯了"二乘二等于蜡烛"的错误，这是一个非常重要的历史悲剧。苏联共产党为什么没有逃脱所谓的"历史周期律"呢？

其实，这个公式不是我的发明。在20世纪20年代初期，列宁领导的俄共（布）面临着一系列危机，也犯了一系列错误，干了不少蠢事，受到俄国一些小资产阶级政党和第二国际的嘲笑和指责。1922年列宁正面回应这个问题，布尔什维克干了许多蠢事，但布尔什维克干蠢事，好比是布尔什维克说"二二得五"，而布尔什维克的敌人即资本家和第二国际英雄们干蠢事，就好比是他们说"二二得蜡烛"。列宁的回应无非是说，布尔什维克也犯错误，也干蠢事，但是布尔什维克不犯逻辑上和颠覆性的错误。然而，20 世纪 80—90 年代苏联出现剧变，苏联共产党在犯了一系列逻辑上的错误和颠覆性错误之后，迅速垮台，苏联也随之土崩瓦解。这恰恰表明苏共也犯了"二二得蜡烛"的错误。

为什么会这样？究其原因有以下几个因素。第一，苏联共产党没有持续地用先进的马克思主义理论一贯地指导自己的实践。尤其是在苏联这样一个人类历史上第一个建设社会主义的国家，它更需要用马克思主义科学的世界观和方法论，需要用辩证唯物主义和历史唯物主义来解决各种问题甚至是十分复杂的难题。但非常遗憾的是，苏联共产党后来越来越背离马克思主义的辩证唯物主义和历史唯物主义，走上了一条主观主义和唯心主义的道路，走上了形而上学的道路，理论思想逐步僵化。缺乏马克思主义先进而科学的理论支撑和指导，即使是苏联共产党这样一个强大的富有丰富执政经验的政党也不可避免地犯理论上巨大的错误，这是其垮台极其重要的理论原因。第二，苏联共产党是工人阶级的政党，但非常遗憾的是，在后来的长期实践过程中其逐渐地、不自觉地越来越脱离了工人阶级。它表面上和口头上不断重复说能够代表工人阶级利益，但实际苏联共产党后来在很多方面都是在违背工人阶级的根本利益。这就使得其代表的是少部分官僚阶层的利益，而这少部分官僚阶层的利益，恰恰是以损害工人阶级利益为前提的。一个口头上说代表工人阶级利益而实际上是在损害工人阶级利益的政党，是不可能长期得以执政的，不可能避免犯颠覆性错误的，最后被广大的人民群众所抛弃。第三，列宁所创建的苏维埃俄国是主张和平的，主张与世界和平相处。但是后来苏联共产党越来越背离列宁和平道路的思想，逐步走上了与美国争夺世界霸权的道路，走上了侵略其他国家的道路。这严重损害了苏联社会主义的形象，严重违背了科学社会主义的基本原理，在国际上处于非常不利的地位。

因此苏联共产党因犯了一系列颠覆性的错误，不可能经受住历史的考验和检验，其垮台自有其历史的逻辑性。要知道苏共不是被别人推翻的，而是自己打败了自己，犯了安泰式的错误。苏联共产党的教训，给后来的一切执政党都提供了非常沉痛的教训。这就是我们要坚持马克思主义，坚持马克思主义的辩证唯物主义和历史唯物主义，不是一时的坚持，而是要持续地、时时刻刻地坚持马克思主义辩证唯物主义和历史唯物主义的指导思想。我们要坚持实事求是的原则，这是避免犯颠覆性的"二二得蜡烛"的错误的最好办法。

（作者系中国社会科学院中国边疆研究所所长、研究员）

○彭立勋

学缘与书缘

——我与汝信先生及中国社会科学出版社的学术交往

在我长期从事学术研究的道路上，曾经得到许多著名学者和专家的指教和鼓励，也曾经得到许多出版界编辑朋友的支持和帮助，其中，和汝信先生的学术友谊以及和中国社会科学出版社的学术交往最令人难以忘怀。

汝信先生是我国著名哲学家和美学家，我很早就仰慕他的学识。但我们互相结识却始于1993年。那年6月，中宣部在上海举办"有中国特色社会主义理论"研讨会，邀请了刘国光、汝信、邢贲思、逄先知、龚育之、胡福明等著名专家与会。我作为深圳市社科界负责人和代表，也被邀请参加会议，并被安排在首日作大会发言。在会议讨论和参观期间，我和汝信先生多有交谈。他当时担任中国社会科学院副院长，我向他介绍了深圳社会科学事业的发展情况，请他以后有机会到深圳给予指导。

我一直盼望在美学研究上得到汝信先生的指教。从上海开会回来不久，我便给他寄去了我的美学专著《美感心理研究》和《审美经验论》，请他指正。这年底，我接到广东省第六届社会科学成果评奖申报通知，拟将《审美经验论》申报评奖。由于评奖表上要填写专家推荐意见，我于是将申请表寄给汝信先生，请他写推荐意见。没过多久，便收到他寄来的推荐信。推荐信写道："彭立勋教授著《审美经验论》一书是具有高度学术水平的美学著作，该书较深入而又系统地研究了过去我国美学界所忽视的审美经验问题，填补了我国美学研究中一个空白"，"作者提出了自己的审美经验理论体系，富有独创性，对有关审美活动的一系列重要美学问题的分析和解释都颇有新意，突破了前人研究水平"。我看完推荐信，又欣喜又感激，感到它既是鼓励也是鞭策。1994年评奖结果揭晓，《审美经验论》获得广东省社会科学优秀成果一等奖。

我于1987年受国家教委派遣，到英国剑桥大学从事学术访问和研究。在和中国社会科学出版社黄德志编审通信时，我向她介绍了在国外进行学术考察和从事美学研究的情况，她复信表示很支持我的课题研究。我回国后，她一直关注我的研究进展。后来，在她的督促下，我把数年来发表的论文结集为《美学的现代思考》一书交由中国社会科学出版社出版。书稿编好后，黄编审和我商定，约请汝信先生为该书作序。1996年3月我受国际美学学会委托，去中国社会科学院联系在中国共同举办美学会议之事，并拜访了汝信先生。拜访时顺便谈到请他为我的文集作序一事，他当即欣然同意。他在书序中对我的研究成果多所鼓励，肯定书中文章"新意迭出"，对建立有中国特色的新的美学理论做了可贵的探索和有益的尝试。后来，《人民日报》又以《建设有中国特色的新美学——〈美学的现代思考〉简评》为题，转发了汝信先生的序言，令我倍受鼓舞。

1997年11月，中南地区社科院院长联席会议在广州召开，汝信先生应邀前来参加会议，我们再次见面。按原计划，会议后半段移到深圳进行。同时，举行深圳市社会科学院正式成立挂牌仪式。11月13日，"中南地区社科院联席会议暨深圳市社会科学院挂牌仪式"在深圳麒麟山庄隆重举行。来自中国社会科学院和13个省、市社科院的近百名领导和专家学者与会。深圳市委书记厉有为和中国社会科学院副院长汝信共同为深圳市社会科学院挂牌揭幕。接下来讨论会由我主持，汝信先生就会议主题"社科研究与两个文明建设"做了讲话。会议结束的次日，我又专程陪同汝信先生和夫人夏森到仙湖植物园参观和交谈，进一步增进了我们之间的友谊。

1999年，为庆祝中华人民共和国成立50周年，中共中央党校与深圳市委市政府联合在深圳召开"中国现代化与深圳跨世纪发展"理论研讨会。汝信先生和黄德志编审应邀来深圳出席会议。会议休息期间，黄编审向我提起编撰出版新的西方美学史著作的计划。我很支持这个选题计划，并建议由汝信先生来主持编撰工作。会议结束后，我专门请汝信先生和黄编审在宾馆相聚，协商书的编撰事宜。汝信先生欣然同意担任主编，并希望我与他合作开展研究，提议项目由中国社会科学院哲学研究所和深圳市社科院共同承担。此后，我向深圳市委宣传部领导汇报了这项研究计划，得到深圳市宣传文化专项基金的大力支持。接着，中国社会科学出版社决定立即启动这项选题，并作为重点图书给予出版资助。

2000年春，由中国社会科学院哲学所、中国社会科学出版社和深圳市社会科学院在深圳银湖联合召开了《西方美学史》编撰学术研讨会，应邀参加该课题研究和编撰的十多位来自国内不同单位、不同学派的知名美学专家与会，中国社会科学出版社张树相社长和担任本书责任编辑的黄德志编审也参加了会议。会议由汝信先生和我共同主持，围绕西方美学史研究范围、研究方法、全书体例、内容结构等进行了深入的讨论，达成了共识。确定全书分为四卷，汝信任主编，彭立勋、李鹏程任副主编，同时确定了各卷的主编名单。由此，《西方美学史》编撰工作正式启动。2001年，该项目由中国社会科学院哲学研究所申报国家社科基金课题，并被批准立项。

从2000年到2008年，《西方美学史》课题研究组在汝信先生主持下，先后召开了五次研讨会，就书的编写进行反复研究。2003年11月在深圳仙湖召开了第一、二卷书稿讨论会，并围绕书稿研讨了一些相关学术问题。汝信先生认真地审阅了部分书稿。他仔细读完了我写的"休谟的美学思想"一章后说，这一章写得很好，论述全面、分析细致，有新意。这也表达了他对书稿的要求。这次会议后，经过作者反复修改，《西方美学史》第一、二卷于2005年由中国社会科学出版社正式出版。2006年8月课题研究组在北京密云栗林山庄召开了第

三、四卷书稿讨论会。汝信先生在会上强调，这部书一定要能代表当代西方美学史研究水平，要若干年后仍能作为重要参考书。经过认真讨论，这次审稿会对第三、四卷的内容结构做了较大调整，使其更具科学性也更具创新性。会后，第三、四卷做了新的修改，并于 2008 年正式出版。

《西方美学史》四卷共约 280 万字，从破题、研究、撰写、讨论、修改到出版，历经 8 年打磨，凝聚了数十位哲学和美学学者的心血和智慧，可谓是一件浩大学术工程。2008 年 6 月，由中国社会科学院科研局、哲学研究所和中国社会科学出版社共同在北京举办了"中国社会科学院成果发布会暨《西方美学史》出版座谈会"。中国社会科学院常务副院长王伟光，中国社会科学院学部委员、本书主编汝信，各主办单位负责人，首都及外地近 60 位专家学者和新闻界人士出席会议。王伟光和汝信分别致辞。我受汝信先生委托，介绍了本书的编撰过程和主要体会。到会专家在发言中对该书给予了很高评价，称此项成果是我国西方美学史研究的一个"里程碑"，"达到了西方美学通史在当代中国的最前沿水平"。

2005 年我参加主编的《西方美学史》第二卷出版后，我又充分利用在剑桥大学做学术访问时收集的英文资料，继续对西方近代经验主义和理性主义两大美学思潮进行了全面、系统、综合、比较研究，于 2009 年完成了专著《趣味与理性：西方近代两大美学思潮》，并交由中国社会科学出版社出版。在本课题确立和写作中我多次聆听了汝信先生的宝贵意见，书稿完成后又请他审阅，并承蒙他的厚爱为该书作序。汝信先生在书序中肯定"这部专著填补了我国西方美学史研究中的一个重要空白","大大超越了我国学术界过去对这一时期西方美学的研究水平，确实是难能可贵的富有创见的学术成果"。同时，他还结合书中论述对西方近代美学的转向和成因做了极其深刻的阐述，体现了他长期独到的研究心得，让人深受启发。后来，《光明日报》（理论版）又以《近代西方美学转型的启迪》为题转发了这篇书序，进一步扩大了影响。

中国社会科学出版社对《趣味与理性：西方近代两大美学思潮》的出版给予了很大支持。黄德志编审作为社科书店负责人，工作繁忙，但她仍然认真审读了书稿，并帮助联系汝信先生撰写书序。她不但和卢小生编审一起对书的编辑做了许多工作，而且在书出版后又撰写书评在《哲学研究》上发表，充分肯定了本书的学术价值。2016年，我的第二本美学文集《中西美学范式与转型》，在与第一本文集《美学的现代思考》出版相距20年之后，经过责任编辑卢小生编审的精心编辑和设计，又由中国社会科学出版社出版。回顾与汝信先生和出版社诸位编审的这一切美好的学术情谊，至今令我心存感激。

（作者系深圳市社会科学院原院长、
研究员、教授、博士生导师）

上图：哈佛大学教授、北京大学高等人文研究院院长杜维明教授（右）

中图：著名历史学家、清华大学教授李学勤与社科书店员工合影

下图：中国社会科学院荣誉学部委员余敦康研究员

社科书店老读者、著名艺术家、清华大学美术学院教授韩美林

社科书店老读者、中国社会科学院学部委员廖学盛

社科书店老读者、中国社会科学院荣誉学部委员何龄修（右）与新闻研究所陈崇山研究员

社科书店老读者、中国社会科学院外国文学研究所研究员、著名翻译家叶廷芳

社科书店老读者、中国社会科学院人事教育局局长张冠梓研究员

中国社会科学院世界宗教研究所党委书记赵文洪研究员

上左图：香港中国学术研究院常务副院长周溯源研究员

上右图：中国社会科学院当代中国研究所副所长文学国教授

下图：中国社会科学院哲学所研究员、翻译家田时纲

上左图：中国社会科学院世界经济与政治研究所刘国平研究员是经常惠顾社科书店的读者之一

上右图：中国社会科学院办公厅原主任施鹤安始终关心支持社科书店的发展

下图：著名京剧表演艺术家李维康光顾社科书店

○刘培育

令我温暖让我亲

社科书店是京城书店业的一个品牌。

"社科书店"四个字是我院胡绳老院长题写的，每看到它就感到很亲切。

中国社会科学院科研大楼建成不久，社科书店就在科研大楼一层开张了。它面向长安街，一下子吸引了院内外很多读者，成为长安街上的一道亮丽风景线。以后不知出于何种缘由，社科书店离开了科研大楼，迁到了社科院的东北角，又搬到了现在的社科院东门北。不管怎么搬迁，社科书店始终围绕社科院而居，是社科院的一个组成部分。

社科书店是中国社会科学出版社主办的专业学术书店，它的前身是中国社会科学出版社读者服务部，因此，销售中国社会科学出版社的书是社科书店的天职。这些年，我在中国社会科学出版社出版了十几本书，都在社科书店有售。

20 世纪 80 年代，胡乔木院长在一次庆祝金岳霖从事科研与教学活动五十六周年的会议上说："我们党以自己的队伍中有像金老这样著名的老学者而感到自豪。希望所有的科学工作者都要向金老学习，在学习上、政治上、工作上不断追求进步。我作为金老的学生，作为党中央的成员，向金老祝贺，祝金老健康长寿！"他提出要出版金岳霖的著作和金岳霖传记。80年代末，金岳霖学术基金会学术委员会编辑了《金岳霖学术论文选》，由中国社会科学出版社于1990年出版。这是金岳霖先生去世后出版的第一本金岳霖的著作。后来，我承担了国家哲学社会科学基金"八五"课题"金岳霖思想研究"，其研究成果《金岳霖思想研究》一书由中国社会科学出版社于2004年出版。此书荣获社科院优秀成果奖和金岳霖学术奖一等奖。

21世纪初，在院党组的关怀下，我院成立了院老专家协会。为了记述学术发展历程，抢救学术遗产，老专家协会组织我院300多位离退休的老专家老学者，回忆亲身经历的新中国哲学社会科学发展历程，编辑了《中国哲学社会科学发展历程回忆》一书，第一批共8卷约500万字，涵盖马克思主义、哲学宗教学、文学、史学、经济学、政法社会学、国际问题和综合类等各学科领域，由中国社会科学出版社于2014年出版。以后又陆续编辑出版续集。我和呆文川是这套书的执行主编。2017年，这套书被评为我院建院以来的优秀图书，中国社会科学出版社赵剑英社长在《中国社会科学报》发文说：《中国哲学社会科学发展历程回忆》"见证了中国社会科学院的发展历程，也反映了当代中国哲学社会科学发展的辉煌历程"。

2016年，中国社会科学出版社出版了由汝信、李惠国主编的《中国古代科技文化及其现代启示》（上、下册），这是胡锦涛总书记委托我院的一个重大科研项目，历经10年时间，撰写约100万字。我是课题组成员，撰写中国古代名辩学及其对古代科技发展的影响专题。此书被评为我院创新工程2016年度重大成果。

中国社会科学出版社的精品图书都会在社科书店见到，社科书店还经营人民出版社、商务印书馆、中华书局等京城几家老牌出版社的图书。社科书店的最大特点和亮点，是各领域的学术著作比较集中，因此它是学者们特别愿意光顾的地方。不仅我院的学者如此，外单位来我院开会、办事的学者们也愿意到社科书店逛一逛，买几本书。前些年，我几乎是每次到社科院必到书店转一转，时间长了，与书店的几位职工都成了好朋友。我一到书店，他们就向我推荐新书，还主动给我打折，所以我每次都有收获。有时我要的书书店没有，她们就记下来，帮我进货，找到了就给我打电话，或者告诉我新的出版信息。

社科书店不仅卖书，还举办丰富多彩的文化学术活动，比如新书发布、热点问题研讨、作者读者见面、征求出版意见等，我参加过几次。记得20世纪90年代，中国社会科学出版社读者服务部在北京站口向西、东长安街路南的一个小院里召开了批判伪科学的座谈会。龚育之、王大珩等一些著名专家都到会了。他们旗帜鲜明地对一些人打着科学旗号、宣传伪科学的现象进行严肃的揭露和批评。他们还送给我一本揭露伪科学的书。作者签名时，王大珩先生"抢先"签名，却把名字签到了扉页的最右下角，在自己名字的后面不给别的作者留一点

"余地"。这是我第一次见王老先生，却在心中生起了由衷的崇敬之情。

时光荏苒，社科书店走过了 37 个春秋。我在这里不仅收获了许多喜读的好书，也享受了朋友间的温暖。我祝愿社科书店越办越好！

（作者系中国社会科学院哲学研究所研究员）

○李存山

社科出版社与书店的情怀

伴随着改革开放的进程，中国社会科学出版社已届"不惑"之年，迎来了她的40华诞。

社科出版社成立之年，也是我们77级大学生入学之年。想起那时候"文革"刚刚结束，学术出版园地还是一片荒原，我们要找一本哲学专业的中、西哲学史著作很不容易，只能常到北京的几家旧书店去淘书。那时候还有几处"内部书店"，卖的是"内部出版"的书，以及从海外引进的没有正式版权页的书。当时北京大学哲学系的教材，大部分是黄皮油印的讲义。而我们所能读到的书，主要归功于北京大学图书馆较为丰富的藏书。有时候借出的书，竟然能看到历史上的某位大师、名家在上面所做的笔记，而一些外文著作及其译著在当时的市面上是绝少看到的。

我们77级在78年寒假时入校，82年寒假时本科毕业，我接着读了北京大学哲学系中国哲学史专业的研究生。在听张岱年先生讲授"中国哲学史史料学"时，我知道了他有一本重要的哲学史著作，即《中国哲学大纲》。此书在1958年由商务印书馆出过一个版本，但因当时张先生已被打成"右派"，所以只能用"宇同"的名义出版。我很快在北京大学图书馆的"教师与研究生阅览室"找到了那本书，当读到其中的"气论一"和"气论二"时，我兴奋不已，因为这与我在本科期间对老子"道""气"思想的一些思考有些契合。此书是不外借的，所以当时只是匆忙抄录了一些内容。张先生的"中国哲学史史料学"只讲了一半，就因患心脏病而没有继续讲，但他说他的《中国哲学史史料学》著作即将出版，待出版后凡听此课的学生每人赠送一本。后来我从哲学系办公室得到此书，是生活·读书·新知三联书店1982年6月出版的，我在此书的扉页上写下了"岱年先生赠书"。在上研究生课的第二学期，我得到了张先生亲赠的书，此即由中国社会科学出版社1982年8月出版的《中国哲学大纲》，张先生在此书的扉页上题写了"存山同志阅存/张岱年/82年12月"。也就是说，在张先生拿到此书的样书不久，他就很快把书送给学生，并正式在上面题字签名。由此可以看出，张先生对此书出版极其重视。这是我从张先生手中得到的第一本他亲笔题字的书，我对此书的重视无以言表。后来我在朱伯崑先生指导下完成"先秦气论的产生和发展"硕士论文，以及后来完成《中国气论探源与发微》著作，还有完成《中国传统哲学纲要》等著作，无疑都是把张先生的《中国哲学大纲》作为最重要的参考书。每当想至此，我也非常感谢社科出版社当时能够出版这本书，这当然不仅嘉惠于我，而且更嘉惠于广大学人。

　　我于1984年暑假时研究生毕业，按照此前的一个约定，我到了中国社会科学杂志社工作。当时的社址是鼓楼西大街甲158号，那是一条斜街，我在北京大学读书时从家里骑车到学校常穿过这条街。当时中国社会科学杂志社和中国社会科学出版社都在一个院里，我在骑车经过此院时常到出版社大门旁的"读者服务部"选购几本书。当我到杂志社工作后，方知杂志社的办公室主要在此院西楼的二层，而一层、三层就是出版社的办公室，我们杂志社的哲学编辑室与出版社的哲学编辑室就是上下楼的关系。在这里我很快结识了出版社哲编室的几位著名编辑，如黄德志、王生平、李树琦等，他们都是《中国哲学大纲》等重要哲学著作的编辑，所以我对他们也心存敬意。当时出版社哲编室的主任是边金魁先生，他与杂志社哲编室的主任何祚榕先生关系融洽，经常合作，两社哲编室的同人也就更加亲近，上下楼相互串门，交谈甚欢。两社哲编室的作者也大多是共同的，他们常常来往于上下楼两个编辑室之间。社科出版社那时的一个重要出版项目是"中国社会科学博士论文文库"，我收到"文库"中的第一本重要著作是陈来学兄的《朱熹哲学研究》，此书是1988年4月出版，陈来学兄在1988年7月将此书送我，具体情景记不清了，我想可能是他到出版社拿样书时顺便到杂志社哲编室送我的。我至今犹记此书的责任编辑黄德志拿着陈荣捷先生为此书写的一个书评，到杂志社哲编室找我，后来此书评发表在《中国社会科学》上。"文库"中还有刘笑敢学兄的《庄子哲学及其演变》等重要著作，这些都是我在那个时期得到的，使我受益匪浅。

1988 年，我在编辑工作之余，赶写出一本书，即《中国气论探源与发微》。此书原是为中国哲学史的一套丛书写的，但交稿的期限已过，我就把此书的书稿交给了社科出版社。第二年有政治风波，到了 1990 年仍还有较紧张的政治反思等，我觉得那部书稿可能已出版无望了。但是有一天，王生平突然来到我们编辑室，拿着那部书稿的校样，并且征求我对书的提要和封面的意见，这是我当时没有想到的，兴奋和感激之情油然而生。虽然那本书写得比较仓促，而且带有我在那个时期的学识和内外环境的局限，但这毕竟是我出版的第一本书，后来王生平还为此书写了一个很有文采的书评，为此我非常感谢。

在出版社由事业单位改制为自负盈亏的企业单位后，我感觉两社编辑室的工作性质差别比以前大了，我们之间的相互联系也无形中比以前减少了。随后，王生平、苏晓离两位编审到了哲学所的《哲学研究》编辑部，而黄德志编审则开始经营她的"社科书店"。书店的店址最初是在社科院大楼对面偏西的位置，我在骑车经过那里时常进去和老黄聊一聊，选几本书。后来书店搬到了社科院大楼的一层，这样就更方便院里的研究人员来买书了。而我在 2001 年也离开了杂志社，到了哲学所的中国哲学研究室。这样，我就和王生平、苏晓离在同一个单位，我们和老黄也都在一个大楼里了。

我到哲学所后，常到社科书店去看书、买书。每一次去都受到老黄的热情接待，而且她如数家珍地介绍新进了哪些好书。当时出版界已呈现一片繁荣的景象，书店里的新书、好书常令人目不暇接。老黄一直保持着售书、荐书的高度热情，而且经营有方，所进的书都有社科各专业的特色，大多是学术著作中的上品，也有不少是前沿性、前瞻性的著作。这些都是院部大楼里的研究人员有目共睹、亲身体会、受益良多的。我有时到院外参加一些较重要的学术活动，也能看到社科书店的工作人员把一些新书、好书搬到会场摆摊出售，他们的工作热情和敬业精神令人钦佩！

我在离开杂志社后，除了曾参加一本新书的座谈会外，再没有进过鼓楼西大街甲158号院，和两社的工作人员也就逐渐疏于交往了。但和出版社已退休的两位老领导郑文林先生和王俊义先生在同一个宿舍院里常见面。我记得王俊义先生曾兼职主编《炎黄文化研究》，他向我约稿，我就写了《自强不息 创造综合——张岱年先生的学术生涯与思想要旨》，发表在他主编的刊物上。我在2008年完成《中国传统哲学纲要》，由社科出版社出版，李树琦编审担任此书的责任编辑。他在编辑过程中的认真负责、一丝不苟，让我觉得出版社的一些老编审仍在发挥着重要作用。另外，王中江和我主编的《中国儒学》，每一辑都在社科出版社出版，除了编辑人员的工作认真之外，校对人员的严格把关也是让我钦佩的。正是出版社新老编辑和各个环节工作人员的认真负责，保障了出版社所出的书一直保持着上乘的质量。

由于院部大楼一层办公布局的调整，社科书店后来搬到了院部大楼后面的东北角位置，这里比原来偏僻了。由于住房面积小，我的藏书量很有限，加之我后来已习惯了看电子书，于是就较少去社科书店了。在此期间，担任《哲学研究》副主编的王生平先生患病，于2017年过早去世，这让我不胜伤感。而黄德志虽已近80高龄，但一直朝气蓬勃地活跃在图书界。她所经营的社科书店可能不像以前那么红红火火了，但是我知道在那里持续不断地举办"贡院学人沙龙"，一些中青年学者在那里静静地读书、热烈地讨论。社科出版社和书店的工作一直灌溉着广大读者，推动着中国学术事业的发展。这就是出版社和书店工作人员的不尽的情怀。

（作者系中国社会科学院哲学研究所研究员）

○江　山

撑起中华精神的一面旗帜
——贺中国社会科学出版社40年暨社科书店37年

20世纪50年代末，一位被世界公认的伟人说过这样一句话："人是要有一点精神的。"是的，说这话的人就是我们共和国的缔造者——毛泽东。他有理由说出这句话，因为是他带领中国共产党和中国人民创造了中华民族五千年历史的一大奇迹，将一个疆域辽阔、人口众多、贫穷羸弱、饱受欺凌的旧中国，缔造成为独立自主、繁荣富强的社会主义新中国，为中华民族的伟大复兴奠定了坚实的基础。

精神的力量来自信仰。毛泽东和一代共产党人的成功靠的是信仰马克思主义，靠的是马克思主义中国化，即马克思主义与中国革命伟大实践相结合所产生的不屈不挠的探索精神、不畏艰险的奋斗精神、心怀天下的无私精神。人无精神不立，国无精神不强。当前我们在实现中华民族伟大复兴的征程中，同样要靠信仰、要靠精神。我理解，这个精神就是以人民为中心、为人民服务的"天下为公"（《礼记·礼运》）的精神；就是不惧天地鬼神、不畏艰难困苦的"愚公移山"（《列子·汤问》）的精神；就是心怀天下、谋求建立人类命运共同体的"世界大同"（《礼记》）的精神。这就是中华民族五千年积淀的中华精神。有了精神，才能有情怀，才能有境界，才能有不甘屈从、不甘平庸的超越，才能有奋斗的力量和品节。

我之所以论述这种中华精神，就是想说明中国社会科学出版社建社的40年以及它所创办的社科书店走过的37年，恰恰是承担和弘扬中华精神的传播者、继承者及创新者。我是社科书店的老读者，我和家人的很多精神食粮——名著好书，都是在社科书店所得。从这里我了解了中国社会科学出版社，它的出版物代表了我国哲学社会科学研究的最高水平。从这里我更了解了社科书店和它曾经的掌门人黄德志老师。20年过去了，中国社会科学出版社已到不惑之年，社科书店也已成立37年，可当我看到我书房和办公室的书柜里塞满的那一本本的书籍，不免又让我对它们肃然起敬。这些书有很多都是社科书店所购，有些是黄老师和书店工作人员费尽周折帮我找到的。是他们为我注入一股股精神的源流，增添知识的力量。我大概梳理了一下我的藏书，正好能从几个侧面说明中国社会科学出版社和社科书店在为中华精神的传播、继承与创新方面所做出的贡献。

一是坚持宣传真理，传播经典，将马列主义的各种版本著作文献以及毛泽东等老一辈革命家的重要论述和著作作为书店的必备品种，还有很多以马克思主义为指导的哲学社会科学专著。我书柜中的《马克思恩格斯选集》《列宁全集》等经典文献都是拜社科书店所得，我女儿都记得，她的那本《共产党宣言》就是在社科书店买到的。

二是继承和弘扬中国优秀传统文化。经、史、子、集涵括中华传统文化的基本产物与典籍，是学习了解我国传统文化的一把钥匙。在社科书店不仅"中华书局"的专柜常年陈设，岳麓书社、中州古籍、人民文学等社的古典文献和典籍也是我在书店选购和书单中列选的。我所藏《诸子集成》《二十四史》及"四大名著典藏本"等均采自社科书店。至今被我女儿视为收藏品的《三国演义连环画》全套盒装，就是黄经理当年为她特意准备的礼物。

三是世界最前沿的学术译著。中国社会科学出版社的诞生与我国改革开放同行，社科书店更是改革开放的产物。因此它们的出版物和所售卖的图书中，有很多代表了国际学术界主要的思想、思潮和流派，是被世界公认的重要著作。国家的改革开放为中国学术思想界打开了了解国外学术思想的一扇窗，使我们有了融入世界文化的机会。无论是《剑桥中国史》系列，还是《资本主义研究丛书》，无论是亨廷顿的《文明的冲突》还是哈耶克的《通往奴役之路》，抑或是皮凯蒂的《21世纪资本论》，都体现了认识与了解世界的勇气，体现了不仅以友为师，还能以"敌"为师的文化自信。

四是有分量的文化艺术与美学专著。人的艺术修养与美学素养是人文素质的最高境界，社科书店比邻我国哲学社会科学最高研究机构——中国社会科学院，这里名家如云，他们的著作涵养了几代读者。钱锺书、李泽厚等大家的文学与美学著作也都曾登上畅销书榜，甚至一时"洛阳纸贵"。《围城》和《美的历程》的热销也让我赶了一回"时髦"。而我更觉荣幸的是，黄德志老师不仅是书店掌门人，也是资深的编辑，而且其专业就是美学，经她手出版的美学著作，我总是第一时间获得。从经典的"美学译文丛书"到鸿篇巨制《西方美学史》，由她"耕耘播种"，我们"采摘收获"。在越来越以人的综合素质为核心竞争力的现代社会，文化艺术与美学的力量不可或缺。

五是以书会友、著（者）读（者）相长。中国社会科学出版社成为我国哲学社会科学领域顶级的出版重镇，是因其40年来有一大批学术大家与优秀学者的支撑，而社科书店能在37年中屹立不倒，也靠的是大家学者和有分量的著译者及他们的好书佳作的支撑，更依赖于一批批有理想、有精神、有知识的爱书人的支持。社科书店组织的各种书友会、读书会及学术讲座，将作者、读者和出版者聚在一个平台上交流互学，这既有助于读者对于精神食粮的消化，取其精华、剔除糟粕，又能促成作者在交流中汲取社会营养，提升思想水平，出版者还可获得选题资源。我欣赏社科书店的一句口号"请将这里读到的好书告诉别人，请将别处看到的好书告诉我们"，正所谓"上至达官显贵，下至贩夫走卒"，在书店他们都是爱书人、读书人。对于学者、作者，书店是他们的精神家园，对于读者、学人，书店是他们成长的课堂，而书店那一本本的好书就是点亮每个来书店的人的人生路灯。

我粗算了一下，我与社科书店的交往前后已有 12 年，尽管有时工作繁忙与书店略有疏离，但在我心里，社科出版社与社科书店永远是我的精神驿站，是书将我们始终连在了一起。我愿意这样认为，如果说，商务印书馆、中华书局、三联书店曾是民主革命时期精神文化的一面旗帜，那么，中国社会科学出版社和她的社科书店就是为社会主义民族振兴乃至新时代撑起的中华精神的一面旗帜！

（作者系军事科学院研究员）

○白云翔

我与社科书店

　　在中国社会科学院院部的东北隅有一处平房建筑，依偎在大楼旁边，从外表上看实在是不起眼，但它却是一处人文社会科学工作者经常光顾的地方，这就是"社科书店"。人们在这里看书、买书，在这里参加学术沙龙，社科书店便成了人文社科学者的一个家园。

　　我所在的考古研究所并不在院部，而是位于王府井大街，从研究所到院部有一段不近的距离，从研究所到社科书店并不甚方便，但社科书店仍然是我常去的书店之一。我跟社科书店结缘，最初或许是一种被动，但后来却变成了一种主动。考古研究所不在院部，我又经常到院部开会，尤其是会期一天的情况下，午饭以后无处"躲藏"，最初是到社科书店"消磨时光"，后来则变成了我到院部开会的最后一个"程序"。即使开半天会，会后也要到书店看看；有时到院部办事，也要顺便到书店一趟。于是，社科书店就成了我常去的三家书店之一（另外两家书店，一家是位于中国美术馆东侧的三联书店，另一家是位于王府井大街的中华书局和商务印书馆的书店），并且都是后门进、后门出的"走后门"。

我到社科书店，首先是买书。这里的考古学图书并不多，但集中展示销售中国社会科学出版社、社科文献出版社出版的图书，以及其他出版社的各种人文社科类图书。这也正是我所需要的。因为对我来说，不仅考古学图书的出版信息比较快捷，而且图书的获得渠道比较多样，有的是作者惠赠，有的是学术研讨会上获赠，当然也有不少是需要购买的，但非考古学类图书则不然，而本人的学术兴趣又比较广泛。于是，每到社科书店，总有一种淘宝的感觉，总不会空手而归，像《两汉经学与社会》《汉代城市社会》《东亚汉文化圈与中国关系》及《列国志》中的某几本和《中日关系史》（多卷本）等，都是在社科书店购买的；《中国产业发展史纲》，则是专门为了从宏观上思考手工业考古问题于2013年特地到社科书店购入的。这些图书，为本人了解学术动态、开阔学术视野、促进学术研究都提供了很大的帮助。

进书店当然是要买书，但又不尽然。我到社科书店，有时实际上是"逛"，也就是随手翻阅图书，通过"逛"，了解各种有关动态和信息，尤其是与考古学密切相关的历史学的动向。譬如，通过在书店翻阅图书，从一个侧面及时了解到中国古代史、古代经济史、科学技术史以及中外关系史的学术动向，从中获得诸多启发和启示，对本人的学术研究都很有帮助。

我到社科书店，有时是为了"聊"，通过跟书店工作人员聊天，了解有关考古学图书的读者反映。2003 年以来，中国社会科学出版社陆续出版了《中国考古学》多卷本、《二十世纪中国百项考古大发现》等考古学论著，社科文献出版社等也不时印行考古学图书。对于新出版的考古学图书，学术界有何反响，从书店的销售和读者反映可以窥见一斑。我每次到社科书店，总会从书店工作人员那里了解到一些有关考古学图书的销售情况和读者反映，对于本人从宏观上观察和思考考古学的发展，尤其是考古学在整个学术界的影响，也颇多获益。

这两年，到院部开会的时间少多了，尤其是会期一天以及一天以上的会就更少了，于是，利用午饭后的时间逛社科书店的机会也少了。但是，每次到院部去开会或办事，总还是顺便到社科书店逛一逛，并且每逛一次，都有所收获。我总在想，社科书店虽居于社科院院部一隅，但在某种意义上，它是社科院的一个窗口，甚至是中国人文社会科学的一个窗口。这个窗口如果能够开得更大些、更敞亮些，岂不更好！

（作者系中国社会科学院考古研究所副所长、研究员）

○ 罗红波

书情·友情

一

1979年11月至1981年10月，在中央广播事业局国际台意大利语组工作的我被公派到意大利卡拉布里亚大学和锡耶纳外国人大学学习。根据工作需要，我应该去进修意大利语，但当时卡拉布里亚大学的外国留学生极少，为此没有专门开设意大利语专业课，无奈我选择了与新闻语言最接近的近代史专业。学了两个月，感到近代史专业课程太少，想想出来学习机会难得，加上党的十一届三中全会开过后全党的工作重点正在向经济建设上转移，于是我决定同时进修经济学课程。

两年进修生活很快就结束了。为了能将所学的知识运用到实际工作中去，我于1982年5月离开了国际台，调到中国社会科学院欧洲研究所（当时名为"西欧研究所"）工作，主要从事当代意大利政治、经济研究。尽管在意大利学习了经济学专业课程，但我知道自己的理论基础尚薄弱，相关知识积累不足，需要恶补。为此，我经常到图书馆、书店去觅书、看书。

1985年，我们所搬到了建国门内大街5号新盖的科研大楼内。一天中午吃过午饭，我想到王府井新华书店去看书。天气很热，我便到建国门内大街的南边，就着点树荫向西走去。突然，在一面灰色墙上看到了一扇很不起眼的门，旁边挂着一个白底黑字的牌子，写着"北京社科书店"。我很好奇，便拾阶进入书店。书店门面小而简陋，与我常去的王府井新华书店根本无法相比。房子好像只有40平方米，四周有没有书架已不记得，只记得屋子中央摆着几张大桌子，上面都摆满了书，有新书，好像也有不少是旧书。两个店员在忙碌着，来觅书者不是很多。

我很喜欢这里，因为书摆在大桌子上，可以随意浏览。我仔细地翻看着，想寻找对自己有用的书籍。第一次，没有翻到自己想要的有关意大利的书籍，连有关英国、法国、德国等发达国家经济的书籍都没看到几本。我看到了由钱俊瑞撰写的《世界经济与世界经济学》、刘国光主编的《国民经济管理体制改革的若干理论问题》、许涤新撰写的《中国国民经济的变革》，三本书均由中国社会科学出版社于20世纪80年代初出版，书还蛮新的。我感到，研究意大利经济离不开对世界经济的了解，研究国外问题最终是为我国经济建设服务。为此，这三本书和以后我在该书店精选的书，我是读了一遍又一遍，细细咀嚼每章内容，学习作者们的研究方法，为我后面的意大利经济研究和中意经济比较研究打下了较为扎实的基础。

二

为了继续不断地充实自己，逛社科书店成为我生活中非常重要的内容，只要有空就想去看一看，看到新出版的书就打开读一下目录和序，兴趣来了就掏钱买下。

20 世纪 90 年代中期，书店来了一位新经理，她和蔼可亲，说话时带着浓浓的湘音，还主动和读者打招呼。我看着她直纳闷，怎么她刚来就认识那么多人？后来，听说她是我们院中国社会科学出版社资深编审黄德志老师，十分优秀，由她任责任编辑的大部头作品有不少，不由得让我对她肃然起敬。

好像是在 2002 年，在黄老师一再要求下，社科书店搬到了社科院科研大楼一层。到书店觅书、看书的学者多了，尤其是周二和周四的下午。

她看我常去书店，问我是哪个所的，我告诉她："我是欧洲所的。"一来二去，我们就熟了。2003 年，经院领导和国际合作局批准，我所与意大利罗马银行签订了合作研究协议，项目由我负责。我邀请黄老师作为我们科研成果出版的责任编辑，她欣然接受。2004 年 4 月，我们合作的第一本著作《中小企业直面经济全球化》出版了。在随后的十年中，我们继续合作出版了 8 本书。她不仅对责任编辑工作尽心尽力，而且在我工作最紧张时给予了我最大的支持和帮助。我当时承担着副所长工作，有一段时间所长周弘在中共中央党校学习，而我们所还要协助国际合作局协调全国高等院校申请并执行"欧洲研究中心项目"，工作多得喘不过气来，使得和意大利合作研究项目受到些影响，交稿时间往往会拖延，给黄老师留下编辑书稿的时间就很少。她没有任何怨言，给予我完全的理解和支持。为了按时出版，她和她先生唐锡仁老师抓紧早晚时间看稿，完成编辑工作后，又让其大儿子唐坚迅速将稿子送到出版社。我常被他们感动得热泪盈眶。我想，我比黄老师、唐老师要小八九岁，资历比他们浅，然而，他们全然没有一点儿架子，从不摆老资格，人生在世，拥有这样两位无私相助的学长和朋友，真是我的幸运！

三

黄德志老师的魅力不止于此，她是一位有魄力、有开拓精神、有爱心的经理。

她担任经理后，把书店打理得井井有条。为了方便学者觅书，她和店员将更多的书摆在桌上，书脊朝上。当书店从科研大楼搬到后院东食堂旁边后销售额受到损失时，她想方设法取得院领导、各个研究所领导和科研人员的支持，扩大销售途径，以增加书店收入。她鼓励店员们在人手少的情况下在科研大楼中段走廊一角增设了方便售书角，根据研究所在学术小报告厅召开学术会议的内容前去销售相关书籍……在网上书店盛行、实体书店萎缩的情况下，黄老师和店员们充分发挥社科书店的优势（有些偏门的学术著作只有在社科书店能够买到），与读者建立密切关系，不厌其烦地做好售书服务工作，使书店保持生气和活力。

书店的店员大部分都是书店自己招聘的临时工作人员，没有院内饭卡。她把店员看成自己的孩子，为了解决他们的午饭问题，黄老师将自己的补贴午饭买来，再让家里保姆做些饭菜送到书店，和大家一起同甘共苦。为了提高店员们的服务意识，她亲自将一首歌重新填词，定名为"社科书店歌"，教会他们唱，要求他们将歌词内容贯彻到平日的工作中。店员们十分尊敬、爱戴黄老师，遵照她的教导，热情服务本院学者和外来读者。每次到书店，我都有种宾至如归的感觉。

黄老师57岁时到书店出任负责人，一干就是18年，75岁才从岗位上退下来。一个优秀的编审，舍弃舒适的工作环境和生活，到社科书店挑重担，遇到了种种困难，包括遭遇"非典"被迫停业好几个月，从科研大楼搬到后院东食堂旁边，包括受到网上书店的冲击，但她遇到什么困难都决不退缩。这18年是什么思想、什么精神支撑着她勇往直前？黄老师多次和我说："我是个编辑，我喜欢和学者交朋友，为书服务一辈子。""在书店，我能了解到学者们需要什么书，哪些书的社会反响更大。""书店是展示学者成果的重要平台，也是学者交流的重要平台，我的任务就是要搭好这个平台。"这些朴素的语言正道出了黄老师舍小家、为大家的精神和她"让书籍更好为学术服务，让书店成为学者温馨家园"的追求。

现在，在社领导的大力支持下，社科书店装修一新，成为北京最漂亮的实体书店之一。新掌门人冯阳丽积极利用新技术手段开拓线上线下销售渠道，支持学者在书店地下一层举办读书会。我相信黄老师的精神在这里会继续得到发扬，祝愿社科书店越办越好！

（作者系中国社会科学院欧洲研究所副所长、研究员）

○姜守诚

读书人的心灵驿站

读书人喜欢书，这是职业习惯，也是天性。现代社会生活节奏日益加快，交通拥堵、出行不便，越来越多的人倾向于在网上买书，如京东、当当、亚马逊、孔夫子旧书网等。我也不能免俗，不少学术类书籍就是从网上书店购进的。

这些年，我们时常听闻到关于实体书店倒闭的消息，如前几年热炒的"风入松""第三极"等，以及最近盛传"盛世情"面临清退闭店的传言。可以说，实体书店遭遇了前所未有的"寒流"。推究其因，诸如店面租金涨价、人力成本增高、读者数量减少等确实成为制约实体书店发展的负面因素。这是实情。尽管如此，我并不认为网络售书将会主导今后的图书市场，更不赞同实体书店必定陷入"穷途末路"、失去存在价值的说法。我不想从经济学的角度来讨论这个问题，只是从读书人的心理体验来谈谈对社科书店的看法。

社科书店是北京长安街上为数不多的实体书店之一，主要经销哲学社会科学类学术书刊。自 1981 年创立以来，该店以其独特的经营理念，吸引了一批批、一代代的人文学者，造就了社科人对书店的特殊感情，遂成为社科人的心灵驿站、精神家园。每周返所日，我到院后的第一站，通常是社科书店。在这里驻足停留一会儿，逛一圈，看看有无新上架的专业书，买上几本中意的，有时空手而归也无妨，和冯经理、陈会计、值守柜台的阮老师、郑老师以及新来的小郑老师打招呼，问个好，拉拉家常，感觉挺温馨。而且，社科书店的全体员工服务意识很强，待人接物十分友善，在力所能及的情况下，为读者提供一些便利条件，对院内的离退休老同志更给予无微不至的照顾，如代收包裹、寄存物品、收发信件等。久而久之，社科书店与读书人之间就建立起了深厚友谊。不少颇有名望的专家学者，在退休后还会专程来书店坐一坐、看一看。

从琳琅满目、各种各样的书柜、书架上挑选自己中意的书，也是一种快乐。这就好比那些喜欢逛街、逛商场的时髦女郎挑选衣物，至于买到什么，其实并不是最重要的，她们享受的是挑选的过程以及在其中获得的感官体验和心理满足。读书人逛书店、购书，何尝不是如此！这种心理体验是在网上购书无法比拟的。打个比方说，网上购书就像是吃速食快餐，纯粹为填饱肚子，不太注重美味与否。购书时的目的性极强，直奔某本或某类书而来，检索、下单、付款、收货，标准的流水化作业，效率很高。而在实体店购书，则像是下馆子、吃大餐，注重的是现场氛围，品味的是艺术情调，气定神闲、心情愉悦，翻看菜单、食谱，问问价格，打听下食材与口味，再三斟酌、精挑细选，荤素搭配、营养均衡，把酒谈笑间，获得了感性与知性的双重满足。真正的读书人渴望与书进行零距离接触，愿意将书捧在手中，闻书墨之香，用心来感受它的"气息"，而不是仅仅依靠屏幕、键盘和网络。我至今仍怀念当年读书时，在学校图书馆的开放阅览室，信马由缰、随意翻书的那份恬淡和自由。

社科书店至今已有 37 个年头，在北京城图书经销圈中可算是屈指可数的元老级了。这么多年的风风雨雨走过来，社科书店经历过辉煌，也尝尽甘苦，前后四次搬家迁址，但立足学术、服务读者的"初心"始终未变。2016 年 3 月，在院领导的关心和支持下，社科书店搬入贡院东街新址，店内面积扩大、装修焕然一新，增设了供读者阅读的桌椅、灯具，设立了学术沙龙讨论区。社科书店以崭新的面貌，迎来了又一个春天。

作为社科院的一分子，我衷心祝愿社科书店能够长久办下去，打造出自己的品牌，越办越好，越来越红火！为贡院学人乃至京城的读书人提供一处心灵安顿的港湾，一个续航充电的加油站。

（作者系中国社会科学院哲学研究所研究员）

○李敏生

社科书店是我的好朋友

我从1964年到学部后在社科院的哲学所从事研究起，在中国社会科学院已经有半个多世纪的历史了。我认识了许多好朋友，社科书店可以说是我最亲密、最要好的朋友。他们是黄德志、王磊、唐建辉、郑东利、阮晓惠等。我有时也把社科书店的上级中国社会科学出版社的原总编王俊义算在社科书店内。

四十年来社科书店几次搬迁，我的足迹始终跟随着，从东单、北京站口、院部主楼一直到现在的书屋。一般人跟书店的关系是看书、买书，当然我也毫无例外。我看书有一个习惯，要在上面画和写。当然不能在图书馆借来的书上写和画，那是不道德、不合规的。因此，我需用的书尽量自己买。所以至今仍然要经常跑书店，这成了我生活的重要内容。我感谢多年来社科书店的职工为我找书、订书，帮了我大忙。但我和社科书店的联系更重要的是他们帮我联系出书及多次共同组织相关的文化活动。

我印象很深的是黄德志帮我联系在社科出版社出版《荣辱古训名言》。她为我推荐编辑，推荐封面设计人，不辞辛苦。这本书是结合宣传胡锦涛同志提出的"八荣八耻"的一本小书，李瑞环同志很重视这本小书，题写了书名。他提出这本书是普及性读物，对象是广大群众，各方面都要适合大众的需要。因此，我们把这本书做成了口袋书，六十四开本，定价8元。任继愈先生为本书作序，哲学社会科学部的老领导、北京市原政协主席刘导生为本书题了字。当时院秘书长吴介民赞扬这本小书编得好，很适合大众的需要。这本书在社科书店出售不少。

我还有几本书也都是请社科书店的同志帮忙联系，在我院的出版社出版。《患难之交——抗美援朝霍英东历史解密》一书是黄德志、王磊帮我联系在中国社会科学出版社出版，并在我院召开了出版座谈会。李铁映院长为本书题字。王磊同志为这本书的宣传做了很多工作。这本书当时在全国许多家报纸、杂志选载、连载。我记得《北京青年报》就连载了二十期。

我和社科书店的同志结成好友是因为我们有共同的志愿和目标，那就是坚持马克思主义、弘扬中华优秀传统文化。社科书店支持我承办了纪念赵朴初诞辰107周年——赵朴初诗词座谈会。会议在中国社会科学出版社会议室举行，黄德志致开幕词，陈昊苏、赵剑英社长等在会上发言，会议由我作总结发言。

现在社科书店经过装修有了新面貌，来了许多新职工，有了新力量。我一如既往经常光顾社科书店，从那里吸取知识和力量，祝愿社科书店牢记老院长胡绳同志的指示为中国社会科学院、为中国社会科学做好服务工作！越办越好！

（作者系中国社会科学院哲学研究所研究员）

○徐恒醇

沟通作者与读者的桥梁

出版社是沟通作者与读者的桥梁，任何学术成果只有通过编辑、出版和发行过程才能以书面的形式与社会各界广大读者见面。因此在我的学术生涯中，与出版社打交道成为工作的一个必然环节。我读研究生时最初接触的便是中国社会科学出版社。这个出版社的诞生正是我国改革开放的结果，如同中国社会科学院研究生院的诞生一样，它们都是为适应我国社会主义现代化建设的需要于 1978 年成立的。

20 世纪 80 年代之前我国社会科学与人文科学所面临的社会现实是：经历了多年闭关锁国和十年"文革"之后，文化一片荒芜，人们的思想极度空虚和混乱。这是一个需要拨乱反正和重新启蒙的时代。它不仅需要人们对马克思主义从头学起，更需要在学术上不断开拓和创新。黄德志编审当时便是负责美学专业图书编辑工作的。编辑的热情投入及与作者们亲密无间的合作，使得美学专业图书的出版风生水起、别开生面。作为一个美学工作者，我既是出版活动的当事人，又是其受益者。

1980 年，为了打开人们的学术眼界，中国社会科学出版社首先推出了由社科院哲学研究所美学研究室编译的《美学译文》集刊。其第一集便刊出了当代意大利美学家克罗齐、日本美学家今道友信、英国美学家奥尔德里奇等的多篇文章。在这一集中我发表了译自美国塞维尔教授的《席勒与马克思关于活的形象的美学》以及译自德国学者孟察耶夫等人的《历史唯物主义是分析审美活动的世界观和方法论基础》。这两篇译文至今仍是研究马克思主义美学极有价值的参考文献。因此国内广大的美学工作者都十分珍惜地收藏着这些《美学译文》。

此后美学家李泽厚先生主编了《美学译文丛书》和《美学丛书》，开始均是由中国社会科学出版社出版，以后也扩大到由其他出版社出版。在《美学丛书》中，《城市环境美的创造》一书的出版，把美学的视野由哲学和艺术领域拉向了人们的日常生活和环境，为人们展现出一个审美创造的广阔天地。

这本书是天津社科院技术美学研究所于 1987 年召开的一次学术研讨会的论文集。这次会议邀请了国内城市规划和建筑界、园林和艺术界、社会科学界以及国家城市规划设计院和天津城市建设委员会的专家学者聚集一堂，共同对城市环境美的创造问题展开深入探讨：城市环境如何在发挥物质功能的同时充分发挥其精神功能，这是社会主义精神文明建设的重大课题，也是当时国内各地城镇建设所关注的现实问题。

中国社会科学出版社以精装版本推出了《城市环境美的创造》这样一本书，体现了编辑人员的学术敏感和胆识，为当时国内各地城市规划和市容建设提供了理论支持，受到普遍欢迎，并被纳入国家城建部市长研究班的议题。一位负责市政交通建设的干部，手捧着这本书感叹道："真没想到，盖房子修马路还有这么大的学问！"在书中，李泽厚先生表明了对技术美学和城市环境美的高度重视；规划建筑学家吴良镛阐述了城市环境美的整体观并且强调发挥地方特色的个性美、发展变化的动态美以及空间尺度的韵律美。建筑学家齐康就建筑形态特征和建筑创作的社会构成做了理论阐述说明：（1）建筑创作是社会实践活动的一种全过程。（2）建筑创作要反映时空结构上的差异。（3）建筑创作是文化交汇和延续的表现。（4）建筑创作是社会约定俗成的突破。（5）建筑创作是参与性智慧的集约。（6）建筑师的创作要有环境的感应。我也就城市环境的美育功能加以说明：（1）它可以丰富人们的感官刺激，发挥环境的赏心悦目作用。（2）通过形式美的感受，发挥环境对人们活动的引导作用。（3）通过对社会目的性的彰显，发挥环境对人们审美观的培育。（4）通过审美理想的确立，发挥环境对人们精神境界的提升。

　　1992年中国社会科学出版社出版了由本人编译的《广义符号学及其在设计中的应用》，这是一本学术性很强又有广阔应用前景的小册子，其篇幅不足200页。出版社对这一选题的认同，体现了编辑人员的学术前瞻性。众所周知，符号学是当代新兴学科之一，它是研究信息传播媒介的。而皮尔斯是广义符号学的奠基人，他却未能留下完整而系统的理论成果。因此这本译著正是将德国美学家本泽夫妇对广义符号学的系统化和在设计领域应用的探索介绍给国人。它成了当时国内介绍广义符号学原理最系统、最详尽的学术资料。也正是在这一资料的基础上，经过多年高校教学实践，才产生出一系列国家规划教材，如清华大学出版社出版的《设计美学》《设计符号学》，以及北京大学出版社出版的《设计美学概论》等。

作为美学专业的编辑人员，黄德志先生不仅广泛联系作者，积极吸纳优秀选题，而且自己动手和美学工作者一起共同编写科普性的《美学读本》（1988年中国社会科学出版社出版），这也体现了编辑人员对于所从事专业的执着和进取精神。

总之，随着我国社会科学和人文科学事业的发展，中国社会科学出版社会推出了更多的好书，并为我国社会主义文化事业做出了更大贡献，由此彰显出我们的理论自信和文化自信。

（作者系天津社会科学院研究员）

○金惠敏

社科书店，学者之友

20世纪80年代中期，北京火车站附近的面貌大约就是当时一般县城的样子，房屋破败，胡同狭窄，其壮丽的景观是长安街。社科书店曾经就在长安街的南边，北边是宽阔的大道，而身处在如贫民窟一样的矮房子里，很不起眼，若不是刻意寻找，一般人是不会留意到其存在的。但那时每每从王府井新华书店出来，意犹未尽，还是忍不住要到社科书店再寻觅一番，而每次所获竟也不比大店少。特别是对于囊中羞涩的学生来说，那些正是所需要而又特价的图书常常给予我们最大的惊喜和满足。读书人大概都有这样的体验，只要动念去书店逛逛，便先已激动起来。而我那时心中念想的书店多半就是社科书店。

黄德志老师的大名当时没听说过，可她编辑的那些美学丛书我真是如饥似渴地读过。社科院文学所的张炯先生说过，我们都知道《保卫延安》《高玉宝》等名著，但殊不知这些书多半是编辑修改出来的。他呼吁，新中国文学史应该有编辑们的一笔。同样，改革开放以来的美学史，也必然是有黄老师的一份功劳的。这是我的推测。但认识黄老师，被她拉进《西方美学史》写作小组以后，这个推断被证明就是千真万确的事实。《西方美学史》由中国西方美学史学科开拓者汝信先生领衔总编，成员中有朱光潜先生的学生凌继尧教授，李泽厚先生的高足徐恒醇、赵士林教授，汝信先生的得意弟子周国平、李鹏程研究员，等等。有这样豪华的阵容，按说保质保量如期完成任务是没有问题的。可出完最后一卷距立项时间已经过去了九年。实际上，若不是黄老师不厌其烦地督促、协调，甚至筹措活动经费，恐怕再加九年也难以完成。如果说《西方美学史》有什么价值的话，那黄老师当是厥功至伟！

记得有一次在社科书店开会，看见桌上放着一摞书稿，最上面一页上有好多非常专业的批改，字体秀丽可观，我不禁暗自思忖，要是能承蒙这位老师编辑一本拙作该多幸福啊！俄顷，我请教黄老师这是哪位编辑负责的书稿，黄老师轻描淡写地说，那是她正在处理的一部稿子。

黄老师是书店经理，其经营才能我不清楚，但印象深刻的是，她是一位学者型编辑，她不仅与读者打交道，而且学者朋友甚多，所结交者多博学鸿儒、一时之俊彦。大家有编书、写书的好想法，都愿意听听她的意见。

社科书店如今面貌改观、装饰一新、颇具情调。黄老师的激情，黄老师的知书、爱书，黄老师的知识使命感，在新书店里被与时俱进地发扬光大了。在黄老师那里，那些名声如雷贯耳的学者都在她的口里，她似乎如数家珍，提起来都有故事。新书店则将他们的靓照装进镜框，挂在书店的墙上，那叫一个对学者的尊重啊！现在每周二书店组织的知止读书会更是京城一绝，读《论语》，读老子，读柏拉图，读天地人事，以文会友，以友弘文……忽然觉得，这不就是咱社科书店的传统吗？不仅卖书，还编书，更做作者的朋友！社科书店别瞧门面不大，但它的世界很大，是知识生产、传播的连接点，接通了书里书外，联通了学者读者。小小的社科书店是知识的大殿堂啊！

我喜欢社科书店，因为那里有黄老师的影子，我会常去看她！

（作者系中国社会科学院文学研究所研究员，教育部长江学者四川大学特聘教授，美国国际东西方思想研究学会副会长）

○程　巍

它的整个儿气氛构成
我们内在生命的一部分

　　特定趣味的人往往有几处特定的去处，它们构成一个人的秘密的日常生活线路，而其周边层层叠叠的高楼大厦以及行色匆匆的来往行人顶多只是窗外的风景，美则美矣，却是外在的风景。对我来说，贡院东街的一家书店、东单的一家咖啡店是我每周必然至少"光顾"一次的地方，而且二十多年来几乎一直如此，风雨无阻。北京的城市景观在不断变化，而在这聚散之中，那家咖啡店突然消失了，像从我的存在中挖去了一块，几年后，它才在附近另一个地点出现；那家书店则像一艘小船被时代的波浪从车水马龙的东长安街渐渐推进了一条名叫贡院东街的偏僻小街，暂时搁浅在那里——但愿那里成为它永久的锚地。只有偶然路过那里的读书人才会发现这里有一家面积不大然而像一个安静的图书馆的书店，店牌"社科书店"暗示它与"铁栅栏另一边"的中国社会科学院之间的关系。它像一个歇脚地，让那些学者在出入中国社会科学院东门的时候习惯性地沿着铁栅栏向北走上几十米，哪怕只为了在那些散发出隐隐的香味的松木书架之间待上半个钟头。书店内部的设计宛若一艘木船的内部：走上几级台阶，进入书店玻璃门，迎面是一长溜配了小台灯的桌椅，供人读书、休憩；左边墙上开有两个穹顶的门洞，通向书店内部，层层叠叠的书架与摆放在房间中央的大桌子上摆满各种新出的书籍；房间深处有一段通向地下室的铁艺旋梯，几乎每个星期二，一些年轻学者聚在那里，交流读书体会、研讨学术问题。有时，我不安地想，如果哪天这家书店突然从附近消失了，那么它带走的不只是一家书店，而是我们自己的一部分，二十多年来，它的桌子、书架、书、店员以及整个儿的气氛构成了我们内在生命的一部分。

（作者系中国社会科学院外国文学研究所副所长、研究员）

波兰前驻华大使孔凡（右）是社科书店的老读者，这是时隔几年后又一次来书店

这位俄罗斯汉学家几乎每月都来社科书店

这位德国学者是社科书店的常客

来自世界各地的读者

○赵汀阳

中国社会科学出版社和社科书店的黄德志老师

1988 年认识了黄德志老师，今年已经是 2018 年，社会发展天翻地覆，好似经历了几个时代，却又感觉 30 年弹指一挥间。我是李泽厚老师的学生，1988 年初刚完成毕业论文，是篇美学论文。黄德志老师来找我，她满脸笑容，听说我的毕业论文"有些新意"，问我要不要在中国社会科学出版社出版成书。这对于年轻学人不是常见的事情。20 世纪 80 年代的出版社出书不多，基本上都是成熟的学者们才有机会出书，尚未毕业或刚毕业的年轻人很难有机会出书。那时黄老师已经是知名编辑，出版过许多有影响的书，主编了一些很有影响的丛书。她更喜欢自己发现作者，是约稿型编辑。有了黄老师给的机会，我就顺利地出版了我的第一本专著，黄老师成了我第一本书的编辑。这件事我至今深怀感激。

20 世纪 80 年代尚无电脑，靠手写，书稿有许多裁剪粘贴，一本小书的手稿居然很厚一摞。记得有一次到黄老师家中讨论书稿中一些需要修改的问题，不觉已是黄昏，就在黄老师家中吃了饺子，在月色中骑车回家。黄老师虽是前辈，但我们已经成为朋友。黄老师退休后做了社科书店的经理，每次我去社科书店买书，黄老师总是要问是否在写什么"大作"，我回答又是"小作"。我很少写长篇的书，大概只有两本是超过 20 万字的。

由黄老师编辑的我的第一本书叫作《美学与未来美学》，书名十分夸张，甚至嚣张，恰如 20 世纪 80 年代的知识气氛，今天看来相当好笑。幸亏黄老师很宽容，接受了这个言过其实的书名。这本书的美学观点在当时被认为"有新意"，这要归于事事追求自身独立性和自主性的时代语境，但数年后我就知道那种美学观点其实接近于欧洲 19 世纪到 20 世纪前期的艺术自律观点，属于"为艺术而艺术"的思路，以为艺术作品的意义只是艺术史内部的赋值，是艺术史的语法现象。这种追求自足的艺术概念持续时间并不长，在此之前的艺术不是这样的，之后的艺术也不是这样的，属于艺术对自身的一种乌托邦梦想。杜尚、安迪沃霍、博伊斯等人之后的艺术早已转型为一种激进社会现象，尤其是一种政治现象，于是艺术理论变成了一种社会理论或者政治学。不过，作为政治现象的艺术在今天又似乎筋疲力尽了，当政治运动弥漫为生活几乎每个方面的激进行为，艺术行为就失去了特别的政治意义，消失在比艺术更激进的种种社会诉求中。在今天，能够代表人类行为的激进性和颠覆性的不是艺术，而是高科技，比如互联网、人工智能和基因编辑。因此，我在今天就更不知道什么是美学的未来了，艺术将会成为什么？也许有许多条路，但看不清哪一条是主路。由于20世纪90年代以来我的研究以形而上学、政治哲学和伦理学为主，很少谈及美学，一直也没有想起向黄老师谈及我对艺术理解的变化，这里算是一个极简版的迟到的汇报。

黄老师退休前的社科书店原在长安街上，在中国社会科学院和东单之间，虽不显眼，但位置极佳，是个像那个时代一样简朴的小书店。得益于长安街，书店门外是宽敞的人行道，还有成排的树。似乎更多是在秋天到书店买书，门口总是秋风萧瑟、落叶满地，越是萧瑟，书店就越具有精神性。后来，书店不知为何迁到社科院内，安静了许多，但是太安静了，有世外感。黄老师接手书店之后，书店颇有生机，办了不少学术讲座。有一回是江小涓教授分析中国经济和技术的后发优势策略，十分有趣，她的英国式现实主义博弈分析给我留下了深刻印象。

现在，黄老师又从书店退休了，在此我想再次感谢黄德志老师，也祝社科书店长存常新。

（作者系中国社会科学院哲学研究所研究员）

○于建嵘

黄德志老师关于学者的"两个底线"

我2001年从武汉的华中师范大学到中国社会科学院工作时，社科院大楼有一个小书店。门面不大，也就是30来平方米，可名气非常大。这不仅由于，你可以在这里买到最新最权威的社会科学的各种著作，还经常在这里遇到平时只能在报刊电视上才能见到的名人大家。

书店负责人叫黄德志，是一位大姐。黄大姐待人特别热情，乐于助人。由于她是长沙人，因此，在很长时间，书店就成了在社科院工作的湖南人的聚会点。黄大姐也成了我们这些人的"知心大姐"。她的言行，曾经对许多人有过很重要的影响。对我，更是如此。

进社科院不久，我由于发表了一篇有关湖南农民组织起来抵抗各种繁重税费、呼吁取消农业税的调查报告，引起了很大的反响，也受到了许多人的批评和攻击，湖南的一些基层干部甚至要求社科院查处我。我压力特别大，甚至产生离开社科院回地方工作的念头。

黄大姐知道后，与我有过一次谈话。

"你发表的调查报告，是不是事实?"黄大姐问。

"当然是事实。我做律师出身，知道以事实为依据这个基本原则。而且，与许多学者不一样的是，我还知道证明一个事实需要什么证据，知道如何收集和保护证据。我写这份三万字的调查报告，收集的证据有几百万字。其中，调查访谈都有几十万字。"我有点委屈地回答道。

"只要事实上没有问题，你就不要担心。你发表报告说，农民税费太重，有些地方党政为了税费不择手段，对人家提出批评，人家当然不高兴，当然会反击。有些假学者，自己不调查研究，你的报告产生了影响，心里不舒服。这有什么可怕的?! 咱们社科院的学者，都不敢正视社会存在的问题，不敢为老百姓鼓与呼，这叫没有良心，对不起纳税人给我们的这份工资。"黄大姐安慰我说。

当知道我主要怕影响我的导师和单位时，黄大姐说："可以理解你的善良。你的导师是经过风浪的人，是大学者，是非曲直是分得清的。你的这个报告，是经社科院送到中央最高层的，说明社科院也是认同的。中国社科院这样的单位，有这么多大学者，如果都扛不住对一个符合事实的报告的批评，那么，你一个人回到地方工作，不让人家整死?! 什么地方都不去，就待在这个地方!"

黄大姐的理性分析和坚定的态度，给我留下了非常深刻的印象，也坚定了我不为一切非议所动的决心。后来的事实证明，黄大姐是对的。这些年，我在社科院还算平静的生活，都说明了这一点。

我将黄大姐的话，归结为两个底线。其一，学者要从事实出发。一个社会科学家，特别是社会学家，首先要搞清楚社会现实是什么。要多调查，要深入社会，尽可能地了解事实真相。不能信口开河，不能似是而非。有一分证据，讲一分话。其二，学者要讲真话。要敢于面对各种社会现实问题，要明是非，有良心，特别要为那些不能发声的底层民众讲话。

自从网络兴起，电子商务成为我们购物的主要手段后，我已经很少去书店了。因为，一般的社会资讯，我们都可以从网络上获取，一些重要的学术著作，大都也可以从网络上购买。加上黄大姐也退休了，我也就很少去社科书店了。但黄大姐曾经给我的关心和鼓励，我一直还记得。黄大姐关于学者的"两个底线"，从来都是我教育学生的第一课。

（作者系中国社会科学院农村发展研究所研究员）

○冷　川

社科变化快，书店变化慢

　　每个成功的书店都有自己的气质，社科书店的气质其实就是社会科学院根正苗红的老派范儿。

　　2008年我留所工作的时候，社科书店还在科研大楼的一层，老店长黄德志女士大概还没退休，在书店常能见到她，虽然从没有打过招呼。每逢返所日，所里——图书馆——社科书店，一路走下来，几乎感觉不到节奏的变化：研究室里大家都在谈近期关注的题目，图书馆里大家都在找材料，用的功夫一个比一个细致，选的题目也一个比一个有趣，很多人一辈子没出几本书，没写几篇文章，但专业圈子里提起来，谁也不敢小觑，能把专业做成爱好，这就是社科院学者的本事。

　　社科书店呢，不太像是专门卖书的地方，倒是更接近图书馆和各所老干部室的风格。这里的口号是"帮读者找书，也帮书找读者"，很多需要但不好找的书，可以请他们帮忙留心。店里也经常能够淘到20世纪90年代的"尾货"，价格大概只是2000年之后出版的图书的三分之一到二分之一——我的

《唐弢文集》《韬奋全集》都是在这里买的，有一套甚至还给了折扣，感觉就像是收到了工会福利；有些则纯粹就是冲着价格买的，如海外中国丛书中的《胡适与中国的文艺复兴》的老版，虽然已经有了，但白菜价，多一两本也不肉疼。书店后来索性辟出一个角落，将所有库房尾货集中在这里让读者去挑，这一做法既可感受到经营者的贴心，也能看出书店的自我定位——科研辅助优先。

书店中常有退休的老先生们过来，这是最让人感到情谊满满的场景。有些顾客名满天下，有些则是上文说的没出过几本书的普通科研工作者，过来也不一定都买书，很多只是聊聊天，问问自己的著作销量如何，再找本该领域新出的著作，也向别人介绍一下自己在专业上的新想法——这也是社科院的伟大传统之一，很多人都可以随时随地谈专业，向任何可交谈的人谈专业，甚至不去管对方的反应。好在店员们和他们基本都认识，谈的内容不一定懂，但不缺少真心诚意的敬重，聊天的口吻有点儿像在各所的老干部室活动，既亲切又干脆，让人听了有一种海清河晏式的喜悦。

如今社科院紧随时代步伐进入了快车道，社科书店也搬到了一个更为敞亮的店面中，墙上、书架边整整齐齐地嵌有本院著名学者的肖像，读者在翻书，活动一下脖子时，"举头三尺有榜样"，也算是一种别样的激励。我的一位老师曾经开玩笑说，年轻人一定要刻苦些，在专业上多下点儿功夫，多出几本书，尤其是要多出几本有生命力的书，年纪大了就可以安心拿版税了。也许若干年后，现在院里的很多人已经出落成一位神采奕奕的小老头或风姿绰约的小老太婆，他们也会在某个返所日的下午，推开社科书店的门，看到架上有自己的书、墙上有自己的像，身边还有一些安心经营学术图书的店员，顿感安心——时代肯定会变得越来越快，但这里可能变得比较慢，慢下来就会成就一段传奇。

真心希望社科书店能成为社科院传统最长久的守护者。

（中国社会科学院文学研究所研究员）

○章建刚　陈　静

记忆中的"社科书店"

做了一辈子读书人，自然喜欢书店。其实京城的图书馆包括院里的图书馆已是国内一流，但研究中用到的书要能用红笔批注，因此图书馆借来的书用着并不顺手。好在我的科研时段赶上国内改革开放的黄金时段，国外的研究成果大批翻译过来，因此大凡要做课题，先要上市场上抓一批重要的参考书。书店于我甚至比图书馆更重要。

社科院地处京城东南，文化氛围寡淡，王府井、东单一带原有的几家旧书店也逐渐关张或形同关张。而王府井新华书店尽管规模较大，但毕竟不是懂书的人办的，找书未必方便。因此当北京社科书店在北京站口西侧开张时，我是很欣喜的。开店的老黄是社科出版社的老编辑，我们外国著名思想家译丛几位同人与她都很熟悉，因此去买书就像去串门。家里很多哲学、美学、人类学图书都是从那里买的。记得那时人文科学图书流行大 32 开本，塑料覆膜，排放在书柜里的"二十世纪西方哲学译丛""当代学术思潮译丛""美学译文丛书"都是如此。现在看这些书和我们人一样有几分老气，但我仍觉得它们还是沉甸甸、有分量的。只是印象中社科书店内照明不是太好，长安街路南的平房采光差。今天这一带的城市景观大为改善，富贵但没什么文化蕴含。

虽然并未完全脱离体制，但老黄出来做书店也算是改革开放的风气使然，似乎是从编辑身份变成商人了。可我觉得她对文化、哲学特别是美学情有独钟，书店也一直是以"社科"为标榜的专业书店。这样的书店恐怕注定是做不太大的，所以老黄是票友开店，图的是个乐意。

但老黄的观念不差，对于新时期作为文化产业的书店该怎么办，她是有想法的。我猜她是想以市场需求和营销为中心，同时向编辑和出版业务延伸，把书店做成一个民营出版工作室。记得长安街时的社科书店常常有不少图书要邮寄，那些读者慢慢就具有了"会员"的身份。而且书店还摸索开展一些读书会，推动了"全民阅读"活动。另外她也帮助不少研究者出版自己的研究著作，或者自己做责任编辑；或者委托其他专家担任责编。这样的流程比大型出版社专业性不差，效率却更高。目前国际及港台的专业出版行业大约都是这种趋势。我在山西大学做特聘教授时就有一套学术论文集是通过她运作的，整个过程就相当顺畅。当时我感到数码技术在小型出版机构中的应用是越来越普遍了。

说老黄是"票友"并不规范，正式的说法也许应该是她的操作具有公共性即非营利特征。老黄与院内外许多美学专家都十分熟悉，作为出版机构的代表或责任编辑，她常常提前介入科研进程，记得有不少课题研讨的项目都是她帮着操办的。这对提高科研成果出版质量显然是有益的。

然而，老黄的社科书店一直办得不是太红火。店址也一迁再迁。不久前到院内社科书店现址才听说老黄已经退休了。人的一生的确短暂。老黄退休后的社科书店经营理念会有什么变化吗？我想变化总是会有的，中国文化体制改革的路还长，光明总是在前面。对于老黄来说，这段有所探索但又十分平淡的职场历程也是可欣慰的。在中国，想做先驱的人往往多走了一步就成了先烈。老黄踩着潮流踏上波峰，又随着潮流顺利上岸。这是个好事！社科书店的将来如何，我等也在拭目以待。

（作者系中国社会科学院哲学研究所研究员）

○冯国超

社科书店的黄金岁月

在我的记忆中，社科书店曾经搬过两次家：一次是从长安街旁边搬到中国社会科学院科研大楼一层，一次是从科研大楼一层搬到社科院大院的东北角。但不管社科书店开在哪里，我认识的书店总经理都是黄德志老师。因此，黄老师与社科书店仿佛是合一了的。

开在长安街边上的社科书店我去过几次，但每次都感觉顾客不多，直到有一次我从店里出来，看到正对着书店门口的一棵高大的杨树，我才"恍然大悟"：大门正对着树，不正好是个"闲"字吗？

因此，把社科书店从长安街边上搬到科研大楼的一层，无疑是十分正确的决定。一是社科书店搬到科研大楼一层后，坐南朝北，前面就是人流密集的大道，保证了书店有充足的客流量；二是科研人员上下班大多要经过书店，或从楼上下来去书店也十分方便；三是书店面积不小，宽敞明亮，在里面购书看书亦是一种享受。所以，社科书店搬过来后，常常是顾客盈门。而每到坐班日，我也会经常去书店里"淘宝"，而且，几乎每次都能让我满载而归。

黄老师做事十分细心，对于经常来书店买书的顾客，她都会留意他们的购书习惯，并有针对性地向他们推荐图书；对于读者需要而书店里又暂时没有的图书，她都会一一登记下来，等书来了再通知读者。这当然是一项十分贴心的服务，使读者们愿意经常来社科书店购书。可是有一次黄老师对我说：我发现你买书没有固定的方向，什么类型的图书都有可能购买，我都不知道向你推荐什么书好。其实，什么书都看（当然，那些没有价值的闲书我也是不看的），这正是我治学的一个特点，因为它让我眼界开阔，容易触类旁通。虽然我这种毫无章法的购书方式给黄老师出了难题，但是，黄老师的热情、细致还是令我十分感动。

其实，要办好一家书店是非常不容易的，因为它涉及选书、进书、摆放、推销等不少复杂的环节，任何一个环节不到位，都会影响书店的生意。但是，因为黄老师为人仗义，与人为善，人缘广结，所以书店办得风生水起。

社科书店里卖的大多是各领域专家的代表作或最新研究成果，因此，社科书店既是一家书店，又像一个科研成果展示厅，置身其中，你便会真切地感受到社会科学的发展现状和发展方向，从而为自己的科研工作带来灵感，激发动力。2007年的一天，我发现自己撰作的《图说周易》居然也忝列其中，而且黄老师告诉我，这本书的销量很好，还进入了书店的畅销书排行榜。这对我真是一个很大的鼓励，也使我对社科书店多了一层亲近感。

然而，遗憾的是，好景不长，没过几年，社科书店又搬到了大院的东北角。那个地方比较偏僻，周边环境也不太好，所以社科书店便兴旺不再。不久以后，黄老师也退休了，不再担任书店的总经理，之后我便很少去社科书店了。

（作者系中国社会科学院哲学研究所研究员）

○毕健康

我和社科书店的情与缘

在祖国的大西南，一座历史久远、人杰地灵的城市，有一个小巧玲珑、精致秀美的大学校园。在20世纪80年代，当人们的物质生活还有许多需要填充的空白时光，许多青年怀揣着理想，徜徉在洒满阳光的校园里读书、思考、憧憬着美好的明天。我是幸运儿，在这校园的一个角落，一间小小的书亭里，发现了许多有味道的图书。我从口袋里掏出几块钱买下其中的一本，《艺术与视知觉》，似懂非懂地阅读。或许，那是一个梦幻的年龄和迷蒙的我，似懂非懂地读点与专业相距遥遥的文字，颇为时尚，如同今天低头看微信，抬头刷手机购物。

我做梦也想不到，若干年后，我与《艺术与视知觉》的责任编辑、中国社会科学出版社的资深编审、社科书店经理黄德志阿姨有一段厚实的情缘！

有缘幸运地认识黄阿姨，只是因为她的热情与无限的爱。我孤身一人在北京工作，没有亲朋好友关爱，形影孤单。每当夜晚降临，我从窗口望出去，美丽的北京之夜，万家灯火，灯火万家，何处是我家？真的很悲苦！这个时候，黄阿姨出现在我的眼前，那么自然，那么亲切，那么温暖。黄阿姨说话带有湘音，却热情爽朗，交友广泛。她拉着我的手，把我拉进她在东总布胡同的家里。她亲自下厨，给我端上热腾腾的饭菜。她好多次地把我留在她的家里，一起吃年夜饭。在她的家里，一间不大的客厅，她打开音响，让我凌乱的脚步和着音乐，与女青年和谐地或者不和谐地走啊走。直到有一天，我终于与一个女青年兴高采烈地手牵着手走出她的家门，黄阿姨笑眯眯地对我说："小毕呀，你以后不用到我这里过大年三十了！"

有缘千里来相识！

我和黄阿姨的缘分，还是在社科书店。那时候，社科书店在长安街上，离北京站很近。我念研究生时，从天津到北京中转返乡，每次都到社科书店逛逛，在多次犹豫之后总买些精神食粮，才恋恋不舍地离开。后来，与黄阿姨认识，又记不清多少次在长安街的社科书店长时间驻足，心里无比自豪！我可不是一般的读者呢！书店"老板"黄阿姨可是我的后台。

有一天，社科书店搬家了，搬到了院部里面一个安静的角落里。我依然是社科书店的常客，经常到社科书店买些别的书店买不到的图书。我不止一次请他们帮我买市面上脱销的专业书籍，他们总是让我惊喜。

另一次更大的惊喜在社科书店等着我！我刚进社科书店的门，就像往常一样，快步走过去，向黄阿姨问好。这次，她的反应比我快："小毕你看，你的《埃及现代化与政治稳定》我放在多显眼的位置啊！"

此时此刻，她的笑容灿烂无比！

我的这本小书，得到许多师友的关爱才得以付梓，我心里十分感念。要是我再写本感人的书，黄阿姨帮我放在社科书店更显眼的地方，那将是怎样的感动呢！

我期盼这一天！

（作者系中国社会科学院世界历史研究所研究员）

○邸永君

社科书店与我的不解缘

创建于 1981 年的北京社科书店，原名"中国社会科学书店"，是京城最负盛名的专营社科书籍之实体书店。其隶属于 1977 年成立之中国社会科学院，由中国社会科学出版社领衔主办。其以推介中国社科界、文化界专家学者之优秀成果、国外社会科学专著之中译本为己任；范围涵盖哲学、政治、经济、法律、教育、艺术、语言文字、文学、历史、宗教以及社会学、心理学、管理学等社会科学诸多重要领域，兼售工具书、古籍点校本、优秀普及读物。我院各学科近百种学术刊物，亦云集于兹，应有尽有。经籍环列如城，书香沁人心脾。倘徉其中，把卷品读，如饮佳茗，似尝美味，辄令无数"书虫"如醉如痴，流连忘返。

其问世伊始，社科书店即以与生俱来的独特身份、学术含量与品位优势，在学术界、文化界、高校师生以及社会各界爱书人士心目中，具有广泛影响，赢得良好口碑。作为京城社科书肆之龙头，中国社会科学、社会科学文献等院属出版社推出

2011年2月，社科书店为中国社会科学院民族研究所研究员邸永君的新著《百年沧桑话翰林》举办新书出版座谈会

之精品力作，均首先在此上架面世，因办有"贡院学人沙龙"，定期组织读书会、作者见面会，所以，既是学术平台，又是雅集佳处。书香墨韵，恰如缕缕春风，催生千红万紫；又似源头活水，滋润读者心田。

永君愚钝，来院也晚；然与社科书店过从甚密，当有不解之缘。相识之初，书店因东长安街改造工程，已由东单迁至建国门内中国社会科学院大楼一层。楼道悠长，渐窥门径，入室登堂，豁然开朗。只见汗牛充栋，几净窗明；清芬四溢，一尘不染。因本人单位不在院部，开会往往需一整天。午饭之后，日影迟迟，来此浏览，目不暇接，如啜新茗，饶有兴致。

随着时光推移，加之从事科研管理，与书店之交谊，与日俱增。印象至深，终生难忘者，尤以下列二事为最。

其一，2000年3月，以我所科研处负责人身份，参与操作我所著名古文字学家史金波、雅森·吾守尔二位先生合撰、社会科学文献出版社推出之《中国活字印刷术的发明和早期传播》首发式。当日巳时，社科书店群英荟萃，宾客盈门；大作厚重，学者如云；作者静气，读者认真；评者诚挚，闻者倾心。本书连获"中国社会科学院优秀科研成果奖"一等奖、"郭沫若中国历史学奖"二等奖，并赢得学界同人交口称赞，学术影响至今不衰。此事虽已过去近二十年，当时情景仍历历在目，宛若昨天。

其二，2011年2月，本人参加"贡院学人沙龙"并做主讲。此前，本人所撰《百年沧桑话翰林——晚清翰林及其后裔》由中国社会科学出版社倾情推出，盖因正值辛亥革命百年，亦为翰林院消失百年前夕，此书之推出，正其时也。27日上午，由中国社会科学出版社主办、北京社科书店承办之新书出版座谈会，以沙龙形式在社科书店举行。座谈会以"百年论先贤、贡院话翰林"为主题，社科出版社副总编辑曹宏举兄亲任东道，本人以作者身份，与来自北京大学、中国人民大学、中央民族大学和院科研局、国际局、机关团委、民族文学所、历史所、民族所、考古所等单位的专家学者，六家新闻媒体记者及多位图书爱好者聚集一堂，围绕翰林群体在晚清与民国时期各个领域中之作为，以及当今应从中获得何种启发与教益等问题，进行广泛深入之探讨。《光明日报》《中华读书报》《新京报》《中国社会科学报》等多家媒体陆续报道，均予好评。王磊先生当年亦大力协助，书店诸位同人不惜辛劳、配合默契。沙龙结束时，店方将本人新著作为礼品，赠送参加者每人一册，至诚慷慨，令人感动，至今难以忘怀。当年，拙著还被中国社会科学出版社定为"大学生图书漂流"活动七种入选成果之一；年底，又入选社科书店"百位优秀读者"三种赠书之一，因本人亦名列其中，得赠书一套，包括拙著。扉页上签有"社科书店优秀读者"方印，形制类似明清时期之关防，甚是有品，保存至今。美意至情，令人感佩；每每思及，辄生敬意。其后，吾与多位翰林后裔因此书而结缘，成为至交。尤其是书店时任总经理黄德志老前辈之热情与厚爱。

"四海皆秋色，一室难为春。"近十几年来，受网络书店、电子图书等多种因素之夹击，实体书店经营日趋艰难，压力山大，社科书店亦在所难免。然而，书店同人毫无懈怠，力撑危局。截至2016年3月，书店先后四次搬迁。此番迁入新址后，书店想读者之所想，新增供阅读之桌椅、灯具，扩大学术沙龙讨论区，旨在探索社科专业书店生存发展的新路。精神可嘉，可亲可敬。

作为书店多年好友，本人既是作者，又是读者，对其命运持续关注，情有独钟。尽管虚拟书店势不可当，无纸传媒日新月异，本人仍然坚信，一卷在手，宠辱偕忘；以书会友，其乐无穷。对于我院学者而言，社科书店既是上书房、展示台；又是后花园、小天井。我愿与之相依相伴，直至永远。

（作者系中国社会科学院民族学与人类学研究所研究员）

○徐碧辉

书　　香

有一种香气，历千年而弥久不衰。那是书香。

自从人类发明文字以来，书籍就成了保存思想、交流情感的重要手段。一代代人的思想情感，透过那些竹简或者绢帛发散出来。字里行间，传承保留下人类的智慧和文明。从这些似乎还散发着油墨的清香味道的文字里，人们可以清晰地感受到作者那颗活泼泼的跳动的心灵，窥测他们的情感生活，生存状态。在这里，时隔千百年的人们之间会产生一种面对面交流的奇妙的感觉。文字和书籍不但记载了人类文明，见证这种文明的进步，而且促进了这样一种进步。正是由于有了书籍，前人的经验和记忆，才可以一代代地保存传递下来。诚然，我们现在已进入了一个读图时代，或者说进入所谓的微电子时代，电子书及图像影像越来越多地进入人们的生活。然而，不可否认的是，文字的阅读交流和通过阅读进行的思考，至少在目前和可见的未来阶段，还是无法被代替的媒介或者手段。也正因如此，那些仿佛散发着油墨清香的书籍，那些形状不一、大小各异或者精美或者简朴的图书，依然是促进我们探索世界、反观自身、进行深度交流的不可或缺的媒介。

因而，书店，是城市文明程度的标志之一。看一个城市的现代化程度，可以从它拥有书店的数量和质量而窥测一斑。

只是，随着电子阅读的普遍化，纸媒的书籍正在减少。智能手机的出现，使得原本就少有阅读习惯的国民更少亲近书籍，从而，书店在城市的生存更加艰难。在这种背景下，一个书店要坚持下来，其背后的努力和艰辛便是可想而知的了。

北京社科书店正是在这种背景下坚持了下来。

在北京建国门西北角的一条小巷子里，有一栋非常低调朴实、很不起眼的建筑。它在北京的文化界却大名鼎鼎，这就是著名的北京社科书店。顺着台阶拾级而上，推门进去，便走进了一片书的海洋。书店不大，迎门是一个走廊，靠里侧是一排"顶天立地"的书架，靠外是落地玻璃窗。从走廊进去，便是书店了。受限于空间，书店显得有些拥挤。但是当代世界的人文社科类的新书基本上都可以在这里找到。一排排书架之间的立柱或屋梁上，是一些著名的学者的照片。这些学者表情或严肃或宽厚，或深思或微笑，让人不禁心生崇敬。走下木制楼梯，地下室里是另一番天地。除了四周顺着墙壁而立的书架之外，最醒目的是一张铺着墨绿色桌布的长条桌静静地伫立于中央，四周放着一些木制靠背椅。靠南的墙上，一个木制方框凹槽里是一块木制标识。上一行"贡院学人沙龙"，下一行"北京社科书店"。显然，这里不仅是单纯售卖书籍的地方，还是一个人文荟萃之地，思想交锋之所。这里会不定期地举办各种主题的学术沙龙。

我与社科书店结缘于20世纪90年代。1993年10月，当时进入社科院工作两个月的我参加了在北京举办的第四届全国美学大会。当时还是中国社会科学出版社编辑的黄德志女士代表出版社发表了即兴演讲，她向参会的代表们赠送刚出版的新书，并且欢迎大家去他们那儿出版自己最新的成果。她的讲话很简短，却是热情洋溢，富于感染力。这以后我就算是认识了她。不久，她调到了社科书店。这些年，她一直对我很关心，无论是生活还是工作，都十分关注。有一次，她让我帮她校阅一部书稿，我上她家去送校样。中午饭是她亲手做的炸酱面。说起来，我和黄女士联系不是很多，颇有一种相忘于江湖的味道。但是一旦见面或者通上话，感觉还跟90年代最初认识时一样。她也每每提及，说让我有时间再去她家吃面条。有时候下班没事，我会到书店去走一走看一看。90年代，获取信息远没有现在方便，所以那个时候去逛书店，是了解国内外学术思潮最新动态的一个最重要的窗口。

这些年，社科书店起起落落，地址也是来回变动。市场经济大潮之下，书店免不了受到一些影响和冲击。但是，黄德志女士以她坚韧不拔的毅力、执着顽强的精神坚持了下来。现在，这里不仅是一个单纯的书店，还经常举办学术沙龙和小型的学术活动。人们在这里品茗聊天，自由交流思想。我也偶尔参加这里的沙龙。应该可以说，社科书店已经成了北京人文学术的一张名片、一个思想交锋的中心、一个自由创造的园地。这里有书香脉脉，也有精神的火花、思想的灵思。

（作者系中国社会科学院哲学研究所研究员）

○任全娥

社科书店的爱心传播人
——漫忆黄德志老师

我对社科书店的感情，更多的是源于社科书店的掌门人——黄德志老师。在我的心目中，她是社科书店的精神守望者、爱心传播人，更是我来北京之后最好的亲人和朋友。

虽然，在我来北京之前就听说过有一家社科书店很有名，但直到 2008 年来社科院工作才一睹其风采。让我感到意外的是，当见到社科书店，最打动我的却是关于书店"黄经理"（这是当时流行的称呼）的许多励志故事。当时，我听到关于她对社科图书事业的那份极大的热爱、执着与奉献事迹，油然而生深深的感佩与敬仰。

后来一个偶然的机会，我有幸参加了一次社科书店的读书会，读书会的规格之高、内容之丰、人情之浓，让我切实体会到黄老师的人格魅力与感召力。黄老师把读书会精心策划成了社科书店的一个知名品牌，凝聚了一大批知名学者和热心读者，成为名副其实的以书会友的学术交流平台。

再后来，我对她的称呼由"黄老师"改为"黄阿姨"，是得益于她对我的两个孩子的疼爱和帮助。当她听说我不仅生育了一对龙凤胎子女，还克服经济困难全脱产读完了博士，而且出版的博士文库专著就放在社科书店的书架上，她当即就决定要慷慨地帮助我，她的正直善良与乐善好施多次让我感动！

多年来，黄阿姨就像我的亲人和长辈一样关心和疼爱着我和我的家人，好几次邀请我们到她的家里吃饭，让我这个外乡人感受到回家的温暖！每学期快开学的时候，阿姨就会操心给孩子们买新书包，孩子们都亲切地叫她黄奶奶，现在孩子们在外地读大学了，还经常问起黄奶奶，很想念她！

现在，社科书店历经多次搬迁后终于在院内东门安定下来，书店内幽静典雅，错落有致，书香弥漫。也许是长期从事图书馆工作的缘故，我对书店总是有一种特殊的依恋，经常从食堂吃午饭就到社科书店逛一圈，翻一翻几家大型出版社书架上的新书。每一次去书店，我都能感受到黄老师曾经为此付出的心智与感情，希冀能经常遇见她。

我觉得，黄老师是用她的善良、正直、睿智与敬业创办了社科书店，她是社科书店的一面旗帜，是书店精神的守望者，更是人间爱心的传播人。她一生爱书、爱知识，实际上她是在爱人、爱生活。如今，已经功成名就、子孙满堂的她，八十余岁高龄仍然陶醉读书，敏于思考，广交书友，还热心致力于《书香岁月——漫忆社科书店》的征稿与编写，这将让社科界的多少人为之感动和敬佩！

惭愧的是，我于春节前就接到黄阿姨的约稿任务，虽有太多的话想说，但因近期的科研、工作及家务等琐事缠身，总是静不下心来下笔成文。感谢黄阿姨对我的信任和不弃，在她再三的催稿和鼓励下，我终于在这个安静的清明节假日，铺纸提笔，匆此小文，聊表对黄德志老师和她的社科书店的无限感恩与美好祝福之情！

（作者系中国社会科学院图书馆研究员）

○刘国鹏

蜂　巢
——我与社科书店的变迁

　　作为首善之区见证了无数同类兴衰的祖母级书店，"社科书店"的存在注定是"根深叶茂"，和它一道回首往事的心情必定是"沉舟侧畔"。

　　与社科书店的首次邂逅是1998年，时值社科书店的第二次搬迁完成，梅开二度伊始。书店的传奇式经营人物——大掌柜黄德志"老太太"那时候还不老，至少是不服老，重新开张的社科书店被黄老太太打扮得像迎接读者的"新房"，而她的心情也犹如为儿女张罗婚事的笑意盈颊的高堂。我有幸作为嘉宾侧身朝贺之列，当日同在的，印象中还有学术界意气风发的百灵鸟——陈明博士，那时我还是一名硕士研究生，也不知道黄老太太为什么会对我这枚普普通通的吃瓜群众也表现得热情异常，我想一定是某种对于书的放肆情怀让她敏锐地捕捉到了。

　　社科书店作为中国社会科学出版社和经济管理出版社共同

知止中外经典读书会创办人之一、世界宗教研究所副研究员刘国鹏博士

主办的社会科学类的专业书店，在20世纪80年代曾获得过如日中天的名声，那时候的地位，大抵是可以和巴黎的莎士比亚书店平起平坐的。

社科书店和稍后崛起的万圣书园、风入松等书店有一个共同特点，就是以中国社会科学院、北京大学等在20世纪八九十年代叱咤风云、引领时代文化潮流的学术机构和高校为依托，在它们的周围营造起一股类似"蘑菇云"的灵魂核爆氛围，令芸芸读书人俯仰其间，心潮澎湃。

如果说知识分子和读书人是智慧和知识的"瘾君子"，那么书店则是注射器，负责把源源不断的知识经由书本注射进我们贪婪的大脑。而社科书店，无疑是一支大号的或特号的注射器。

此后，社科书店虽然仗着出身名门，身怀绝技，但却无法阻挡诸如当当网这类网络书店所带来的不可阻挡的、残酷的时代碾压。自 1999 年正式入职中国社科院，尤其是 2006 年从国外学成归来后，社科书店对纸质图书依然照进不误，但其时的心情更多的是一种怀旧和"怜惜"，我目睹并错愕着社科书店在网络化的时代大潮面前被冲击得"东倒西歪"。

2015 年，当"知止中外经典读书会"的同仁们因为之前的读书空间——中国社科院世界宗教研究所阅览室面临整体装修而一筹莫展时，书店的顾问王磊老师主动联系到我们，说书店愿意提供空间给读书会，作为对读书会理想行动的支持。从那时起到现在，"知止"同仁在此完成了整部《理想国》和部分《道德经》的精读活动，并举办了多次的学术沙龙。这其中最令人难忘的就是 2016 年 9 月王卡研究员举办的沙龙讲座。

记得 2015 年冬天，黄（德志）老太太像候鸟一样即将远赴海南过冬的时候，还特地宴请当日参加完日常性精读活动的读书会同仁们共进晚餐，在席间，她的慷慨和风度，让我们误以为自己完成了一次壮举而受到国家领导人的亲切接见和高度肯定。

2016 年 3 月底，北京社科书店完成了创办 35 年来的第四次搬迁，在不可遏止的时代大潮面前普遍为之捏着一把汗的社科书店，居然逆势投资，不仅进一步增添了富有设计概念感的供读者阅读的桌椅、灯具，还前所未有地设立了学术沙龙讨论区，尤其令人耳目一新的，是将世界著名哲学家、思想家和中国社会科学院的众多荣誉学部委员、学部委员的画像张挂在层层叠叠的书垛间、纵横交错的梁柱上。兀然间令你感到这书店仿佛有一种类人般的魂魄，倔强地从自己的沧桑中诉说它或昂扬或沉潜的心意。

而我们这些因为举办读书互动而注定每周和书店照面的读友们，则像进进出出、忙碌不堪的蜜蜂一样，习而不察地享受着社科书店为我们提供的优渥的空间和殊胜的平台，而宁静的蜂巢不动声色地在方寸之地释放着宛如大海般的伟力，以它的玲珑之心供我们吐放心智之蜜。

（作者系中国社会科学院世界宗教研究所副研究员）

○江向东

黄德志老师与她的社科书店

　　"人生到处知何似，应是飞鸿踏雪泥"，我能与黄德志老师"结识"大概就是这样一种"缘分"。黄老师是我的同乡前辈，也是我十分尊敬的人。她的年龄比我母亲大，我平时都不叫她"黄老师"，而是直接称呼"阿姨"。在我的印象中，她是一位热情、睿智与正直的老人。

　　黄老师与我都是湖南人，我们之间有着一种可能是因为共同的地域文化天然决定的"默契""亲近感"与"相互理解"。认识黄老师快二十年了，我还记得第一次见黄老师是在社科书店旧址的那个店里，那时我还在复旦大学攻读博士学位，那一年是来京查阅资料，顺便到书店转悠。黄老师那种湖南人特有的热情让我倍感亲切，我们可谓"一见如故"，从此她的书店就成了我的不少家乡亲友来京办事或游玩必去的驻地之一。十多年前，我的家乡益阳正在筹办"胡林翼纪念馆"，甚至还有胡氏后人到社科书店探访。黄老师也因为自己是湖南人的缘故，她的书店在经营策略上也有意识地打起了某种意义上的"湖南牌"。据我所知，社科书店每年都会定期举办各种不同主题的"读书会"，本院的湖南籍学者在黄老师及其团队成员亲自上门"催促"下，都会欣然接受邀请。他们中的许多人都是"大腕"，比如说，经常光顾她书店的卓新平教授就是我国当代研究世界宗教问题的著名湘籍学者。另外，湖湘文化研究会或联谊会搞活动都愿意借书店的"地盘"，这当然也是黄老师经营书店的营销策略之一。黄老师那种湖南人特有的热情，主动而不失大方，让她迅速打开局面，社科书店在她的领导下，做得"风生水起"。

黄老师是一位湖湘才女，早年毕业于湖南师范大学中文系，来京后又长期在中国社会科学出版社从事编审工作，她在1994年正式出任社科书店经理之前早已是中国社会科学出版社哲学与美学专业领域的编审。她先后为张岱年与汝信等哲学与美学专业领域的"名家"负责编辑出版过代表性著作。黄老师身上有着湖南女性那种与生俱来的领悟力，加上在中国社会科学出版社专业编审工作岗位的长期历练，这些见识让她以一种独特的睿智提升了社科书店的文化品位。如果我的理解不错，社科书店的每一次活动都不仅仅只是活动本身而已，它同时也是书店自身形象的重塑与升级，这可谓是黄老师的营销"大手笔"。过去二十年间，随着网络书店的兴起，经营实体书店非常不容易，个中艰辛，黄老师深有感触，也最有发言权。黄老师是社科书店的功臣，她为社科书店的发展殚精竭虑。黄老师深知，经营实体书店，单有热情似乎是不够的，还必须凭借社科院这个大平台的文化"软实力"，为此她没少请人"出谋划策"。虽说我公开参加的活动不多，但我曾经是她比较倚重的"谋士"之一，她也总是乐于接受我的建议。只是她去年接受采访时居然会对我点名表示感谢，我实在受之有愧，但我相信她说的都是心里话。

黄老师工作能力强，头脑灵活，这些自然为社科书店的发展带来了不少便利。但是，在我看来，黄老师能把社科书店经营得人气旺盛，不仅仅是因为她的热情、睿智，可能更是因为她的正直。与黄老师接触多了，你就能感受到她那种天生的善良、正义感与是非分明。据我所知，黄老师不仅乐于助人，她还喜欢仗义执言，尤其是对那些身处困境的人施以援手。我想，也许正是因为黄老师的这种正直她周围才能凝聚起强大的人脉气场，大家也都愿意去她的书店"赶场"，谁说这不是黄老师经营书店独有的"秘诀"呢？我当然不是说只有具备正直的人品才能经营好书店，我是说社科书店的提升或许间接得益于黄老师的正直。据我所知，黄老师也不仅仅只是一位成功的书店经理，她更是一位伟大的母亲，她的两个儿子都留学德国多年并长期从事中德贸易，他们都是成功人士。我想或许正是黄老师的这种正直让她培养了两位优秀的儿子，黄老师教子有方，她经营书店同样能做好。

人生的"到处"（"相逢"与"遭遇"）都不过是一种"缘分"。社科书店选择黄老师是一种缘分，黄老师提升社科书店是一种缘分，社科书店反过来成就黄老师同样是一种缘分。而我们这些人在黄老师的书店聚散离合又何尝不是一种缘分？

（作者系中国社会科学院历史研究所副研究员）

○赵晓军

我与北京社科
书店的故事

北京社科书店坐落在东城区建国门内的贡院东街甲3号，是由中国社会科学院主管、中国社会科学出版社主办的专业学术书店，专营哲学社会科学类学术书刊，内容涵盖马列、哲学、政治、经济、法律、文学、历史、宗教以及社会学、心理学、管理学等重要学科著作和工具书等。它的宗旨是"追求学术品位、立足思想前沿、传播先进知识、忠诚服务读者"，被誉为哲学社会科学专家学者的思想驿站和广大读者的精神家园。

近些年来，北京社科书店坚持立足学术研究最前沿，为广大读者提供最新、最全、最权威的人文社会科学产品，它既是中国社科院科研成果宣传的展示窗口，也是我国哲学社会科学成果发布的重要渠道。同时，书店积极创新图书阅读推广模式，创立了"贡院学人沙龙"文化品牌。邀请知名专家学者，举办作品研讨、新书发布签售、读者见面会和新书分享会等各种特色活动。被新华社、《光明日报》等中央媒体称为"高颜值的严肃社科类书籍的栖息地"。书店先后获得"中国书刊发行行业双优单位""最佳学术书店""年度优秀经销商"等荣誉称号。2017年荣获"北京市版权保护示范单位",并获得北京市实体书店扶持项目"专精特新"专项扶持。

我与北京社科书店的故事,主要是在书店负责人黄德志老师的召集下,参与组织了三次"贡院学人沙龙"读书活动。黄老师是湖南长沙人,毕业于湖南师范大学,曾在长沙一中执教十余年,后调中国社会科学出版社从事哲学研究和编辑工作。临近退休的前三年,时任出版社社长的郑文林和党委书记盛存义找她谈话:"书店需要一个懂书的人来管理,我们认为你是最合适的人选。"并说:"你是编审,到书店后可以继续编书。"见领导如此认可自己,且不影响自己编书,黄德志老师当即就毫不犹豫地答应了。只是没有想到,这一干就是18年,把自己理应退休安享晚年的幸福时光都搭进来了。现任社长赵剑英称赞她"既有吃苦耐劳的奋斗精神,又有勇于开拓的创业精神;既有对事业的执着精神,又有燃烧的工作激情;既是学者,又是编辑,还是社会活动家"。

记得是在2010年元旦前的一天,素有"社会活动家"之称的黄德志老师找到我这位湖南小老乡,说想在书店举办一场"湖南读书会",我感觉这个想法很好,也协助配合她联系了部分院内外专家学者和在北京工作且爱读书的湖南人,并发出了邀请函。

2010年1月9日，"湖南读书会"在书店如期举办，我们邀请了中国社科院的湖南籍全国人大常委、社科院学部委员、世界宗教研究所所长、中国宗教学会会长的卓新平老师，他率先在会上发言。他说：非常感谢社科书店组织这个意义独特的"湖南读书会"，也非常感谢各位湘籍学人和朋友们积极参加这一活动。中国社会科学院作为哲学社会科学研究的最高殿堂有如此众多的湘籍学者，我感到很高兴。大家因为爱书、读书、研究学问而走到了一起，这是一种缘分，也是一份责任。在书籍面前，我们既是书生，也是书友。

湖南曾经是名人辈出的省份，尤其是在中国革命时期，以毛泽东同志为代表的湖南人直接参与并引领了中国革命的成功，成为中国现代政治史上指点江山、叱咤风云的人物。在革命开创时期，湖南人的"霸蛮"精神得到了淋漓尽致的发挥。最典型的例子就是把老子的名言"不敢为天下先"删改为"敢为天下先"。这一字之删，完全颠覆了老子的原意。

……现在，湖南人从"打天下"到"坐天下"的政治转型过程中，逐渐在隐退、让位，从政治核心地位向政治边沿流移。今天的湖南人该怎么办？在一定意义上或许可以说，湖南人近现代崛起始于读书传统和教育发展，而今天的竞争也不会给湖南人任何捷径可行。那么，我们就应该回到读书和教育上来，在当今和平年代，出思想、出文化、出智慧、出学问，我们湖南人应一马当先！

卓老师这番激昂慷慨的发言也赢得了与会湖南籍乡友的热烈掌声，大家也各自畅谈了自己的读书体会。印象深刻的，当时我们也邀请了中国社科院世界历史研究所党委书记赵文洪老师，他因故未能参加。但他特地将自己第一次读《论语》的体会给了我，让我代他在读书会上与大家进行了分享。赵老师说他第一次见到《论语》这本书是在20世纪70年代的一个夏秋之交，当时正值湖南"双抢"（抢收早稻、抢种晚稻）季节，他对这本《论语》爱不释手，却没有时间细心品读，他每天早晨5点钟就起床下地干活，到天完全黑下来才收工回家。当全家人精疲力竭吃完晚饭上床睡觉以后，他却在煤油灯下如饥似渴地读《论语》……最后，他把整本《论语》都能背下来……作为一名农家子弟，赵文洪老师正是靠着这种毅力与恒心，靠读书从小山村走到了大北京，成为一名高级知识分子，被故乡的父老乡亲树为读书的典范……会上，在黄德志老师的提议下，德高望重的卓新平老师被大家推选为"湖南读书会会长"，而我也被大家推选为"湖南读书会秘书长"。

2012年1月3日，我们在书店举办了第二次读书活动，鉴于参加者远远超出了湖南籍的范畴，我们更名为贡院学人沙龙"新年读书会"。邀请卓新平会长谈他新近出版的"学术散论"丛书。这套丛书共有六本，分别是《学苑漫谈》《以文会友》《心曲神韵》《间性探幽》《西哲剪影》《田野写真》。卓老师说：这次组织读书沙龙，我将自己最近完成的一套学术散论丛书送给大家笑纳。在这六本散论中，《学苑漫谈》是讲演集，其实质是与众人一起读书、谈书和评书。我的体会是与众人谈书能使我们作为脑力劳动个体户的研究者不再孤立，也驱赶了孤独。并且在群言中能集思广益，受到启迪、感染和鼓励。讲演的准备就是一个多读书、猛补课的机会，让自己体会到讲演"一碗水"和准备"一桶水"这种比喻的意义。如果时间允许，我很愿意参加这样的讲演，由此让我和大家多了许多讨论、交流，也获得了求同、共识和共鸣。

《以文会友》是序文集，这实际上就是读书心得和读书札记，对我来说也充满着成为学界朋友新书的第一个读者那种"先睹为快"的愉悦。虽然写"序"是给别人看的，在一定程度上起到一个对此阅读的介绍、引导或导读作用，但"序"者必须首先是其"读"者，"序"即读后感，因而其本身就是一种思想观点的沟通和交流，文人以"文"会友，我在写序的过程中对此感受特别强烈。这些"序"本身就是与读书密切关联的学习、领会、消化、融合的过程，从"读"而走近作者、体会作者，进而以"写"来与作者对话，其中有回应、有争论、有悟出的新意。"写"是有感而发，言其理解、领悟、联想，以及所受到的启发和自我思绪的发挥。

《心曲神韵》是随感集，书名受到泰戈尔一本诗集中译名《心笛神韵》的启发，"心曲"虽不成悠扬的"笛"声，却也是自我思绪的自然流露，而且自感也在追求那种思无所羁、旨在超越的"神韵"。这种随遇而发、随感而言却是自己真实思想和学术见解的自然陈述，在其"自然"之中仍有"道法"。宗教学在今日中国是"可道"之道，却也绝非"常道"。随感、断想、意识流、沉思录，是颇有文学色彩的哲思，在写作这些文章时，我的立意为"文"小而"志"大，以学者的眼光和笔触论及社会、文化中的不少热点问题，对物质层面虽实而精神层面仍虚的现状发点议论、做些补救，而自己的思想聚焦也表达了自己的明确态度和期盼。因为没有真正把握能否以微薄之力来促进我们社会的美好发展，故而只能以己之"心曲"来求社会共识、精神共享的"神韵"。

《间性探幽》是对话集，从两人谈、四人谈到众人谈，旨在"间"性（Between）中深层次地了解对话的双方，在细微之处来"通幽"，实现彼此的真正"走近"。人类社会的矛盾、冲突虽多为政治、经济、民族、宗教等原因，却也不乏双方不解、误会等复杂因素。在人与人之间，往往会有理解难、"难于上青天"的感叹，到处都会有误表、误听、误解之存在，故此才有解释学被视为理解的艺术之原端。我希望这种对话是敞开的、澄明的，以对话来求得人间真谛和真道之在，这样让我们在对待人生、社会和宗教时，能够更真实、更客观、更透彻和更开明一些。

《西哲剪影》是人物集，人是最重要、最主要的创造者。我个人认为思想虽会形成体制，却要靠思想家个人的追求，这是一种悟和磨的慢功夫，其开窍、解蔽的偶然或必然很难事先构设。所以在思想领域集体项目很难成就思想大家和严谨、统一的思想体系，这基本上是个体户的行为，是人之个性的奥秘，而且其在文史哲的创新中颇为普遍。思想家往往是孤独、孤寂、孤立的，和者甚寡，高处不胜寒。但同样也能"会当凌绝顶，一览众山小"。写这些人物剪影的目的，也是希望不知哲学有何用的社会对哲学、哲学家能有一些理解和宽容，允许他们在思想探索上单行独立，抒真知灼见。我们需要中国当今的伟大思想和思想家，希望大家爱智慧、爱哲人，让新的思想能够脱颖而出。

《田野写真》是调研集，基于今天中国宗教及宗教研究的现状讲了自己想说的话，力求悟真、求真和写真。当代中国社会已有许多新的发展，社会结构发生了新的变化，社会阶层出现了重组，社会文化产生了转型，人们的生活、追求和心态也与以往有着明显的不同。所以，我想从一个宗教专业研究者的角度来试图真实地观察、描述今天的社会变迁，更好地促进我们的社会建设和文化发展。我的一个深切体会是，宗教是人们鲜活的生活，既有传统的积淀，也有当今的体验。我所言也是开放性、商讨性和探索性的，欢迎大家回应、辩论、批评、补充和完善。我们真正应该做的，就是回到社会真实，找出指引方向的真理。

……在当今中国社会转型期，更需要学术界对社会发展的人文关怀。学者是我们中华民族文化探究的先行者、摸索者和保护者，我们为此应有一种文化追求上的殉道精神和创新意识，敢为人先、勇立潮头。我们迄今只有思想输入，很少有思想输出，而能够输出的也是我们老祖宗所留下来的，吃的是老本，而没能立新功。目前我们已从资本、资金、技术和产品等输入转向其对外输出，但对我们的文化弘扬，国家影响真正起支撑、决定作用的应是思想的输出，给世界提供中华民族的精神财富，形成我们国家真正起作用的核心竞争力。

卓新平老师的主旨演讲也被《光明网》《中国社会科学

报》《中国社会科学网》《中国宗教学术网》等媒体进行了深入报道。

在这次读书会上，我也做了"回顾、珍惜与展望"的发言。我向大家汇报说：作为这次贡院学人沙龙"新年读书会"的组织参与者，我谈三点。一是回顾；二是珍惜；三是展望。

第一点是回顾，这次贡院学人沙龙"新年读书会"，是在原"湖南读书会"的基础上扩展的。2010 年 1 月，"湖南读书会"在这里举办了第一次读书活动。卓新平老师的那篇读书体会——《湖南读书会感言》也被收进了卓老师今天赠送大家的"学术散论"丛书之《心曲神韵》中。

今天，在座的大部分湖南老乡当时也参加了那次读书会。这次之所以换了一种读书的形式，由卓新平老师主讲，还要感谢院人事教育局张冠梓局长。2010 年 8 月，张冠梓局长在这里作了一场学术报告，谈他的《哈佛看中国：全球顶级中国问题专家谈中国问题》，引起了较大反响。

正是有了张冠梓局长那次成功的范例，在组织今天这次"新年读书会"的筹备工作时，我向倡议发起"湖南读书会"的黄德志老师建议：请咱们"湖南读书会会长"卓新平老师担任这次"新年读书会"的主讲。当时黄老师说，最初与卓新平老师商议读书会活动时，并没有这个设想，而卓老师也只是想在上次湖南读书会的范围内给大家赠送一套他的"学术散论"丛书。

听了我的建议后，黄老师当即就给卓新平老师打电话，而卓老师也当即就从科研大楼下来，到了书店的贡院学人沙龙厅。卓老师说他没有想搞这么大，但他最后还是很痛快地答应了下来，并由"湖南读书会"改为"新年读书会"。于是，今天参加"新年读书会"除了湖南籍的中国社科院研究生院党委书记黄晓勇、副院长文学国等各位老乡外，我们还邀请到了山东籍的中国社科院人事教育局局长张冠梓、北京籍的中国社科院日本研究所所长李薇、湖北籍的中国社会科学网主编周溯源、河北籍的中国社会科学出版社副社长曹宏举等领导和院内外的朋友们。

以上是我对这次"新年读书会"的回顾。

第二点是"珍惜"。这个"珍惜"有两层含义：第一层含义，是我们要珍惜现在读书的好环境、好条件和好机会。目前的读书环境和条件与赵文洪老师当年读《论语》已完全不可同日而语，我们要倍加珍惜。第二层含义是，在目前这个浮躁的社会中，咱们中国社科院主管的社科书店能为大家开辟这么一个好的读书场所，非常值得我们大家共同珍惜。大家也知道，近几来年，随着网络书店的兴起，实体书店的经营每况愈下。截至目前，全国已有上万家书店倒闭。而美国第二大连锁书店公司博德斯集团于 2011 年 2 月已正式申请破产保护，英国的独立书店当前也以每周至少一家的速度消失，香港有名的三联书店在广州的 5 家门店现已全部关闭。在全球实体书店纷纷倒闭的大背景下，我们社科书店能够坚持下来，实在是非常之不易。

现在，这个情况已经引起了政府部门的高度关注，新闻出版总署已经采取了措施。这些措施包括"有计划地推动书店的建设和发展""争取实体书店享受到税收相关优惠政策"等，我们期待着这些措施和税收优惠政策早日出台。

第三点是"展望"。党的十七届六中全会《中共中央关于深化文化体制改革、推动社会主义文化大发展大繁荣若干重大问题的决定》指出："全面贯彻'二为'方向和'双百'方针，为人民提供更好更多的精神食粮。"坚持和发展中国特色社会主义，必须大力发展哲学社会科学，使之更好地发挥认识世界、传承文明、创新理论、咨政育人、服务社会的重要功能。

在谈到繁荣发展哲学社会科学时，党的十七届六中全会强调要巩固发展马克思主义理论学科，坚持基础研究和应用研究并重，传统学科和新兴学科、交叉学科并重，结合我国实际和时代特点，建设具有中国特色、中国风格、中国气派的哲学社会科学。

实施哲学社会科学创新工程，要发挥国家哲学社会科学基金示范引导作用，推进学科体系、学术观点、科研方法创新，重点扶持立足中国特色社会主义实践的研究项目，着力推出代表国家水准、具有世界影响、经得起实践和历史检验的优秀成果。坚持以重大现实问题为主攻方向，加强对全局性、战略性、前瞻性问题研究，加快哲学社会科学成果转化，更好地服务于经济社会发展。

2010年2月，温家宝总理在接受《中国政府网》和《新华网》的联合专访后，与广大网友在线进行了交流。他对网友们说："读书可以改变人生，人可以改变世界。一个不读书的人是没有前途的，一个不读书的民族也是没有前途的。"在此，我在这里想说：咱们不能没有书店，书店应该永远存在，这是咱们读书人共有的精神家园！

随后，我引用了台湾国民党前主席马英九的家训："黄金非宝书为宝，万事皆空善不空。"并以周恩来总理年轻时说过的那句名言——"为中华之崛起而读书！"作为那次读书活动发言的结尾。

2013 年 5 月 3 日，我们第三次在书店举办了"贡院学人沙龙读书会"，邀请卓新平会长解读他当年向"两会"提交的"文化建设应该支持文化书院和学术书店的发展"提案。卓新平老师指出：在当前我国文化建设中，出现了许多新事物，也面临着不少新问题，其中较为典型的，一是各种文化书院的兴起；二是不少学术书店的倒闭。这种兴衰起伏，折射出当今中国文化发展的曲折历程和人们在必须面对这种处境时的思索及寻求。

对于学术书店的大量倒闭，媒体也对其原因有较为中肯和客观的分析。这些学术书店的倒闭诚然与大众读书锐减和电子读物的冲击有关，却也反映了有关部门在关注当代中国文化发展时的作为不够、缺乏积极性等问题。学术是中国文化发展的重要构成，也是中国在世界上是否为文化强国或大国的重要标志之一，而学术书店则是这种学术发展的重要氛围和气场之一。因此，对于学术书店的保留，有关部门应有"守土意识"和"阵地意识"。建议将保留学术书店作为文化建设的任务之一，不要再让学术书店自生自灭。其相应举措则包括减免学术书店的营业税，提供较为合适的书店位置，如在科研机构、高等院校所在地有意识地帮助、扶持一批针对性较强的学术书店，对学术书店组织的学术讲座等活动亦作为相应课题加以补贴，并积极鼓励和支持出版社在学术书店搞新书发布会、读书会等活动。

学术乃天下公器，也是国家文化发展的标志。我们文明古国带给世界的精神遗产，理所当然是颇具学术成果的文化。我们要提倡读学术书，做文化人，就应该让学术书店火起来，成为新一代中国知识分子的精神家园和灵性气场。我们的民族要认识到，学问并不只是专家学者的专利，对整个民族也具有精神熏陶的意义。中国人的人格修养、文化蕴含，也是与学术、学问密切相关的。所以，我们要积极呼吁、全力保住学术书店这一学问的提供地，爱护这一展示人类智慧结晶、精神成果的精美橱窗。

在卓新平老师和院内外有识之士的呼吁下，在中国社科院和中国社会科学出版社各级领导的高度重视下，北京社科书店于2016年3月迁入贡院东街新址，迎来了第二次创业的春天。中国社科院党组成员、副院长蔡昉，原院党组成员、副院长武寅，全国人大常委、社科院学部委员卓新平，中国社会科学出版社社长赵剑英等共同为书店揭牌，数十位专家学者和新老读者聚集一堂，共同见证了北京社科书店搬入新址。

现如今，装饰一新的书店充满人文色彩，与传统意义上的实体书店有了较大的区别。从贡院东街进入书店，靠右手边的落地窗户下一字儿摆放着一排整齐的书桌和椅子，且每张书桌上都配备了一盏台灯，被称为"阳光长廊"，供读者在此休息或阅读。

进入一层大厅，书架中部的边框和工字梁柱上，挂满了中国社科院荣誉学部委员、学部委员和世界著名哲学家、思想家等大师的照片，共计200余幅，成为书店一道亮丽的风景。

在地下一层，专门开辟了一个沙龙活动区，并特意设计了一个壁炉，放上灯光LOGO，让人有一种进入到"围炉夜话"中的感觉，非常温馨愉悦。

书店新的掌门人冯阳丽是一位有思想、有点子且懂得网络营销的年轻人，相信在她的带领下，书店能充分发挥"互联网＋"的优势，不断提升书店的影响力和社会效益及经济效益。书店顾问王磊先生表示：我们想把书店二次创业作为新的契机、新的起点，让学术活动丰富起来的同时，也让更多的读者爱上读书并从这里走进中国社会科学。

2017年10月，习近平总书记在党的十九大报告中指出：文化是一个国家、一个民族的灵魂。文化兴国运兴，文化强民族强。要坚持为人民服务、为社会主义服务，坚持百花齐放、百家争鸣，坚持创造性转化、创新性发展，不断铸就中华文化新辉煌。他强调：推动文化事业和文化产业发展。满足人民过上美好生活的新期待，必须提供丰富的精神食粮。要深化文化体制改革，完善文化管理体制，加快构建把社会效益放在首位、社会效益和经济效益相统一的体制机制。加强中外人文交流，以我为主、兼收并蓄。推进国际传播能力建设，讲好中国故事，展现真实、立体、全面的中国，提高国家文化软实力。

2018 年，在中国迎来改革开放 40 周年、中国社会科学出版社成立 40 周年之际，我衷心希望北京社科书店能够肩负起"推广全民阅读""深化书香中国建设"的责任，积极营造"好读书、读好书"的阅读氛围，不忘初心，砥砺前行。

（作者系中国社会科学院人文公司总经理助理）

○王 宇

我与社科书店

我2009年来到中国社会科学院工作，中国社会科学院是中国人文社会科学最高的殿堂，我想象中的殿堂的模样，一定是铺满书籍的样子，社科书店就是这个殿堂最美的一扇窗口。

我记得有一次听我院哲学研究所著名研究员、学部委员叶秀山先生在讲座里回忆其老师贺麟时谈到，贺先生晚年坐在轮椅上在家里的书架前巡视，说就是在检阅他的兵。我每次在社科书店一排排书架面前，总是想起贺先生这句话，不同的是我不是在巡视，我是在朝圣。中国社会科学院自1977年成立至今，大家辈出，群星璀璨，这些人文社会科学巨匠的思想精华都映射在一部部的专著里，社科书店里摆陈的每一本书，浓缩着中国社会科学院的历史和精华。

我是一个所谓的"三门"的"社科人"，学校毕业后直接在机关工作，来到社科院后，午饭的时光成为我最为惬意的片刻，因为有了社科书店。

在书店里，我收获的太多，最为珍贵的是认识了黄德志经理和书店的各位老师，与他们结下了深厚的友谊。黄经理是老前辈，是见证社科院发展变化的"活化石"，黄老师在我的印象和心目中有一个很定式化的形象。黄老师性格外向，我感觉她认识社科院的每一位学者，对于各个所的老师都如数家珍，更让人感动的是，社科书店就像是黄老师的孩子一般，她对于社科书店的热爱"胜过一切"，黄老师是倾其心血去办好社科书店，每一次活动，黄老师认真做事的态度让晚辈钦佩不已。

　　社科书店不是一个单纯的书店，是一个思想的空间和场域，我通过社科书店，结识了很多院里的前辈和学者，是我的最大收获。社科院人多，在院里因为工作性质不一定有机会能结识院里的老师，但在书店，我们除了是同事之外，还有一个共同的身份——读者。我的专业是政治学，因为年轻学浅，只对自己本专业稍有所涉，对其他学科的了解相对肤浅，而通过书店，给我打开了很多窗口，了解了很多未曾接触的学科，开阔了视野，也加深了对自己本专业的认知。举一个例子，社科书店有几列书架陈列的是建院 30 年之际出版的《中国社会科学院文库》系列，这个文库汇聚了 2008 年之前中国社会科学院各个学科的重点成果，我有一天翻到了《中国社会科学院文库》历史考古研究系列的由李学勤主编的《中国古代文明与国家形成研究》一书，该书对中国文明和早期国家的起源从考古学和历史学的角度进行了考证、思考和分析，特别是对夏商周三代的探索让我眼界大开，尤其是通过玉器和青铜器的物质考证来佐证历史给了我一个全新的视野，也为我后来的研究提供了崭新的研究视角。像这样的例子数不胜数，社科书店就像一部"百科全书",让我在社科院有了一个信马由缰的草原。

书店的每次迁址和改造,我都是忠实的拥趸,从我入院时的"半地下",每一次从院内走出去打开一扇门都要经过一条狭窄的走廊,我感觉就像《纳尼亚传奇》里的衣柜一样,穿过去就是一个书的魔幻世界,老店最棒的就是那条长长的桌子,平时摆着最新出版的书籍,但铺上桌布,就可以开一个小型研讨会,老的社科书店当时就像一个小型的"社科会堂",时常周末召开不同学科不同领域的新书发布会或研讨会,给了我一个周末充电的去处。到后来搬到原来理发店的位置,场地扩大了,书陈列的也更多了,还增加了休闲的空间,读者可以歇脚落座,新书店比之前更开放了,也扩大了知名度。面对电子商务的冲击,作为一个实体书店,社科书店的存在更凸显了可贵。

社科书店和中国社会科学院相伴相生,希望它能够伴随社科院走得更好,走得更远,记录我国的人文社会科学发展的每一步脚印。

（作者系中国社会科学院中国边疆研究所博士）

○牟　坚

"知与行读书生活会"
——我和社科书店的结缘

在装修一新的社科书店舒适地享受着读书的氛围，我并没有看书，而是在看手机，读一篇名为《思想为何放弃职守——知识精英阶层责任缺失的社会历史分析》的文章，是社会学家曹锦清先生写的。他提问：为什么在民族物质力量崛起的过程中，"思想"却没有承担起文化自信、文化创新的使命，能思的头脑拒绝接受民族的召唤而忙碌于切己的谋划？他从社会历史的宏观视角分析：大量的能思的头脑在"告别宏大叙事"，纷纷从民族整体返回到自身利益，其原因主要是，在最终以财产来决定社会地位的当今，那些执行思想的头脑，也只能暂时搁置本该由他们承担的使命，而忙碌于寻找并确定自己的"社会位置"。

这篇文章触发了我的另一根神经，恐怕与我自己在学术道路上的迷失有关。我原来是一名儿童电视编导，因着儿童的教育问题转行做研究，却发现离现实越来越远。研究方向之一是

中国社会科学院历史研究所助理研究员牟坚与社科书店
创办了"知与行读书生活会",她邀请了台湾集文化学
者、禅者、音乐家为一身的林谷芳先生（右）在社科书
店举行沙龙讲座

中国古代儿童教育及其现代转化，因此经常自己到学校、幼儿园和民间教育机构中，关注国学教育。就我有限的观察，一方面因为我们学者的缺席，国学教育的探索缺乏一种学理的支撑，任由凭借着一股爱国、尊古情怀的民间人士去自己摸索。其实他们不是不请学者专家，而是请来的专家们无论讲经典还是谈理念，往往太专业，是学术的路子而不切实用。另一方面，一些地方的教育者通过几年的修身和教育实践，逐渐成熟起来，变化了气质、找到了路径，但他们对思想、知识和方法依然有大量的需求，可是我们这方面却供应不上，因为他们需要的是一种综合的知识和经验，结合中国古典思想、心理学、宗教、教育学和教育实践的综合学问。

看了曹锦清先生的文章，我自省，至少在我身上，远远不具备"用思想来守护民族"的品质，我经常审视自己是否还具备能思的头脑，提防着头脑变成知识的工具、被知识所绑架，但是学者的生活远离社会，没有历练，因此也谈不上思想创造活力……

忽然几拨人匆匆地走进书店，又下到地下一层……想起来了，这里应是北京学界最著名的"知止读书会"的活动场所。

人流安静下来，我内心的那根神经好像一直在跳动。我走到收银台，几位店员正在那里商量着事，我问："那是知止读书会？"大家纷纷点点头。我又问："这是个人办的还是所里办的？"大家迟疑了，然后一个清脆的声音说："你也可以办一个。"说话的就是社科书店年轻的新掌门冯阳丽，她竟然能洞穿我的心思！——然后我们就一起合办了"知与行读书生活会"。

读书会秉行"生活·读书·知行"的宗旨，与三联书店的"生活·读书·新知"相比增加了行动力，更注重实际。主张真实地生活，在读书中思考寻找答案，带着新知再回到生活中，实践，努力，这就是知与行的意义，用知与行把读书和生活联结为一个统一体，即把读书作为生活的一部分，把生活作为我们读书实践的场所，实现一种真正意义的知行合一。我们的愿景是：背靠中国社会科学院雄厚的智慧资源，面向社会和广大读者，读书会致力于把人文精神和社会科学知识以读书实践的方式融汇到生活当中，融汇到社会人群当中，以期在社会中起到真实作用，转化为人的修养情操和社会风气。我们愿做桥梁，把人文社会科学研究的精神成果转化为人和社会的内在力量，做社会科学普及工作者。——北京社科书店，是最好的平台。

感谢各个方面的无偿支持，2016 年 8 月 30 日，在社科书店发布举办"知与行读书生活会"的消息，邀请台湾中山大学戴景贤教授演讲，题目为"现代教养与现代生活"。10 月 30 日，邀请中国社会科学院文学研究所许金龙研究员演讲，题目为"大江健三郎小说文本里的鲁迅元素"，由冯阳丽主持，宣布了"知与行读书生活会"成立。

接下来是进入到平实的读书分享阶段，读《论语》。方式是粗通大意之后就是分享自己的体会，提出疑问和讨论，在疑问和探讨中深入。参加的人有学者，更多的是普通人，包括各个职业和年龄段，还有一位思维敏锐的初三学生，犀利地对人们全然接受的价值作出大胆的质疑。也有针锋相对的中西之辩。我们一步步深入地追问什么是"犯上"、为什么"慎终追远则民德归厚"、什么是"本立而道生"、为什么人要孝。刨根问底，不仅仅是明白《论语》的内容，还要把这句话为什么这样讲、为什么这样做的道理搞明白。我们不必按照古人的做法去做，因为条件变化了，我们明白了为什么那样做的原理，在任何时代、任何情境都能重新起义，创作出符合我们时代的新做法、新礼乐。经历激烈的头脑风暴之余，是温暖的分享，各个年龄段的人用自己与亲人之间的事印证了古今心性的统一。情感的融通比讲理辩论威力更大，我们围坐在蒙着深绿缎子桌布的巨大桌子周围，会有一种心波的共振。时间总不够用，一次也就将将讨论完一章。周日下午两点开始的两个小时的读书会，总要到五点钟店员告知要下班了才匆匆收场。

这样的日子充实而喜悦，我还发现会员中间在建筑设计、心理咨询、音乐艺术、家庭教育等方面人才荟萃，读书期间，就能自己开讲座。

依旧寒风习习的 2017 年 3 月，我邀请到台湾集文化学者、禅者、音乐家于一身的林谷芳先生一起座谈，他依旧一身白色单衣。我是这样向他介绍的："我们知与行读书生活会成立不到半年，是个人发起、大家共同搭建的学习交流平台，零经费运作，场地也是社科书店免费提供的。读书会的特点就是生活化，不求形式，因此松松散散、拖拖拉拉，但也自自然然、顺顺利利，逐渐地成长着，仿佛一个有生命的正在自我演化的小社会。走向哪里，我也不知道，目标设立了，但不必追赶，所有的过程都是修行，都是帮助我们看回自己、寻找自己的镜子，能在过程中得到锻炼、得到成长，就是达到目的了。"这是开读书会半年以来我自身的收获，从风风火火应付事务当中，变得自然和从容些，但仍在时间的焦虑中。我向林先生请教："您写过，'任何事情真要有成，必赖时间之琢磨，要识得时光之流变、生命之转身'，这是说有过去、现在和未来，而禅家又讲当下，没有时间而永恒于当下。这二者如何统一？"因为我困顿于对时间的焦虑中，无法安住当下。林先生一句话点破了我："你根本没有进入当下。"从此，这成为我的功课。

生活在继续，线上依旧读着《论语》，线下的活动还在调整中，希望有新的力量加入，新老朋友再暖融融地围坐在那张绿缎子书桌前，娓娓道来，忘记时间，进入那个当下，以一个新的生命转身。

（作者系中国社会科学院历史研究所助理研究员）

○钱　璋

我眼中的"社科书店"

　　北京有很多书店，西单图书大厦、中关村图书大厦、王府井书店，规模都很大。此外，还有主营旧书的中国书店，各出版社的读者服务部，以及一些所谓的"独立书店"等。在我眼里，位于东城区贡院东街的"社科书店"，是一家很有特色的书店。

　　社科书店，主要经营中国社会科学出版社、社会科学文献出版社的图书，也出售国内一些著名出版社的图书，比如人民出版社、中央文献出版社、商务印书馆、中华书局、上海古籍出版社、上海译文出版社的新书，在店里也不难找到。这里的书，品种多，比较偏重学术，像"中国社会科学院学者文选""中国社会科学院文库""国家社科基金成果文库""社会科学文献出版社皮书系列""列国志"等，都能够买得到。有一段时间，这里还卖过一些旧书，其中有些是很少见的绝版书。我就买过中国社会科学出版社出版的斯塔夫里阿诺斯写的《远古以来的人类生命线》、《剑桥中国晚清史》第一版精装本、《德国古典哲学新论》（古雷加著）、《不平等和异质性》（彼得·布劳著）、《哲学逻辑引论》（格雷林著），都是原价买的，非常便宜，每次买到都着实高兴几天。很可惜，最近这里几乎看不到旧书了。我很想建议书店，再重新开辟旧书专卖区。

从环境上看，书店里有专门供读者阅读的桌椅、灯具，还设立了学术沙龙讨论区，墙上贴着中国社科院学部委员的一些照片，很有读书、买书的氛围。特别值得一提的是，因为这里紧挨着中国社会科学院，院里的学者也很喜欢在这里买书。所以，当你在这里静静地翻阅图书的时候，也许这本书的作者就在你身边看书或者买书呢。

（作者系中国社会科学院马克思主义研究院助理研究员）

○王江松

我与黄德志老师的
半世书缘

一　第一次在海淀图书城萍水相逢

那得回到 24 年前，1994 年年初，我和几个人在海淀图书城合伙承包经营"中南书店"。一日上午，我正在书店值班，一位 50 多岁的女士，手提一大包书，要求我们店代销，售后结账。我问给什么折扣，她说七折。我说折扣太高，您另找别的店吧。看到她提着书走出去负重前行的背影，我感动了，于是喊她回来，收下了她代销的书，书名《涉外知识大全》，中国社会科学出版社出版，而她就是这本书的责任编辑，名叫黄德志。听出黄老师有浓厚的长沙口音，我就说我是湘乡人，我们高兴地认了湖南老乡。

我问她责任编辑怎么自己出来推销图书啊？她说出版社搞项目负责制改革试点，责任编辑从策划、编辑，到出版、发行，全程介入，最后与社里分享项目收益。

年过半百的黄老师，投身到了出版社的改革之中。她精力充沛，说话做事风风火火，又擅长人际交往，正好能够把多年来被传统出版体制束缚住的竞争力和创造力发挥出来。我自己也身在高校体制之内，因故被迫离开了教学科研岗位，跨出来一条腿下海了，在这方面与黄老师有一些共同语言。

更重要的是，作为资深的哲学美学类图书编辑，又长期在直属于中国社会科学院的社科出版社工作，黄老师与一些我青年时代就很仰慕的哲学家、美学家很熟悉，做过他们的责任编辑，对贺麟、张岱年、李泽厚、汝信等大家的生平和学术如数家珍。谈到这些，我们的共同语言就更多了！虽然我们是两代人，很快就成了忘年之交。

二 我的伯乐：帮我出版我的第一本书

《涉外知识大全》销售状况不错，黄老师心里高兴，问我有什么事情需要她帮忙。我就说1990年写了第一本著作，书名《悲剧人性与悲剧人生》，转了好多家出版社，都说是好稿子，也都说自由化色彩太浓了，不方便出版。她说把稿子给她吧。看了书稿后，她也认为按程序走出版社三审流程的话，至少在终审这一关过不了。不过不要灰心，办法是人想出来的，如果能够请汝信先生写个审稿意见的话，出版社说不定就会放行了。

汝信先生是当代中国著名的哲学家和美学家，时任中国社会科学院常务副院长，如果能够得到他的审稿意见的话，那的确是我碰上贵人相助了。奇迹就这样发生了，黄老师把书稿推荐给汝信先生后不久，先生就写了一份审稿意见，准确指出该书观点介于马克思主义与存在主义之间，有一些新的思考和探索，具有较高的学术价值和出版价值。

因为有了汝信先生的这个审稿意见，出版社就开了绿灯，特别批准了这本书的出版，同时也采取了两种压低风险的措施：一是出版社不在主渠道发行，由作者自己发行；二是出版社不做这本书的推广（后来社里果然谢绝了《中国青年报》和北京电视台对这本书的宣传）。

黄老师是我生命中真正的伯乐和贵人，不仅帮我出版了第一本书，而且缔造了我与汝信先生的师生之缘，10 年后，在我41 岁时，我荣幸地考取了先生的博士研究生。

三　盘桓流连社科书店 20 余年

1996 年，黄老师接受出版社的安排，来到长安街上的建国门内、处于中国社会科学院对面的北京社科书店，担任经理。这个时候她已经是编审了，为什么放弃编辑工作来做书店经营呢？这跟她想把社科书店办成一个人文学术沙龙有关，通过书店这个媒介，把天南地北的新老作者、新老读者，紧密地联结成为一个读书俱乐部，同时也把书店打造成为中国社会科学院的一个学术窗口和一张学术名片。我想，对黄老师来说，干这样一件富有挑战性和丰富意义的事情，可能比编辑图书更有乐趣吧。

不承想，她这一干，就差不多干了20年，从50多岁干到70多岁。不是因为别的，仅仅因为她干得太好了，可以说社里和院里找不到比她更合适的人选，而她自己也感觉到身心愉快，颇有于人于己都功德圆满的感觉。

我于是就成了社科书店的常客。有时来买书，有时来送我自己出版的书，有时候来寄销我公司经营的书，有时约朋友来这里见面，有时来参加黄老师组织的读书会、学术报告会、新书发布会、湖南同乡座谈会、书店员工与读者联谊会，有时什么也不为，就是想来看看亲爱的黄老师，看看这位不是亲人胜似亲人的女性长辈……我自己的母亲过早去世了，黄老师对我不啻是一位荣誉母亲。

于今，黄老师已经80高龄了，几年前她也退出书店的经营管理，回家安度晚年了。值此中国社会科学出版社社庆40周年并出版纪念文集之机，谨致我对黄老师的衷心感激和祝福、对出版社以及社科书店的美好祝贺和展望！

（作者系中国劳动关系学院图书馆馆员、哲学博士）

20 世纪 90 年代社科书店文化沙龙就已开办。图为 1997 年在书店举行的《伪科学曝光》座谈会，时任中央党校副校长龚育之（右一）主持

2003 年 2 月，中国社会科学院学部委员、财贸研究所研究员杨圣明在社科书店学术沙龙演讲

2004 年 9 月，时任中国社会科学院世界经济与政治研究所所长王逸舟研究员在社科书店学术沙龙演讲

2004 年 12 月，时任中国社会科学院新闻研究所副所长张西明研究员在社科书店学术沙龙演讲

上图: "贡院学人沙龙" 是社科书店创办的活动品牌, 聚集了中国社会科学院和国内众多的专家、学者和读者

中上图: 2010 年 5 月, 社科书店邀请作家萨苏与中国社会科学院日本研究所研究人员座谈交流

中下图: 2011 年 5 月, 社科书店举行 "优秀图书赏读沙龙", 研讨王伟光所著《利益论》

下图: 2014 年 4 月 23 日社科书店邀请出版社离退休老编辑举行 "世界读书日" 主题活动

2016 年 11 月中国社会科学出版社离退休干部党支部在社科书店举行读书学习活动

"知止中外经典读书会"是社科书店 2015 年起承办的具有影响力的公益读书活动，每周二"雷打不动"研读中外经典著作该读书会现已举办 200 多期

"知与行读书生活会"是社科书店承办的集学术与文化、文艺与生活于一体的品牌公益读书会

中国社会科学院语言研究所在社科书店举办的浙江大学刘海涛教授《大数据时代的语言研究》学术讲座，一座难求，读者挤满了沙龙讲座区

○王俊义

发扬社科书店的办店
宗旨与风尚

　　社科书店是由中国社会科学出版社创办领导，以专营哲学社会科学学术书刊为主要特色的一家书店。目前中国社会科学出版社（以下简称社科出版社）正在热烈庆祝建社40周年，作为其下属的社科书店，曾荣获中国书刊发行协会评定的"中国书刊发行双优单位"，多年来也受到学术界和广大读者的高度赞誉，理应同庆同贺！笔者作为出版社的一个老职工，又是社科书店的一名老读者，依据自身的感知，值此社庆店庆之际，拟就社科书店的办店宗旨与风尚，略抒几点感受。

　　其一，坚定不移地恪守以专营哲学社会科学学术书刊为职志。基于社科书店由社科出版社领导，其办店理念，理应与该社的宗旨相一致，而社科出版社则是中国社会科学院领导下的一个单位，其办社之初，院部即明确下达的方针任务是：编辑出版中国社会科学院和中国社会科学界、文化界的优秀科研成果，包括专著、资料、教科书、工具书、参考书等。同时，还要出版国外的重要人文社科著作的中译本。中国社会科学院作为全国哲学社会科学界的最高研究机构，下属的各种学科与各个研究所，都拥有众多的一流学者，可谓群星灿烂，名家辈出，每年都会诞生大量优秀的学术著作，还有一百多种权威性的学术期刊。加之国内外也有不少有影响的人文社会科学领域的学术著作，最初大都交由社科出版社出版，且由社科书店负责发行销售。是时，恰值20世纪七八十年代的改革开放初期，在解放思想、实事求是的路线指引下，社会科学界冲破长期的封闭，迎来初步发展。此时大量中外优秀的学术研究成果问世，无疑具有引领风气的作用，即刻受到学界与读者的欢呼好评。然而学术研究与图书出版事业的发展，并非一直是畅通无阻的坦途，有时也会遭遇曲折坎坷，在由计划经济向市场经济的转型过程中，社会上一度片面强调经济效益，高层次学术著作被视为缺乏经济效益而营销量下降。加之，近年来网络图书的发展，实体书店再次受到冲击，使社科出版社与书店的发展遇到新的困难。然而出版社与书店在困难面前，却没有动摇与畏缩，依然不改初衷，针对新的情势和问题，与时俱进，采取新的措施方略，在仍然以出版营销高层次社会科学学术著述为基础和重点的同时，又策划出版一些具有思想性、文化性和知识性的普及读物，使之既有社会效益，又有经济效益。为争取更大的读者面，书店还以图书为中心，举办各种有益于读者的活动，经过不断探索追求，逐步形成既有继承又有创新的办店理念，即"追求学术品位，立足思想前沿，传播先进知识，忠诚服务读者"。实践证明，这是行之有效的好理念、好宗旨，因而形成传统，长期坚持。唯其如此，书店才办得红红火火，成为专营哲学社会科学图书的品牌名店，并被评为"中国图书发行双优单位"，这显然值得坚持和发扬。

其二，书店的管理者、营销者具有较高自身文化知识素养和爱书、读书、懂书的良好风尚。常言道：干一行，爱一行，行行出状元。既办书店，自然要整天与书打交道，且要成为书业的行家里手，那就一定要爱书、读书、懂书，有较高的文化知识素养。由于笔者在社科出版社工作多年，也是社科书店"读者之友"的会员，常常到书店看书买书，还曾应邀参加书店举办的一些活动，根据个人的耳闻目睹，深以为长期担任书店经理的黄德志女士就是这方面的典型。

黄德志女士原是社科出版社哲学编辑室的一位资深编辑，具有扎实的哲学专业基础，曾为出版社编辑出版过许多名家经典之作，这些著作对推动哲学社会科学的发展发挥过重大作用和影响，她自身也为此在图书出版界声名远扬。难能可贵的是，长期的编辑生涯使之爱书如命，且精力充沛，有强烈的责任心和担当力，因而自告奋勇到书店工作，荣任社科书店经理达十八年之久。在此期间，她团结带领书店员工，以书店为家，不辞辛苦，不怕困难，为寻求多方支持，上下左右，四处奔走，解决了书店发展过程中的一个个难题。为办好书店，她努力拼搏，提高业务，广泛阅读浏览，不仅对本社出版的各种书刊成竹在胸，而且能及时掌握国内外图书出版业的各种信息，为社科书店的生存发展付出大量心血，做出重要贡献，从而成为书店的优秀掌门人，既受到书店员工的拥戴，也赢得学术界和读者的尊敬与好评。

这里应当说明的是，黄德志不过是这方面的代表和典型。书店的其他员工，也大都是爱书敬业，忠于职守，为书店的发展做出了应有的贡献，相关的事例兹不多举。总而言之，整个书店的良好风尚确值得发扬。

其三，忠诚为读者服务，以书为纽带举办各种活动，使书店成为读书人的交流平台与精神家园。要办好书店，必须依靠各方面的鼎力支持，尤其是广大读者。社科出版社与书店的读者，基本定位是具有大专以上程度的社会科学领域的研究者、爱好者，其中既有社科领域的著名学者和学科带头人，又有众多中青年俊杰，以及社会各界人文学科的爱好者，他们都是哲学社会科学发展的动力和支撑。忠诚为这些读者服务，就是为促进哲学社会科学的发展尽心尽力。为此，书店集思广益，组织举办了各种活动，诸如：

举办各种图书展销。将社科出版社出版的有重要学术思想价值的重点和热点精品图书，以主题或专题的展销形式，推荐介绍给读者，使之能及时了解信息，便于阅读利用。

开展学术讲座。邀请社科院内外的著名专家学者，将其学术专长和新的学术研究成果，以讲座形式传布给读者。听取讲座的既有社科领域的研究人员，也有各大专院校的青年学子。通过讲授，既使讲演者展示了新的学术研究成果，在更大范围内实现了其学术价值，又使听讲者领受教益，开阔了视野，了解了学术前沿信息。

组织"读者之友会"和"读者代表会"。一方面听取读者对办好书店的建言献策；另一方面也使读者之间互动，及时交流读书的心得体会，并为读者购书提供优惠和便利条件。

举办"贡院学人沙龙"。目前社科书店坐落在社科院院部附近的贡院东街，许多在院部从事研究和办公的学者，甚或也住在近处，他们在研究闲暇，有时想约朋友饮茶聊天，需要有个落脚点。书店为此举办了"贡院学人沙龙"，以便学人们在此轻松地休憩交流。

此外，为给读者看书、买书、交流提供舒适的环境，社科书店还精心设计，对店面进行了重新装修，使书店格外温馨优雅，充满了浓郁的学术文化氛围，从而使书店成为读书人的交流平台与精神家园。

江山代有才人出，长江后浪推前浪。如今社科书店的老一代管理者、营销者，已陆续退出工作第一线，今后的事业，必将依靠一代新人继承发扬。目前，社科出版社已派任在社内发行部做出卓越成绩的年轻新锐冯阳丽担任书店领导。我们相信，社科书店一定会在出版社的坚强领导下，在新的征程中更上一层楼，为新时期的哲学社会科学的发展繁荣，做出更多更大贡献。

（作者系中国社会科学出版社原总编辑）

○张树相

弘扬学术，播洒书香
——忆黄德志对社科书店的经营

1998 年年底，我奉调来到中国社会科学出版社主持工作，从此理所当然地担负起社科书店经营的领导责任。在岗的 7 年间，与一直担任社科书店经理的黄德志同志有过不少工作上的联系，她给我留下了深刻的印象，令我十分敬佩。在这社科出版社成立 40 周年和社科书店建店 37 周年之际，不由得忆起老黄经营书店的许多感人事迹。

来社之初，正值出版社转制关头，大部分出版社特别是社科学术类出版社由于转为自负盈亏，日子颇不好过，书店由于利薄也很难维持，不少店家为了生存不得不将部分店面改为经营其他商品。然而初次与老黄商量社科书店的工作时，我发现她对社科图书的经营情有独钟并充满信心，这使我感到很奇怪。作为一位资深老编审，不去做有名又有利的编辑工作，怎么会干这种费力不讨好的售书工作呢？后来从她的言谈话语中觉察到，她是出自内心愿将自己的余年全部奉献给社科学术的弘扬和服务事业。老黄说到做到，她在社科书店一干就是18年，直至年逾古稀，才恋恋不舍地离开了这一岗位。她对社科书店的一往情深和弘扬学术的追求使我深受感动。

为使书店得以生存，老黄没有向社里伸手，而是自己想方设法克服困难。社科书店从原址拆迁时，曾得到一笔不少的拆迁补偿，这笔钱本可由书店掌握使用，以保证自身发展，但老黄自愿将绝大部分交给本社以解燃眉之急，只留很少部分用于书店的迁址复业。在老黄任经理期间，书店经历了三次迁址，给经营造成了很大麻烦。从建国门街面上拆迁后，为了借助社科院的优越条件，争取在院部立足，并尽量取得较好的位置、较大的店面和优惠的房租，老黄又是写信，又是登门，上说服院领导，下求主管部门，排除了诸多障碍，终于赢得了院领导和各方的大力支持，使社科书店牢牢地扎根于院部这块宝地。

在书店岗位，年迈的老黄一心扑在工作上，每天盯在店里，不辞劳苦，绞尽脑汁拓展经营。为了增强实力，她成功地争取了工经出版社和社科文献出版社联合办店。为了争取院内专家学者的支持，她走访联系了各研究所，向所领导和学者们介绍本店的情况。为了取得院领导的支持，她曾把历任主要院领导如李铁映、陈奎元、王伟光、陈佳贵、江蓝生、李慎明等请到书店视察指导。为了扩大货源，她跑了多家社科类出版社特别是有名家名作的出版社发行部，挑选畅销或长销图书，在小小的店面上，陈列了几十家出版社的上千种社科类图书，可以说上乘之作琳琅满目。

做好服务，把顾客当成上帝，这是经营的首要法则，老黄深谙此道。她千方百计做好对读者的服务工作。例如，为了方便和鼓励院内外学者购书，她实行读者会员制，印制会员卡给读者们以价格优惠；特意评选了一百位优秀读者，给予表扬；组织评选了一百部优秀图书推荐给读者；经常带领店员去有关大专院校摆摊，或跟随院内研究所到学术会议现场售书。还经常去研究单位送货上门。她这样做联系了一大批固定读者，使他们成为购书常客。

书店要办成功，必须打造自己的特色。对于面向学者这一特定读者群的社科书店来说，首先是要突出学术特色，办成学者之家。在这方面，老黄自有心路。她始终不背离参与办店的几家出版社的学术性质和院内外广大专家学者的学术研究需要，坚持"追求学术品位、立足思想前沿、传播先进知识、忠诚服务读者"的办店宗旨，突出书店的学术特色不动摇，全部经营学术类图书，绝不乱进货。为了吸引学者的青睐，她还开办了"贡院学人沙龙"，不定期地组织读书与学术讲座活动，将一个小小的社科书店办成了学者之家以及学者和读者交流的平台。令人佩服的是，老黄竟然能够请来龚育之、汝信、王大珩、朱光亚等学术大家出席讲座或图书出版座谈会。另外，她为了更多地联系学者，还发挥自己多年编辑工作的经验，一边售书，一边组织选题、编辑图书，把社科书店办成了一个社外编辑室，团结了一批有影响的作者，组稿并编辑了多套颇有影响的学术图书，如《西方美学史》（4 卷本）、《简明西方美学史读本》（丛书）、《金岳霖文集》等，有效地提高了书店的社会效益和经济效益。社科书店的学术特色，使之成为中国社会科学院和国家哲学社会科学研究成果的一方展示窗口，也成为社科院各研究所及高等院校专家学者的精神家园，受到了以学人为主的广大读者的欢迎和支持。这种主要针对特定读者对象的特色经营，使社科书店书香四溢，极有品位，牢牢地吸引着一个固定读者群，从而立于不败之地。

要办好书店，加强自身的宣传，扩大影响，提高知名度，也是至关重要的。老黄对此同样重视并身体力行。她除了采取多种办法让更多的专家学者了解本书店以外，还多次约请记者来店参观采访，向他们介绍本店的经营特色和经营成果。曾争取到《人民日报》《光明日报》《北京日报》《中华读书报》《中国社会科学报》等知名报刊发文评介社科书店，使社科书店声名鹊起，引来众多读者光顾，店里经常门庭若市。

一个小小几十平方米的社科书店，在老黄这位掌门人手上，竟办得风生水起，经久不衰，成为在学界、文化界和高等院校师生中颇有名气和影响的、经销范围涵盖了马列、哲学、政治、经济、法律、教育、艺术、语言文字、文学、历史、宗教以及社会学、心理学、管理学等社会科学重要学科著作和工具书的专业书店，为增进社会科学学术繁荣做出了显著贡献。

社科书店的成功，显示了黄德志同志既是编辑又是学者的风范，显示了她执着敬业、似火燃烧的工作激情，显示了她不怕困难、开拓进取的创业精神，还显示了她超群的社会活动勇气和能力。老黄的这些精神品质，在我的脑海里留下了深刻的印象。

由上述事迹可想而知，社科书店的经营凝结了老黄多么大量的心血呀！然而在此期间她的报酬却与她的付出远不相称，据我所知，她每月的薪酬少得可怜。在我的任上，她从来没有提出过给予物质奖励，出版社也没有以物质奖励过她，只是在书价折扣上曾给予照顾，但这对书店的帮助不过是杯水车薪。老黄的这种不计报酬、无私奉献的精神，在物欲横流的当今，尤其难能可贵，这是使我更加佩服的。

社科书店这个品牌，为社科出版社增了光、添了彩。作为曾是一社之长的我来说，尤感欣慰和自豪。今借此文对社科书店走过 37 年光荣历程表示热烈祝贺，也对黄德志经理和全体店员表示由衷的赞许和感谢。

（作者系中国社会科学出版社原社长）

○曹宏举

我与黄老师的编书缘

在我至今二十五年多的编辑出版工作中，黄德志老师是影响我最大的几个人之一。她对图书的拳拳挚爱，对出版的深深眷恋，对年轻编辑的戮力提携，对社科书店的终生奉献，无时不在感动、激励、鼓舞、鞭策着我，让我始终沿着编辑出版这条路义无反顾、砥砺前行。

我初识黄老师，是在刚进社科出版社之始。时在1993年4月初，热心的国际室老主任刘颖同志带我这个新人去各部门"转转"，让我尽快熟悉工作环境并与大家认识。在国际室隔壁的隔壁，刘老师将其中一位和蔼可亲、笑容灿烂、说着一口湖南话的中年女士向我介绍说："这位是黄德志老师，咱社数一数二的资深编辑，出了很多好书，选题思想活跃，业务没的说，你今后可多向她请教。"黄老师微笑着走向我，问了我年龄、专业、毕业院校等，然后快人快语地说："刘主任是我们背地里学习的对象，你选对了人。跟着他，你能学到很多。欢迎你年轻人，我喜欢和年轻人交流，我们今后多合作。"这是我第一次见到和认识黄老师，从此记住了这位热情、干练、洒脱，有着独特口音的出版社"数一数二的资深编辑"。

从原来从事研究工作（来社科社之前，我在社科院世界史所任助理研究员）转型为编辑工作，应该说还是有明显跨度的。为尽快让我的新工作步入正轨，我身边的刘颖老师、周兴泉老师，以及编辑室其他同事不断指导我关于编辑出版的具体业务；社里也经常举办与业务相关的培训。

一天，我正在埋头审稿，刘老师从外面回来，拿给我一份几十页厚的手写材料（那时尚未普及电脑打字），对我说："这是黄德志老师的一份审读报告和加工记录，我找她借给你看的。要做一名优秀图书编辑，仅熟悉业务流程是远远不够的，编辑的核心能力是策划、组织选题和高水平加工书稿。你先看看这叠材料，了解黄老师是如何策划、组织选题，以及如何加工稿子的。"

这份材料是黄老师关于一本美学图书的责编审读报告和全稿加工记录，是黄老师从关于该书的书档中专门抽出转交我的，作者是一位美学大家。审读报告字迹工整、秀丽，叙述了黄老师如何从与这位大家的交谈中获知对方有新的美学思想，如何追踪与鼓励作者写出书稿，如何与作者调整篇章结构，如何规范处理注释和索引，如何与作者共同选择全书装潢和设计方案，构成了一份完整的图书策划、组织和加工过程全貌，充分体现了黄老师深远的选题视域、高超的社会沟通能力，以及锲而不舍追求高品质图书的执着精神。对我这样的行业新兵，这份报告简直就是雪中送炭。那份长达二十余页的加工记录单，从个别字词的讹误、专有名词的用法、数字及图表统一，到书眉位置安排和天头地脚留白，无不体现出黄老师审稿的认真细致与她谋篇布局的独具匠心，对我这名当时正在编辑加工职业生涯第一本书稿的小编来说，真可谓是价值连城。它让我见识、知晓了做一名优秀编辑应具备的真货和真功，指导、鞭策我在专业之路上较早与较快地校准了成长标的，令我此后的编辑工作受益无穷，也必将受益终生。

其后我始终对黄老师的选题策划和编辑著作保持着特别关注，几年间不断见证了她在哲学、美学、佛学、伦理学等领域涌现的新书新作。其间我向黄老师请教了许多具体编辑问题，黄老师都不厌其烦地予以解答；她还时常送我几本自己新近编辑出版的图书，并将书的主题和精华三言两语地介绍给我，以便我能较快切入阅读，这也是她日常快速浏览书稿、迅速提炼主题内容和写作特点的方法之一，是做优秀编辑的基本功。

她尤其喜欢向我介绍书籍的作者，这方面就不再是三言两语了，而是娓娓道来，细述作者的工作、生活、交往特点，以及他们以前曾经出版过的重要图书。这让我深深体会了黄老师对待作者的真诚与坦率，认识了她与作者交往交流的深度与广度。她常说的一些话我依然记得，如："作者是我们的衣食父母，没有他们，你就没有饭吃"，"你不把人家当朋友，人家干嘛将稿子交你"，"你对人家坦诚相待，人家才会对你推心置腹"，"要与学者们平等对话，你就必须学习掌握他们的学术话语"。这些金句深刻影响了我以后的社会交往与编辑工作。后来我通过自己多年与作者的交往实践，切身印证了黄老师善待作者的态度与做法。如一位曾与我有过一面之交的作者，10年后辗转五个人才找到我的新联系方式，然后将一部畅销书稿交我出版。交谈中我问他坚持找到我的缘由，他回答："就觉得你这人实诚、可信。"我由此更加坚信：唯有与作者诚实交往、将心比心，才能真正交到朋友，得到好的选题，出版好的图书。

几年后，黄老师离开编辑室岗位，担任了北京社科书店（当时叫中国社科书店）经理，在书店这个崭新的展示台上，继续实现她敬书、爱书、爱读书人的终生理想。我本人也在黄老师、刘颖老师、周兴泉老师、周用宜老师、李树琦老师等多人，以及领导和同事们的帮助提携下，从一名普通编辑，逐步成长为编辑部主任、总编辑助理、副总编辑。在这段较长的时间里，我不仅继续得到黄老师所给予的教诲与帮助，而且目睹和切身经历了社科书店的成长、壮大，直至它盛名远扬，深切体会了作为一店之主的黄老师为书店生存发展而殚精竭虑、呕心沥血的艰辛创业史。

黄老师接手社科书店时，书店底子薄，人心散，基本开支都成了问题。而且当时书店刚搬迁不久（从北京站前街与长安街夹角处迁回社科院院部），又赶上院部大楼装修，读者往来和车辆进出都非常不便，书店日常经营受到很大影响。在那段艰难日子里，黄老师不顾自己近70岁的年纪，天天奔波劳顿，四处登门造访，每天就是一门心思：书店尽早正常营业，越快越好，否则读者耽误不起。在上级有关部门和书店股东的多方支持下，黄老师的辛苦努力最终有了可喜的结果：书店二次搬迁，迁到了大楼后院的东北角。虽然稍嫌偏僻，但相比前段时间的艰难处境，黄老师已经非常满意了。有一次我去书店看她，她很感慨地对我说："书店这点儿小事竟然牵动了院级领导的心，真是不好意思啊。不过，这恰恰体现了全院上下对书店、对文化事业的高度重视。这地方是稍偏些，但院里已经尽最大努力了。我们把宣传搞起来，把老读者请回来，局面照样能打开。"

此后书店快速发展和声名鹊起的事实，有力证明了黄老师不仅是一位享有盛誉的出版家，而且是一位堪称卓越的书店经理人。在她的全力打造和精心治理下，社科书店迅速摆脱经营困境，信心足、人气旺、品种全、周转快，不久老读者回来了，还带来了更多新读者。由于新地址临近食堂，书店成了人们饭后的第一去处。尤其是院里大会小会之时，人们相约把书店当作临时休憩之所，随手淘几本好书带走。据说上至院级领导、著名学者，下至办事员工、班车司机，很多人都曾逛过这爿小店，为它带来了生机与活力。

随着经营上出现转机，黄老师开始打造书店的文化品牌。她充分发挥书店的地利，将不甚宽裕的店内中厅改造成宽敞明亮的发布会场，供出版社发布会、研讨会之用；与多部门通力合作，建立起具有品牌效益的"贡院学人沙龙"，定期召开有重量级学术人物主讲或参与的主题研讨活动。印象较深的有吴元樑研究员的《马克思主义哲学形态的演变》出版座谈会、张冠梓研究员的《哈佛看中国》学术座谈会等。书店已成为社科院的"文化（学术）橱窗"和几家院属出版社，特别是社科出版社的展示平台。

书店在培育企业文化上也做得有声有色。黄老师自己填词写了店歌；亲力亲为栽培了员工表演队，此外，书店还有自己的店徽和店标。每次开会前，那首朝气蓬勃、深富感染力的店歌和几段欢快、热情的表演，总能起到活跃气氛、预热会场的效果。

在经营书店的同时，黄老师仍念念不忘编辑出版的老本行。在书店每天来来往往的读者中，她总能发现院内外一些著名学者和寻找出版合作的作者身影，每当此时她就特别留心关注，一旦在攀谈中发现与出版有关的蛛丝马迹，就让人家留下联系方式以备下一步联系；如感觉此书有出版价值，她就明确向对方"拉稿子"（策划书稿），并迅即通知相关编辑与之对接。高峰时，黄老师一年能"拉"数十部稿子。我有幸承接过黄老师拉来的一套经典图书——"克罗齐史学名著译丛"，该译丛就是她在与曾任中国驻意大利使馆文化官员、著名意大利语翻译家田时纲教授的"闲聊"中得知其有该译丛计划的。我至今清晰记得当时黄老师给我电话时的语气和语调，那是饱含兴奋与焦急的呼喊："小曹，快来我店里！这里有位田先生，他有一套克罗齐。你学世界史的，正好适合你。快来！"该译丛汇集了世界著名史学大师克罗齐的五部学术名著，是田时纲先生（主译）从意大利文直接译为中文的，这在国内尚属首次。五部书每本都是经典，其中《作为思想和行动的历史》《历史学的理论和历史》更是大师最具代表性的两部名著。他那句"一切历史都是当代史"的名言至今依然对世界学术发挥着重要影响。

我与黄老师的编书缘讲起来远不仅仅这些。回望自己来时路，忆起的，常常是以黄德志老师等为代表的一路上扶我、助我的人，没有他们的倾情栽培、忘我提携，我要取得哪怕是一点点微小的成绩，都是很难很难的。借此 40 周年社庆之际，我衷心的祝福我终生敬爱的黄德志老师健康长寿、快乐如意；衷心地祝愿我曾经工作 20 余年的社科出版社宏图大展、再攀高峰！

（作者系当代中国出版社总编辑，中国社会科学出版社原副总编辑）

○郭沂纹

漫忆老黄二三事

　　2018 年是中国改革开放 40 周年，也是中国社会科学出版社建设 40 周年。热心的黄经理筹划编写一本与社科书店有关的书向建社 40 周年献礼，很荣幸我也在受邀之列。

　　黄经理是我社哲学室老编辑，我 1987 年来社时，她已经快退休了，所以与她接触并不多。知道她策划和编辑了很多好书，特别是在美学领域耕耘多年，像李泽厚的《美的历程》，以及著名的《美学译丛》等都是经她的手问世的，可以说是很优秀的编辑，在哲学界和图书出版领域颇有名气。

　　1994 年老黄退休后，受社里委托出任北京社科书店经理。懂书爱书的老黄又在图书销售领域打开了一片天地，干出了一番事业，把社科书店经营得红红火火。老黄之所以能把书店经营得好，因为她热爱图书出版事业，热爱书店，心里装着读者和作者。她用《我们的田野》的曲谱，重新填词，歌的名字叫《学者的著作与日月同光》，这也可以说是她们的店歌。歌中唱到："我们的书店，美丽的书店，整齐的书架，摆着一排排图书，高品位的图书，就像知识的海洋。""尊敬的学者，你们的成果，人人都分享，担负社会的责任，与天地同寿，与日月同光。""黄金有价，学术无价，我们的服务，感到无上的荣耀，为读者服务，我们心中乐融融。"三段朴实无华的歌词，道出了老黄对书店、对作者、对读者的热爱。每逢书店或者社里有活动，老黄都会组织店员们演唱这首歌。小小书店人才济济，她们的演唱水准很高。这首歌也成了她们的保留曲目。

办好一个书店，店长选书的品位和店员服务周到十分重要。书选的好，才能吸引来读者，招来回头客。社科书店除了社科出版社、社科文献社和经济管理出版社三家院属出版社的新书好书，人民、三联、商务、中华等国内著名出版社的经典著作和畅销书应有尽有。书店的服务人员个个热情周到。院里院外的学者都愿意到社科书店看书、选书、购书。院里的学者每逢坐班日或者到院里开会，都喜欢先到书店逛一逛，坐一坐，看看有没有新书，或者聊聊天。下班前也常到书店再流连一下，上午没买的书下午也许就买回去了。书店还提供上门服务，可以送书或帮作者寄书，为作者和读者解决了不少困难。有一次，我们一编室（文学历史编辑室）到历史所开"中国古代社会生活史"系列丛书编写讨论会，开会的时候才知道许多作者手上没有这本书。当时历史所还不在大楼里，而是在后面的一座小楼里。我们给老黄打电话求援，她立即派人拎着几十书，把书送到了历史所楼上。历史所的楼没有电梯，拎着几十本书爬楼梯还是很辛苦的事情。我们对老黄表示感谢，她操着浓厚的湖南腔，连说："不用谢，不用谢，常到书店来买书就是最好的感谢!"精明的黄经理深谙优质服务势必带来良好效益的经营之道。

出版社的编辑到院里也喜欢去书店逗留,了解一下图书信息,或与作者聊聊天。老黄也经常把图书信息向编辑反馈,哪本书卖得好,哪本书脱销了,编辑可根据这些信息做出正确的决策。大概是2002年,老黄给我打电话,说有读者想买《剑桥中国史》,但库里好像没有了。因为之前曾在书库看到堆积如山的《剑桥史》,便没太当回事。过了几天她又来电话要书,引起了我的重视。我随即向发行和印制核实情况,才得知《剑桥中国史》确实已经断货,而且《剑桥中国史》的版型已经没有了,要重印必须重新排版。于是我向社里打了请示报告。张树相社长主持召开了专项会议,决定由我们一编室具体实施修订改版工作。这次改版一是请专家对个别卷册逐字逐句做了认真修订,提高了翻译质量;二是对全书重新进行了编辑校对,提高了书稿质量;三是将开本由原来的大32开改为国际流行小16开;四是重新设计了版式和封面,改进了装帧材料,正文专门订制了纯质纸,内封则采用了进口荷兰板加布面,整体更加典雅美观大气;五是在充分市场调查的基础上,经过反复核算,控制成本,把定价限制在千元以内即999元。一流的书稿质量、装帧设计、印装材料和适中的定价,加上适当的宣传,使该书一上市就销售看好。新版于2006年底至2007年初上市,当年销售逾万套。现在年销售量达到数万套。这一版已经销售十年,2017年配合《剑桥中国宋代史(上)》和《剑桥中国清代前中期史(上)》等新书的即将问世,与剑桥和译者都续签了合同，重新制了版，并重新设计了封面，计划2018年年中问世。

社科书店能够汇聚人气，还在于它经常举办高质量的学术沙龙。学者就某个话题进行深入讨论，从而提高自己的认识，深化自己的研究。2003年我责编的《新美利坚帝国》一书在一月北京订货会上推出。作者以大量第一手资料和亲身的参与观察为基础，对美国日益抬头的"帝国化"倾向做了深刻剖析，这个世界唯一的帝国将何去何从，整个世界又将如何因应，是每个国家都无法回避的迫切问题。作者以新闻研究者的敏锐观察，提出了许多独到而具有前瞻性的观点。出版社举办了隆重的新书发布会，很快引起了学界关注。黄经理迅速捕捉到这个信息，主动提出在社科书店召开一次小型座谈会，结果阳春三月一个星期天的上午，小小的社科书店一下子聚集了院内外数十位专家、青年学生和媒体的朋友。作者张西明（时任新闻所所长助理）做了精彩的主题演讲，之后与会专家争先恐后地踊跃发言，进行了热烈讨论乃至激烈的辩论。会后《人民日报》《光明日报》《中国社会科学报》等多家媒体做了报道，《博览群书》在收集会上发言的基础上形成了四篇文章，做了专题报道，把这个话题的讨论进一步引向深入。

编辑出身的黄经理最爱的还是编书。2004—2008年，我协助她编辑了《西方美学史》（1—4卷）。她虽然年事已高，书店的工作千头万绪十分繁忙，但她还是抽时间从头到尾逐字逐句编辑了书稿，还以审读报告为基础撰写了书评。2008

年6月，院科研局、哲学所和中国社会科学出版社联合举办了《西方美学史》出版座谈会，王伟光常务副院长、汝信同志和院内外数十位专家和媒体出席了座谈会，大家都对该书给予了高度评价，称该书是"我国西方美学史研究的里程碑，达到了西方美学通史在当代中国的最前沿水平"。

2014年6月，老黄从她执掌18年的书店经理位置上荣休，社科书店交到了年轻能干的新一辈人手上。退休以后的老黄，人退心不退，她心心念念的，还是她钟爱的社科出版社和社科书店的发展。如今我自己也退休了，更加能够理解她的这份心情。

习近平总书记在党的十九大报告中指出："文化是一个国家、一个民族的灵魂。文化兴则国运兴，文化强则民族强。要坚持为人民服务、为社会主义服务，坚持百花齐放、百家争鸣，坚持创造性转化、创新性发展，不断铸就中华文化新辉煌。"2018年是改革开放40周年，也是我社建社40周年。衷心祝福中国社会科学出版社越办越好，衷心祝福社科书店越来越红火，祝愿我社在新时代为中国社会主义文化和哲学社会科学的发展做出更大的贡献。

（作者系中国社会科学出版社原副总编辑）

○黄德志

数点梅花天地心：
服务科研十八春秋

在中国社会科学出版社成立四十周年之际，作为一名与本社休戚与共的老编辑、老书店人，我感慨良多。四十年前，正当我进入不惑之年，有幸调入成立不久的社科出版社，离开三尺讲台，转而从事更加心仪的出版工作，使我颇以为荣。

人生的事业有千万种，而每个人的选择或许只有一两种，似乎已命中注定。我甘心情愿地选择了与书终生为伴，每天书不离手，无论是编书还是后来在书店售书，都能感到难以言表的心灵愉悦。特别是在社科书店从业的 18 年，自感是我人生最精彩的篇章，我永生难以忘怀。

社科书店是 1981 年在北京建内大街创立的。那时候，人人都在翘首企盼科学春天的到来。作为一家专营人文社科图书和学术刊物的书店，很快成了 20 世纪 80 年代初许多知识分子趋之若鹜的心灵家园。那时社科书店员工每每到北京大学流动售书，俨然成了北大三角地一道独特的文化风景线。

211

中国社会科学出版社资深编审、在社科书店坚守18年的掌门人黄德志经理

我接掌社科书店之前，一直在社科出版社做编辑工作，常去各大专院校、科研单位约组书稿选题。在我负责联系的社科院哲学所，我拿到的第一部书稿是李泽厚和刘纲纪主编的填补中国文化史上一项空白的《中国美学史》。我还争取到了北京大学教授、哲学泰斗张岱年的《中国哲学大纲》的出版权，该书据称是影响"中国20世纪进程的重要文献"。作为一名编辑，无论是选题组稿，还是审读加工，我自认为都是胜任的。但没有想到，1996年社里改换了我的工作岗位。一天，时任社长的郑文林同志找我谈话，动员我去管理社科书店。他说："社科书店需要一个懂书的人去管理，我们认为你是最合适的人选。"我想，既然是组织分配，作为共产党员，没有理由不服从，况且书店也是与我最喜欢的书打交道，我就毫不犹豫地答应了。

　　我接手社科书店时，店址还在长安街旁。没想到第二年北京市因筹备五十周年国庆，就责令拆迁。当时拆迁任务紧急，不容拖延。我作为共产党员，自当服从国家大局，就态度坚决地带领店员夜以继日捆书打包、搬运书架，提前一个星期腾了房。书店迅速搬空虽然受到了拆迁指挥部的表扬奖励，但当时我的心情却十分焦虑，满脑子愁的是书店以后的出路。书店消失后，我几乎天天去看它的废墟，每次都会暗自流泪。当时，我的两个儿子在德国，都劝我出国散散心，别再惦念书店的事了。可我舍不得书店，因为那是我灵魂所系。回想过去一年的书店岁月，每当店门一开，我就见到学者，向他们介绍新书，了解他们的购书需求，与他们交谈读书体会。整天与这些读书人打交道，并且看着店里的图书一本本销售出去，我心里有一种莫名的成就感，也油然增加了为渴望读书的人特别是专家学者们服务的责任感。出于这种成就感和责任感，我下决心要把社科书店继续办下去，而且争取办得更好。

当时我们出版社财力拮据，不可能再花钱购买门店，也不可能给足够的钱再去租用与过去同样条件的店面。这就给我继续办书店出了个大难题。我想来想去，认准了我们的上级单位中国社会科学院。鉴于社科院离建国门内社科书店原址咫尺之遥，其大院内聚集着几千名专家学者，这些人都是我书店的常客，我立即决心争取将书店迁到社科院院部。为了实现这一愿望，我征得了多位社科院朋友的支持。得知时任社科院院长的李铁映同志很重视读书和书店，于是我斗胆给李院长打了三次书面报告，并直接拜见，向他陈述社科书店搬迁到社科院内的必要性。没想到得到他本人的肯定，并通过他取得了有关部门的大力支持，书店很幸运地得以在社科院院部大楼一层继续开办下来。这使书店新址与院部科研人员之间的距离大大拉近，可以说是零距离；而且离地铁站很近。这种条件真是得天独厚。当年店里经常聚集很多读者，特别是到了周末，可以说门庭若市，生意火爆。此情此景，令我异常兴奋，至今难以忘怀！

不料想随后几年书店遇到的困难一个接着一个。2003年SARS来了，书店关门停业几个月；社科院大楼装修迎奥运，又停业十个月。后来，按社科院的全局管理需要，书店又经历两次搬迁。这些遭际给社科书店带来的困难可想而知。当时社领导都没有足够信心将书店继续办下去，但我还是选择了坚守。后来，在我们的顽强拼搏下，困难被一个一个地克服了，书店得以继续经营。

为了使书店取得最好的社会效益和经济效益，我们想尽办法拓展销路。首先我强调抓好进货。加强与本社发行部的沟通，保证本社全品种新书及时足量发给我店。坚持主要进学术图书，特别是名家、名作和名社图书。与人民出版社、商务印书馆、中华书局、社会科学文献出版社、经济管理出版社、中央编译出版社、华夏出版社等多家名社的发行部门建立了亲密的合作关系，取得了他们兄弟般的支持，积极为我店第一时间供应新书。为扩充销售门路，我经常组织店员去本院科研大楼摆摊售书，跟随研究所的学术会议到现场售书，还到各大专院校设摊促销。为了吸引读者来店，我们举行了评选一百名优秀读者、一百本优秀图书等活动。为了给读者提供购书方便，我几乎把每本进货新书都翻阅一遍，了解最新学术动态，向来店的读者介绍。我经常询问读者需要什么书，如果店里没有，就记录下来，帮助寻找，并常常送货上门。此外，我们还不定期地举办文化沙龙主题讲座，请专家学者推荐各种图书。最早是邀请了财贸所的江小涓研究员，主讲了《WTO与中国》专题，还有学者张冠梓主讲了《从哈佛看中国》专题。记得当时这两次讲座吸引了满店堂青年学者来听课，各大报纸记者也闻讯而来。多次主题讲座有效地推动了图书的销售，有一次讲座后两星期内售出图书20多万册。举办读书会也是我们的一项重要的经营方略。当年我大力支持宗教所刘国鹏博士发起名为

"知止中外经典读书会"，并将读书会设在我店，经常开展中外哲学名著精读和研讨，给书店营造了浓厚的读书氛围，吸引、联系了一批中青年学者光顾书店。

在书店，我除了主持经营管理，参与售书，同时还关注选题热点，组稿编辑图书。记得"伪气功"猖獗时，许多读者渴望求得相关严肃的科普读物。为适应这一社会需求，我及时组稿、编辑出版了科学家何祚庥主编的《伪科学曝光》一书，引起了很大的社会反响。为了推介这部书，我们在书店还召开了《伪科学曝光》出版座谈会，邀请了何祚庥、王大珩、朱光亚等8位知名科学家和汝信、单天伦、王俊义、刘培育等知名社会科学研究人员以及好几家大报记者莅会，并请到时任中共中央文献研究室负责人的龚育之同志主持。这部书的出版和推介，对提倡科学、反对迷信起到了积极的作用，社会好评如潮。我还编辑出版了其他几部有影响的学术著作。特别是由汝信任主编的《西方美学史》（四卷本，280万字，国家社科基金项目）和《简明西方美学史读本》的编辑出版，更使我深以为荣。这些学术著作的出版，不但使我联系了一批很有影响的作者，而且大增了我店的名片效应，提高了社会效益和经济效益。尤其是汝信先生组织的一支科研队伍，其成员如彭立勋、凌继尧、徐恒醇、李鹏程、王珂平、周国平、金惠敏、赵士林、刘悦笛等知名学者，经常出入书店，买书、查阅资料，给我店带来了浓郁的书香和可喜的效益。当时，《西方美学史》首印1万册，出版社和我们书店迅速销售一空。

社科书店是读书人最向往的地方，也是作者尤其是我院作者最新、最全、最权威的人文社会科学产品的聚集地，因此成为中国社会科学院科研成果宣传展示的重要窗口，也成为我国哲学社会科学成果发布的重要渠道之一。同时，书店积极创新图书阅读推广模式，创立了"贡院学人沙龙"文化品牌。邀请知名专家学者，举办作品研讨、新书发布签售、读者见面会和新书分享会等各种特色活动。被新华社、《光明日报》等中央媒体称为"高颜值的严肃社科类书籍的栖息地"。书店先后获得"中国书刊发行行业双优单位""最佳学术书店""年度优秀经销商"等荣誉称号。

众所周知，尽管是读书人的精神乐园，尽管我们有许多美丽桂冠，实体书店特别是学术类书店，日子越来越不好过。尽管我们用尽了浑身解数，也很难使经济效益明显提升。我执掌社科书店的18年，国家对实体书店还没有优惠政策，税负还很重，营业税尚未改增值税，高达17%的营业税和33%的所得税及其他一些税种，压得书店真是喘不过气来。国家没有优惠，所在出版社也没有补贴，几十平方米小书店每月还要交10万元的房租和水电费、暖气费等。这些负担全要靠我们承担，可以想见当时社科书店的经营是何等艰难。由于盈利很少，18年来我的收入微薄，比起在社里做编辑少得可怜。但书店生涯陶冶了我对书的眷恋，为学者服务，为学术服务，使我在精神上感到很满足。特别令我欣慰的是，我的与书为伴的生涯，也是以书会友的岁月。在社科书店18年，我结识了众多学者，他们提升了我的学养和品位，使我终身受益。与他们结识是我一生的荣幸。

18 年的书店经营，不仅是一种单纯的商业行为，对我来说更是一种非常难得的人文体验。它使我的精神得以升华，也荣幸地长期以播洒书香参与社会主义精神文明建设。习近平主席在党的十九大报告中强调："实现中华民族伟大复兴，需要物质文明极大发展，也需要精神文明极大发展。中华民族生生不息，绵延发展，饱受挫折，又不断浴火重生，都离不开中华文化的有力支持。"习主席的话使我更加深了对 18 年书店生涯意义的认识，我深感骄傲，无怨无悔。

小小的社科书店能够经久不衰，取得成绩，产生那么大的影响，离不开广大读者特别是学者的长期眷顾，离不开兄弟出版社同仁的鼎力相助，更离不开社科院领导、社科出版社领导和有关部门人员的大力支持。在我经营书店的日子里，社领导始终都是关心的，特别是赵剑英社长主持中国社会科学出版社工作后，他对书店不仅关心，而且支持发展社科书店，世界读书日亲自推荐社科书店图书，这是过去 40 年没有过的。为了读者有优雅的读书环境，又投资近百万把书店装修全新，处处为学者考虑，他认为尊敬学者、繁荣学术，出版社和社科书店是一致的。赵剑英社长对书店的关心与支持我们永远铭记在心。

书店从科研大楼搬至四号楼时困难重重，时任院办公厅主任的施鹤安给予极大帮助，指导装修，补助经费，并鼓励书店员工要充满信心，精神饱满、快乐地工作。他说："读书人不会忘记你们。"今天书店成为读书乐园，我感谢施鹤安主任及其他院属单位领导的大力支持。

我永远感激支持社科书店的读者、学者和出版社同仁，这里特别要提及的是：语言学家吴宗济老先生（已故）、李薇、周弘、罗红波、于沛、李景源、冯国超、卓新平、于建嵘、张冠梓、程巍、江向东、黄晓勇、赵燕平、王江松、陈彪、章新语、张志刚、罗莉、王磊、张小颐、黄燕生、冯斌等同志，他们在我店遭遇困难的时候曾给予了我们直接的帮助，他们的友情使我终生难忘。还有时任社科出版社社长的张树相同志对书店给予了特殊关照。记得当年我向他报告《西方美学史》选题时，他在出版社极其困难的条件下，当即批准给作者10万元课题活动经费，并指定我担任责任编辑，他的这一举措，给了我极大的温暖和力量。在此，我再次对过去曾给予社科书店支持帮助的所有领导、同志、朋友表示诚挚的谢意！

如今社科书店正在二次创业，我相信在新时代它会更加兴旺发达，为社会主义文化事业做出更大贡献。

（作者系社科书店原经理、中国社会科学出版社编审）

○周用宜

北京社科书店

—— 一座传播文化知识的金桥

　　北京社科书店是由中国社会科学院主管、由中国社会科学出版社主办的专业学术书店，创办于 1981 年。近 40 年来，在院、社领导的领导关怀下，书店不断创新，不断发展，已闯出了一条追求学术品位、立足思想前沿、具有多元文化经营特色的实体书店的新路。

　　随着出版社的发展壮大，社科书店大大改观。从一间仅有十几平方米的临街民房打开门窗开办，经 4 次搬迁，现已发展成占地面积 170 平方米、地上地下两层的全新的多功能书店。4 万余册图书按专业门类整齐地摆放在松木书架上，图书涵盖了人文社会科学的各个门类和专业，是社会科学院科研成果重要的展示窗口和发布平台。四壁悬挂着学部委员的照片，体现着对知识、对人才的尊重。室外封闭的凉台上，摆放着桌椅，供读者阅读和休息。地下室是举办学者沙龙和开会的地方。布局既紧凑又实用。

作为我社的编辑，对社科书店较为关注，接触不算多，参加过书店组织的一些活动。从活动中我都受到启发，受益匪浅。

建社初期，国家百废待兴，图书市场极度贫乏，出版社不仅要尽快出版学术著作，而且要把图书尽快送到读者手中。发行部门的人员想尽办法，除打通主渠道新华书店征订印数外，采取了多种形式扩大发行。印象最深的是根据读者需要，主动"送货上门"。书店第一任经理杲文川带领书店人员和编辑去高校开展售书活动。我曾到中央民族学院售书，那是 1983 年 11 月 8 日，社里开着大卡车，车上摆放着热销的社会学类和民族学类图书。"书摊"设在食堂附近的小马路上，我们有的站在卡车上介绍图书，有的在车下收款，接待读者，十分忙碌。由于是"对口"售书，印象中销得最好的是被高等教育部指定的高校民族学基础教材、民族学专家杨堃著的《民族学概论》，很快就售出了好几包。我是从民院历史系毕业的，熟人较多，交谈中你一言我一语的，了解了不少学术信息。读者对这一售书活动表示满意，希望我们"再来""多来"。

1989 年 10 月 7 日，书店读者服务部闫雨经理约我到正在北京饭店召开的哲学专业国际会议上去售书。"书摊"摆在北京饭店礼堂入口的台阶上。这次售书以哲学专业为主，由于专业对口，宣传对路，收获较大。我参加售书的目的是想探讨中国传统文化图书的销路。由总编郑文林约稿，中央美术学院靳之林教授主编的"中国民艺民俗与考古文化丛书"的第一部《中华民族的保护神与繁衍之神——抓髻娃娃》，是一部从全新视角介绍中华民族传统文化的图书。作者从在陕北数十年搜集珍藏的五百余幅巫术剪纸和民间婚俗喜花原作中，研究抓髻娃娃的造型演变，图文并茂地说明，生命崇拜与生殖崇拜是原始民间艺术的主题。这种设计精美、装帧典雅介绍中国传统文化，重点销于国外的图书在我社当时并不很多，何况是在出版社的经费较为短缺之时。社里生怕造成图书亏损，于是采取力争出版资助，打开国外销路（如与国外高校图书馆发征订单等）以及不标定价售书等方法来扭亏为盈。我们手举着以金色为底，黄色抓髻娃娃剪纸为图案的精装本，再从本书的学术性、可读性、珍藏价值加以介绍，意想不到的是收获还不小。有位香港学者、实业家陈先生拿到图书后，爱不释手，一下子就买了三本，还留下了联络方式，准备继续购买。丛书中文版在海外销售不错，后由法国、日本购买了版权。

综合编辑室曾和书店读者服务部联合，选定西北地区，主动出击，征订发行过《伊斯兰教文化丛书》。我国几乎全民信仰伊斯兰教的 10 个少数民族主要聚居在西北 5 省，广大读者需要从正面、系统地了解伊斯兰教文化。我们于是于 1993 年设计了一套由专家撰稿、普及伊斯兰教基本知识的小丛书。每本不超过 5 万字，共 12 册，采用便于携带的 787/960 毫米、1/32 小开本。这一选题得到总编郑文林、副总编高中毅及院宗教所吴云贵所长的支持。我们到宗教所与伊斯兰教专家座谈，有的当场自报选题。室里印制了由美编谭国民设计的小海报与征订单，由书店读者服务部发往西北各省。有的读者以购买整套的方式汇款。以后室主任任明还根据读者需要重印了该丛书。丛书收到了预期的效果。

2009年元月的一天，书店经理黄德志编审通知我，书店要办一个以"我读过的一本书"为主题的、我院湘籍人员的联谊会。到底是学者办书店，办沙龙都透着浓浓的书卷气。我按捺不住地为这一主题叫好。若将学者读过的、影响深远的图书观后感编辑成册，不就是一本向读者推荐读书指导的好书吗！这时我脑海中闪过了几本终生难忘的好书，除马列经典著作外，一是儿时上学前祖父在老家教我和弟弟读的启蒙书《论语》，虽似懂非懂，但其中"三人行必有我师""己所不欲勿施于人"等内容成为我做人处事的原则。我还想到了一生中对我影响最大的传记体小说，苏联的奥斯特洛夫斯基的《钢铁是怎样炼成的》。保尔·柯察金的形象牢牢地印在我的心中。他坚定的信念、顽强的精神影响了我世界观的形成。他的名言"人的一生应当是这样度过的：当他回首往事时，不因虚度年华而悔恨，也不因碌碌无为而羞耻……"当然，我不可能达到如此境界，但这些名言始终激励着我、鞭策着我。

湘籍学者沙龙于9日在书店营业厅举行，会场布置一新，白色的桌布铺在摆放新书的桌面上，花瓶中插着鲜花，卓新平、王俊军、戴卫红等30余位湖南老乡围坐在桌旁，欢声笑语，一边还品尝着地道的湘茶。从黄经理自我介绍开场，她幽默风趣地介绍从读书、教书到编书、卖书的经历，谈到组织这一活动的初衷，再讲到团结的力量。与会者发言热烈，充满深情。不少人谈起自己在党培养下成长的过程；谈读过的各学科的经典著作或必读书籍；有的介绍研究领域；还有的谈及家乡这些年的可喜变化。

2016 年 11 月 19 日，我社离退休党支部特意将支部会安排在装饰一新的社科书店举行。老同志感慨很多，与建社初期以一间厂房为办公室起家相比，到如今我社已是"家大、业大、影响力大"的强社，出版社的发展见证了改革开放以来的发展成就，大家为曾经的付出感到骄傲，有较强的获得感与荣誉感。

在社科书店开会的老同志真真切切地体会到书店工作人员的服务意识和责任意识。工作可谓细致入微。有的老同志行动不便，上下楼梯时他们主动搀扶，入座后沏茶倒水，冯阳丽经理忙上忙下为大家送上香喷喷的咖啡……

书店顾问王磊在会前介绍了新书店设计的创意，特别提到地下室南墙壁上设计的"壁炉"和"贡院学人沙龙"的标识，闪烁的灯光犹如火焰映照，寓意"围炉夜话"，这是为刻苦读书的莘莘学子创造出一个静心阅读的良好氛围。

这次座谈会的主题是结合党支部当年规定精读《红军长征》一书，学习中共十八届六中全会精神。党员同志纷纷表示，要紧密团结在以习近平同志为核心的党中央周围，加强"四个意识"，不忘初心，开启新的长征。

自 2015 年以来，李克强总理在每年的《政府工作报告》中，都提到"我希望全民阅读能够形成一种氛围，无处不在"，"书籍和阅读是人类文明传承的载体"，"用闲暇时间来阅读是一种享受，也是拥有财富，将终身受益"。我们相信，随着改革开放的深入发展，将有更多的人加入到读书的行列中来，将读书作为一种习惯、一种生活方式。

北京社科书店将用优质的图书架起一座更大的金桥，为读者提供更为丰富的精神食粮！

（作者系中国社会科学出版社编审）

○黄燕生

不应遗忘——社科书店的幕后英雄唐锡仁老师

　　在这百花盛开的日子里，我们迎来了中国社会科学出版社的四十华诞。通过几代社科人的艰苦奋斗、不懈努力，出版社已经成长为国内著名的学术出版社，它的影响遍及中国，走向世界。出版社能够不断走向辉煌，取得今天的成绩，与其旗下的社科书店的贡献是分不开的。

　　社科书店创办于 1981 年，1984 年正式注册挂牌，之后数次搬迁，经理几次易人。从小小的门店，到今天的誉满京城，乃至世界略知，几任经理都付出了极大的心血，其中的艰难曲折，令人难以想象。这里特别要提的是经营了书店 18 年的黄德志经理。她不仅在任时间最长，在任期间书店搬家次数也最多，书店正是在她的经营管理下达到了今天的规模，在学术界赢得口碑。现在它不只是买书卖书的场所，更是集研究、交流、组稿、编辑、出版于一体的独具特色的书坊，提升了书店的地位，提高了出版社的知名度。

黄老师经营书店，可谓呕心沥血，她人在书店，心在书店，甚至吃住在书店，一天24小时地思考书店的发展。她不仅全身心地投入，连她的家人也被动员投身书店的工作。黄经理的老伴唐锡仁老师，生前在中国科学院自然科学史研究所任研究员、博士生导师、大室（历史、地理、生物研究室）主任，在自然科学史领域著述颇丰。他撰写的《中国科学技术史·地学卷》《中国地震史话》等书，长销不衰，多次重印。他还与人合作撰写了《中国科学技术史·交通卷》等书，在学术界得到广泛赞誉。唐老师生前获得过多种奖项，如合著的《中国古代地理学史》荣获首届中国科技史优秀图书一等奖（1989年）、中国科学院科学技术成果奖二等奖（1991年），《徐霞客及其游记研究》获得中国科学院自然科学奖三等奖。因为贡献巨大，唐老师享受国务院政府特殊津贴，得到中华人民共和国新闻出版署的表彰（1993年），并因勤恳工作四十年，得到自然科学史研究所表彰（1997年）。唐老师话语不多，行事低调，退休后便侧身幕后，全身心地支持老伴，成为社科书店年纪最大、没有报酬的一名非正式员工。

书店经常组织学术沙龙，汇集各路知名学者畅谈心得。每逢这样的活动，我们都可以看到唐老师的身影，在默默地操劳，布置摆放桌椅，安排水果茶点，招待来宾，直到活动结束。有的时候，黄老师外出联系作者或去大专院校卖书，唐老师就在书店值班，热情地接待各方读者，也时时警惕"孔乙己"一类的人物。他经常从白天忙到晚上，甚至夜里十点钟了还没吃晚饭。

唐锡仁教授与黄德志经理在社科书店举行的读者沙龙活动中神采
奕奕、"珠联璧合"

黄老师热情好客，不论认识与否、身份高低，只要是读书之人、写书之人、爱书之人，都倾力相助。她经常请学者到她家商谈书稿、选题，留来客在家吃饭。这时候，也是唐老师更加忙碌的时刻，买菜、做饭、端茶、送水，我这个后生晚辈，也经常受到这样热情的接待。有时候我去到黄老师家，他们全家正在吃饭，唐老师特地跑到附近餐馆买一两个菜，要我一起吃。唐老师话不多，却让我感到长者的慈祥，家庭的温馨。二位老师也非常关心书店的员工，关心他们的工作、生活、健康，平时总是在家里多做一些饭菜，带到书店请员工吃，大家在一起就像一家人一样。

　　黄唐二位老师对书店的热爱源自于他们对书的热爱，对知识、对思想的尊重。记得有一次我利用假期去社科书店了解我编辑的书的销售情况，黄老师和唐老师都在书店值班。我问唐老师："今天是过节，您怎么也来书店值班？"唐老师说："在书店不是很安静吗！我是搞研究的，喜欢安静，过节买书的人少，安静，可以思考问题。人的肌体中最活跃的因素是思维，人类之所以能够超越其他动物，并善于适应甚至驾驭自然，从事科学研究，探究社会发展的规律，创造历史和辉煌的文化，其中包括灿烂的物质文明和精神文明，无一不是人类思维活动的结果。在理论研究和探索中，我主张首要的是独立思考，在任何权威面前，都不能奴颜婢膝……"我正听得入迷的时候，黄老师打断了我们的谈话，说是有读者来买书了。事情已经过去多年，却点点滴滴铭刻在我的心头。

　　黄唐二位老师既是湖南同乡，又是大学同学，伉俪情深，一起经历了"文化大革命"的风雨，经历了改革开放后的经济浪潮。无论风云如何变幻，两个人的手始终紧紧握在一起，唐老师一直是默默地站在黄老师身后的坚定的支持者。从书店的经营，到接待海内外的来宾，唐老师都用心地替黄老师着想，出谋划策，使书店的工作更加完满。有时书店活动经费不够，他们就拿出自己的工资救急。

社科书店经历了近四十年的风雨，得到社会各界的广泛赞扬。我们在夸赞社科书店取得的成就的时候，在感念黄经理的热情好客、勇于仗义执言的时候，不应忘记在她身后默默支持她工作的唐锡仁老师，不应忘记那些默默支持书店工作的无名英雄。

唐老师生病住院，正值我母亲住院再告病危，家里又有十个月的孙儿需要我帮手，我往返奔波于医院和家庭，狼狈不堪，也疲惫至极，竟然不知道唐老师住院、去世，没能送敬爱的唐老师最后一程。撰写此文也是弥补一下心中的遗憾。

让我们永远记住那些为社科书店默默奉献的人们！

（作者系中国社会科学出版社编审）

○张小颐

社科书店的灯光

我们是做书的，自然关注书店，所有的书店我们进去后就是看书。间或判断出书店的品位。

自从社科书店被黄德志先生接任后，我不仅觉得书店跟我更近了，书店的灯光也点亮在我心中。

这灯光凝集着慈母般的爱心，透出一缕坚韧。是对书店每一本书的爱，是对学术著作的执着，无论风霜雨雪，无论年节假日，所有的商业场所都关张了，我还能看到书店的灯光。

书店全盛时期开在社科院科研大楼一层，门前开辟成步行街，来来往往的行人、白领、学者、市民、民工都可以踏入。"谈笑有鸿儒，往来无白丁"，此时的人们在这里感受着自由的春风，阅读的喜悦。我们与社科院专家学者联系出版事宜，最好的约会地就是书店，这里有我们引以为傲的高品位作品，有热情的店员，更有这位富态的经理，稳坐在店里，片刻不离。书香、茶香，使我们和作者分外惬意。

没有人能像黄老师这样坚守，坚守品牌，中华、商务、社科、社科文献、人民、三联、经管……都是看家之作。没有人能像她这样坚忍，所有的难以想象的困难，资金匮乏、店面无着落、人手不足，都没使她望而却步。

不去书店的日子，从长街路过，我也会侧首远眺书店，就像渴望看到母亲的家。不分时日，特别是夜幕降临，书店的灯光依旧，明亮，温馨，尤其是寒冷的冬夜，分外温暖……

（作者系中国社会科学出版社编审）

○陈　新

社科书店缘起

"出版社必须有一个和读者直接联系的窗口。"早在1979年，这个思想就在老社长姚黎民的脑海里形成，并开始为实现这个目标奔走了。

有一天，他把我找去，一本正经地说："灯市西口有一间临街的铺面房要卖，我们去弄来开一个门市该多好!"

"当然好哇!"

"可这是私房。我问过了，公家不能买私房，政策不许可。"

"那怎么办?"

他沉思了片刻，用疑问的口吻说："能不能用个人名义去买，比如说，和陶大镛教授商量，请他出面……"

这可是挑战当时国家政策和制度的大问题，他都只在"能不能"的圈子里徘徊，我更是茫茫然不知如何对答了。

这事自然是有没任何进展。但"开窗口"思想却就此萌芽，在出版发行部成了一个热切期盼的目标。在主客观条件都不成熟的情况下，甚至连推车上街流动售书的形式都酝酿过。殊不知，没有特批的营业执照，推车摆摊也是市政不允许的。

直到出版社从僻静的日坛路搬到繁华的建内大街，形势略有好转以后，才决定把临街一间小屋的墙打开，作为读者服务部的门市。面积只有十几平方米，过于狭窄，但如果向外推出一两米，也大体像样的。但就是这般小打小闹，也要经市政主管部门批准。好在东城区委书记和我住在一栋楼里，算是点头之交的邻居，我就硬着头皮上门求助。区委书记倒是很热情、很客气，对我们"良好的愿望和困难的处境"表示理解，也表示同情，可是，按照市政建设的规定，就地开门开窗是可以的，要想向外移一寸土地是不可以的。

"如果不占地面，只从上面推出一个橱窗，用来宣传陈列图书，是不是可以呢？"我试探着问。

"怕也不行。"

幸好区委书记没用僵硬的"官腔语言"，而用了十分和善的口气："我可以帮你们问问规划部门……"

不消细说，所谓的"可能"，也只能是"望梅止渴"。建内大街那间小门脸，以及后来迁到鼓楼西大街的小门脸，都是忠诚的守法户，一寸"违章建筑"也没有。

"不到黄河心不甘"，大伙心目中的"窗口"远没有达标。

到了1983年11月，院部副秘书长孙耕夫率领中国人文科学发展公司代表团访问日本，组织上派我作为团员同行。代表团副团长是院部管理局局长常明生。一路上，交谈甚欢。我谈起出版社有个"开窗口"的想法，只是没有地盘，困难重重。

没想到，一番话竟引起常局长极大的兴趣。他说："假如院部出房子，你们出资金，合办一家书店，你说好不好？"

"当然好，好极了！"我连忙举手赞成。"只要有房子就好办，我们可以出资金，并负责经营管理。"

大体上交换了一些想法后，就一锤定音了。

回国后不久，常局长就邀我去看房。好理想的地方啊：东单十字路口东北侧，相当繁华的地带，院部有一栋职工家属宿舍，临街，只需稍加改造，修成门脸，就是很像样的书店。

可等了好长一段时间，才得到常局长的回音："不行啦，住户不同意搬迁。另外想办法吧！"

毕竟管理局办法多。从东单路口往东，离院部更近的一栋临街宿舍，住户高姿态，同意搬迁让地了。于是，我们和管理局正式着手签订合作办书店的协议。这时，人文科学发展公司也提出加盟，我们自是欣然同意。说实话，没有那次人文科学发展公司代表团访日之行，我们梦寐以求的"窗口"，不知几时才能成为现实哩！

经报请社领导批准，出版发行部把具体筹建和经营管理的任务交给了读者服务部。经过一番努力，"社科书店"的招牌，就高高地挂了起来。

（作者系中国社会科学院原出版发行部主任）

○杲文川

创建社会科学书店
时期的记忆

    1982 年秋，中国社会科学出版社领导谢韬、傅白庐找我谈话，说组织上安排我从编辑部调到本社读者服务部工作。读者服务部是集体所有制的发行服务机构，那时候，出版社人员的正式编制很少，出版社一些人员不够的部门，就从读者服务部调人，工作在全民所有制的出版社干，工资关系在读者服务部。出版社领导说，出版社和服务部的关系好比是车子的两个轮子，相辅相成，互相弥补，互相促进。出版社这边要编辑好、生产好图书，服务部要发行好图书，做好出版社与广大读者之间的桥梁。

    我担任读者服务部主任之后，经常带着服务部的青年人到各大专院校去流动售书，这既方便了大学师生就近购书，又扩大了中国社会科学出版社在大专院校的社会影响，同时也增加了读者服务部的营业收入。那时，我们到中央戏剧学院流动卖书时，姜文、丛珊、吕丽萍、岳红、张光北、傅彪等后来的著名影星还是在校大学生，他们都喜欢购书，尤其是美学方面的图书。流动售书虽有好处，但也很麻烦，出库要记账，回来后，还要把没有卖掉的书登记入库。在那时，我们就想，要是我们在北京显眼地段有一个社会科学书店该有多好。

机会出现在 1983 年年初，社科出版社出版发行部的陈新随中国社会科学院的代表团访问日本期间，向当时社科院机关事务管理局局长常明生反映了社科出版社想建立一个社会科学书店的愿望，希望得到社科院的支持。常明生局长很重视这个事儿，与院里的人文公司商量后，决定三家合办这个书店。管理局出地方，负责盖房子，人文公司出书架（是展览后暂时不用的书架），社科出版社出图书，负责经营管理。

管理局选中了位于建国门内大街北京站口至东单中间、马路南侧的社科院的一个宿舍院子，将白钢（后为政治学所副所长）等住户搬进楼房，那几间平房拆掉，建起了长宽各约 10 米的一所房子。当时请人设计成前边 80% 是书店营业面积，后边 20% 是个二层，一层是书库，二层是会计的办公区和营业人员的休息区。

书店建成后，需要美化起来，我打算求一些文化名家题字，以增加书店的文化氛围。出版社综合编辑室的同事周用宜听说之后，就主动帮助我联系了全国人民代表大会常务委员会副委员长胡愈之。胡老是著名出版家、社会活动家，是具有多方面卓著成就的革命学者，早年创建世界语学会，与沈雁冰等成立文学研究会。周用宜还联系了全国侨联主席、华侨教育家张国基。我去张老在和平里的家时，张老已年近 90 岁高龄，与张老聊天，才得知他1927年1月回国，受毛泽东之邀，到武昌中央农民运动讲习所讲课，并由毛泽东、周以栗介绍加入中国共产党。8月1日参加了南昌起义，任中央独立第一师师长。起义失败后，1929年再度出洋任教，先后在印度雅加达的广仁学校和八华学校任校长。两位老人都为书店题了字。

在社科院，我找上门去，请《历史研究》总编辑黎澍，文学所二级研究员蔡仪、余冠英，历史所二级研究员张政烺，世界宗教所所长任继愈等社会科学学术大师为书店题写了店名和条幅。在中国书法界，我到军事博物馆，恳请后来的中国书法家协会副主席李铎题写了店名。当我把三位大家题写的店名放到时任社科出版社总编辑丁伟志（后为中国社会科学院常务副院长）的办公桌上，请示用哪一幅时，丁伟志说，当然要用黎澍这一幅啦。黎澍是第六届全国政治协商会议委员、中国史学会常务理事、中国现代史学会会长。他的字笔画有些瘦劲，如果做成灯箱字，显得单薄效果不是太理想，我就去请书法家顾伟奇把黎澍的字描得粗壮一些，这样做出的灯箱字就好多了。做好后，安放在书店房顶的显眼位置。我把李铎的店名题字做成白底红字的塑料板，挂在书店的橱窗里。书店一进大门，对面就是周恩来总理的题字"知识就是力量"。书店的两边书架上方悬挂着社会科学界学术大师的八幅题字，很有学术文化氛围。

我们从人文公司拉来了书架后，就到人民出版社、人民文学出版社、中国青年出版社、法律出版社、新华出版社等出版社会科学类图书的出版社进货，把书店的图书品种丰富起来。

35年过去了，有些记忆模糊了。记得早期在书店工作的有林培霞、温于诚、王东燕、诸葛茜，还有一位王府井书店退休下来的女同志。我担任了社会科学书店的第一任法人代表，我们制定了书店的规章制度，要求书店工作人员要全心全意为读者服务，努力帮助读者找书，为他们的阅读、科研服务。

社会科学书店建成于改革开放初期，随着科学"春天"的到来，各个社会科学学科正在引进、恢复、重建，西方各种新学说、新学科正在被翻译引进，许多在各种基层工作的学者被科研、教学、司法、文化部门录用，大批没有机会上学的青年人重新步入学堂，到处都是急于求知的人，书店的图书往往供不应求，难以满足读者方方面面的求知需要，所以，我们也是随时记录读者想要的书籍，积极到各家出版社去进货，以满足读者的需要。

社会科学书店虽然只有100平方米，地方不算大，但是它是专门性的书店，每天吸引着不少喜欢社会科学的读书人。我就碰上过几次。一天，书店来了位长者，看了一会儿书，就与我攀谈，我看他谈吐高雅，就请问尊姓大名，他操着湖南口音说，我是易礼容。我说，哎呀呀，今天我遇到书店的老前辈了，失敬！失敬！这位易礼容老先生出生于1898年，1920年毕业于湖南省立商业专门学校；1920年7月，与毛泽东、何叔衡创办湖南自修大学。8月，易礼容与毛泽东一起在长沙创办"文化书社"。因为易礼容在商专学过管理，被大家推任为经理，毛泽东任特别交涉员。他们二人易礼容主内，毛泽东主外，通力合作，书店在当地影响越来越大。书店在湖南省内各地设立分社，在长沙市的大、中学设立了贩卖部，与广东、上海、湖北、北京等地发生书报营业往来的单位达六七十家。书社当时售书达200余种、刊物40多种，销售最多的杂志如《劳动界》5000份、《新青年》2000份、《新生活》2400份。1921年易礼容在毛泽东影响下加入中国共产党，书社办了七年。易礼容之后做过中共中央农民运动委员会委员、湖南省农民协会委员长、湖南省委代书记等职务。新中国成立后是全国政协委员。

还有一次，我帮前来选书的一位学者找书，他对我的服务很满意，以后又让我们给他邮购一些哲学书，通过邮购，我才知道他就是中国哲学史界十分有名的中国人民大学和合文化研究所所长、中国人民大学孔子研究院院长、中国周易研究会副会长、博士生导师张立文。

我们书店也走过弯路。我后来担任出版社出版发行部副经理，下属有8个科90多人，加上《当代中国丛书》的出版任务很重，书店就不能常去了。读者服务部副主任陈健帮助从新华书店找来一位老同志担任书店负责人，这位同志考虑经济效益比较多，一个时期经营社会上非常流行的武侠小说，出版社发现后，及时进行了处理，并明确规定，社会科学书店就是专业销售哲学社会科学类图书，以后不准经营武侠小说。

因为我们到北京大学去流动售书时，受到师生的欢迎，后来，北京大学南亚研究所所长季羡林先生支持我们与南亚所合作，在北大图书馆旁边的木板房里开办过社会科学书店，季羡林先生还在友谊宾馆邀请我们社科出版社的部分领导吃饭，研究合作问题。

社会科学书店一直经营到北京日报社建设新闻大厦拆迁为止，社科院在院部安排了新的店址，并改名为"北京社科书店"。由于社科书店一直经营哲学社会科学类专业图书，在学界赢得了声誉，在京城影响较大，成为京城图书业的一处社科专业人士必至的精神家园。

（作者系中国社会科学院老专家协会秘书长、中国社会科学出版社原读者服务部主任）

○王　磊

社科书店的长短镜头

在京城东长安街建国门桥的西北一隅，有一条拆了一半的胡同叫贡院东街，这里有一家不太起眼却"大名鼎鼎"的书店——社科书店。说它名大，是因店名由著名学者、全国政协原副主席、中国社会科学院院长胡绳题写，名头大，更因其倚傍在我国人文社会科学最高学术殿堂的中国社会科学院旁，惠及过几代读者和学人。在京城"活"过三十载以上的实体书店恐怕没几家，而我是有幸目睹它成长的人之一。

回忆往事也作"过电影"，电影是由一个个镜头和一幅幅画面组成，深刻的记忆犹如定格的镜头，称为"历史镜头"。我就从社科书店三十多年的历史中，撷取几组我记忆中深刻的片段，定格成"历史镜头"，为书店和读者留些谈资。

镜头一：书店创办于长安街上，
　　店名源于北大板房

提到社科书店，不能不提中国社会科学出版社。出版社成立于1978年，与我国改革开放同步，至今整40年。就在出版社刚建社三年时，其"发祥地"——日坛路6号，因中信公司要盖国际大厦占地，以给出版社在大厦后盖建一栋9层楼为交换条件，将出版社临时搬迁至建国门内大街29号，原建国门小学旧址（现全国妇联大楼所在地）。这里是一座封闭的平房四方院落，大门和南屋的外墙临街。当时出版社出书虽不多，但社里经营的期刊有四十多种，都是当时社科院各研究所刚复刊与创刊不久的学术刊物，再加上由马洪院长创办，我社出版并自办发行的内部刊物《经济研究参考资料》限量订阅很火，很多读者都堵上门来索购。

看到这个场面，时任出版社副社长李克公与出版发行部主任陈新商量，由陈新出面找了与他同住一栋楼的东城区委的负责同志，几经努力终于谈妥拿到批件，将南屋临街一面"拆墙打洞"，建起了一间只有十多平方米的书店，因店面不大，门脸上写的是"中国社会科学出版社读者服务部"。别看是个小门脸，倒回到当时的1981年，这可是当年东西长安街沿线第一家书店。就是这家小门脸，让《文学研究》《世界文学》《中国语文》《近代史资料》等成了当时的畅销期刊。也正是这家小门脸，让很多读者认识了中国社会科学出版社，很多学人在当时科学文化百废待兴中，从这里走进中国社会科学。我也曾在这里结缘了好几位书友。当年《北京晚报》副刊记者，现在的著名作家、编辑出版家李辉先生就是其中一位，他那时可是个帅小伙，要我将每期《文学评论》给他留一本。还有《近代史资料》编辑部的庄建平老师，他每次来社都要来小店

镜头1.1

镜头1.2

了解新刊销售的情况，庄老师儒雅似师长，和悦如家人，有问必答，平等交流，让我受益匪浅，难以忘怀。

虽然有了这家小书店，但毕竟门脸小书的品种少。为了满足更多的读者尤其是那些当年如饥似渴的大学师生的需求，出版社经常组织书店和发行科的同志到各大专院校去售书。北京大学校内三角地是当年北大最活跃的地界，不仅有名噪一时的英语角，也是校内各种活动张贴告示、散发通知以及小型活动的集散之地，我社售书的工作人员就借来桌子或板车在那支摊卖书，很受欢迎，有的同学还热心为我们来售书提前贴出告示。有一次下了雨还帮我们借了间活动板房，将书刊搬进木板房里卖。后来，为了不用每次售书来回搬运书刊，我们索性就借了这间板房一段时间，既存放书刊，又能雨天避雨。而且人手少时，来两人就能在板房里卖书。没想到的是，一位热心读者为了让大家知道这板房里在卖我们社的书，可能是嫌我社社名字多，就用一张方纸只写了"社科书店"四字，贴在了打开的一扇门上，这一贴还真管用，陆陆续续总有师生进来。这位当年热心的大学生读者到现在也不会知道，他当初热心的一念之举，却成全了"社科书店"的名字，叫了37年，而且还将一直叫下去。

镜头二：社科书店首次主题
展销就名声大振

20世纪80年代末，在长安街东单到北京站口间，社科书店已建了新店，有模有样经营了几年。但由于体制不确定，人员流动频繁，始终经营不善。当时新任发行部主任纪宏，大胆提出从社会公开招聘书店经理，以接受出版社领导和专营人文社科学术书刊为前提条件独立承包经营。大学毕业不久的何非最后胜出应聘成功。他是个有抱负、有想法、爱书近乎"书痴"的青年人，他应聘后，召集了志同道合的几位同学挚友结成小团队，有声有色地干了起来。果然，书店有了起色。

何非领衔的团队接手后不久策划举办了一次"边疆民族主题书展"。邀约了包括云南、贵州、四川、西藏、新疆、青海、宁夏、甘肃等西南西北地区各人民出版社的重点图书进京，在社科书店展销。这在当时可谓创新之举。一是这些社当时多被图书发行主渠道边缘化，市场很难看到它们的出版物，二是这些社出版的一些好书、专业特色书很难买到。这个书展一开，人无我有，收到奇效。我至今记得贵州人民出版社的《山坳上的中国》、四川人民出版社的"走向未来丛书"、西藏人民出版社的《青史》《红史》不仅在书店热销，引来众多读者，也在京城学界产生极大影响。

这次书展让社科店名声大振，何非的经营团队功不可没。虽然由于各种原因，何非等人只经营了两年多，但这两年的历练，使他们日后都成了出版发行界的中坚人才，无论是何非、苏林、闫萍还是李是，他们都已定格在社科书店的"历史镜头"中。

镜头三：社科书店的招牌
在长安街上熠熠发光

1998年是社科书店的一个历史节点。这一年，长安街要大规模改造，书店面临拆迁；这一年，是资深编审黄德志老师领命出任社科书店经理的第二年，命运以这种方式再次折磨她。这位已过天命之年的老编审，对书店的爱源于她对书的挚爱。她从来不对命运屈服，却几次在书店拆迁的瓦砾旁掉下了热泪。我想以这个画面的定格，反差强烈地衬托这位"于斯为盛"的湖南老太，用她初始之心的坚定，对学术文化与传播的坚持和坚守，三次走进时任社科院院长李铁映的办公室，她的真情与率性不仅感染了同样爱书的院长，她无法拒绝的理由，也让社科书店顺利地搬进了刚建好不久的中国社科院大楼一层，得以新生的社科书店，也为社科院打开了展示学术成果的一扇重要窗口。从此学者成了书店的读者，院长也成了黄经理的书友。

为了让更多的读者知道社科书店的新址，黄老师让我帮助策划设计书店的招牌广告。她拿出了让人眼睛一亮的两幅墨宝，分别是胡绳院长和著名学术大家任继愈先生题写的"北京社科书店"。任先生的题字非常工整，我建议将它用在书店外面的灯箱上，胡绳院长的题字，刻成铜字粘在店内正面的墙上。另外，采纳李铁映院长的建议，将社科院各研究所与机构名称排列刻在有机玻璃板上，分挂在胡绳院长题字的两旁，更增添了书店作为社科院的窗口作用。我还借用曾经看到的一家餐馆的标语，改成两句话"您在这里看到好书请告诉别人，您在别处看到好书请告诉我们"，做成广告板挂在书店的大玻璃橱窗内，增进与读者的亲近感。

入夜，任继愈先生题写的"北京社科书店"蓝底白字的灯箱，同长安街的华灯一起熠熠发光，它点亮的是学术之光，也是思想之光、心灵之光。社科书店在社科院大楼经营的 10 年，是书店的黄金期和辉煌期。那时，当你走在建国门长安街上，看见社科书店的灯光，你会为有这样一家书店而自豪，更为书店有这样可敬的掌门人而骄傲。

镜头四："社科书店不得了！"

说这话的人是社科书店年纪最大的一位读者，他就是蜚声国际的著名语音学家、中国实验语音学奠基人、中国社科院荣誉学部委员、语言研究所研究员兼语音研究室主任吴宗济先生。听书店工作人员讲，自社科书店迁进社科院大楼一层，吴老便是经常光顾的读者之一。我在书店亲眼见过两次，印象最深的一次是 2007 年春节前的一个下午，他是来参加书店节前的一个读者会，是来得最早的读者。当我听说吴老已逾 97 岁高龄，赶忙找了把椅子想让他坐下，但他没有坐，一直浏览着书架上的书，当看到王力先生的《汉语语音史》，便抽出来一边翻阅一边和我们聊天。王力先生虽长他 9 岁，却是他的老师，学问不得了。我对吴老说，您的学问也不得了！吴老有些

镜头2

镜头3

耳背，我又大声说了一遍。吴老笑着说，社科书店才不得了，很多书只有在这里才能看到，才能买到。这时，他看到黄德志经理与他打招呼，便指着黄经理笑着说，她更不得了，打理这个小书店不容易。我现在一周最多只能来两次啦，一是要看看书，二是来看看黄经理。说完，吴老笑得像个老小孩……

镜头4

我在想，社科书店之所以能够三十多年坚守下来，不正是因为有吴老这样可敬可爱的读者默默地支持，"社科书店不得了"全是因社科书店的读者了不得！

就在当年5月，央视"大家"栏目播出了吴宗济先生的专题片，更让我倍加崇敬，更觉吴老"不得了!"。这以后我再也没见到他。直至2010年吴老以101岁仙逝。我们怀念身为国之大家的吴老，他是社会科学大厦一块发光的奠基石；我们更想念作为书店读者的吴老，是他和他们支撑着社科书店与学术文化发展一路前行……

镜头五："有废纸的我买"

别以为书店真来个收买废纸的。那天，书店刚开门不久，有个背着双肩包的长者进到书店就一头钻到书店后面过道上的那排特价书的专架旁，过道本来就不宽，又被贴墙的书架占去一些，站着挑书只能侧转身，若要翻翻书架下面两排的书，就只能侧身蹲下。因为这排架子上的书多是出版时间很长，或因书常被翻阅品相不太好了，还有一些是个人从家里拿来放在店里寄售的书，平时少人光顾，书店工作人员也就没有留意。直到这位长者过了好一会儿，抱着一摞书出来到前台结账，才听到工作人员大声招呼了一声：

"哎哟，是沈总啊! 您什么时候来的，我们都没看见。"

"啊哈，你们一开门我就进来了，前一段来过，记得翻过几本特价书，今天要去看个朋友，想起这几本买了送他最合适，所以进门直奔特价书。"

我过来一看，原来她们称呼的"沈总"不是别人，正是出版界的"大咖"，我们称为沈公的三联书店原总经理、《读书》杂志主编沈昌文先生。沈公提着刚买的一兜子的特价书和我说：

"这一兜子书才百来块，多合算！而且有几本书在书店已买不到了，我查了一下，网店也缺货，所以我赶快过来买了，送朋友他一定很高兴，比买吃的好。"

"欢迎您常过来看看，有什么书要找也可以来个电话，我们帮您找。"我递给了沈公一张书店的公用名片。

"我家就住在社科院附近，坐地铁就路过这，我过来很方便。你们如再有特价书，通知我一下。"沈公说完，也掏出了"名片"。

我们一看都乐了。这是一张自己画的"名片"，一幅自画像是两手拎着书、背着双肩包的老头，还手写了句旁白：废纸我买！下面打印着他的姓名、邮箱及电话，而且这些都是复印在背面打印过的废纸上，再一张张剪裁好的。据说这张名片已"招摇"过不少熟人朋友。

沈公幽默与自嘲的风格出版界里众人皆知，在这风格之后隐藏的智慧与箴言妙语，我曾多次聆听领教，如做好编辑的"三无"（无为、无我、无能）境界，当编辑要学会"吃喝玩乐、谈情说爱、贪污盗窃、出卖情报、坐以待'币'"的著名论断，对于我们后辈来说，最受益的莫过于他厚重广博的出版资源与作为世纪出版老人的宝贵而丰富的经验。

镜头5.1

镜头5.2

镜头六：谈笑有鸿儒，往来无白丁

在社科书店的镜头里，出现最多的就是进进出出的读者，而读者中很多都是社科院的学人，在这些学人中，不乏驰名中外的学者专家，尤其是周一和周四（社科院研究人员坐班日），这构成了社科书店的独特风景。"谈笑有鸿儒，往来无白丁"，刘禹锡的这句名言名副其实成为社科书店的"陋室铭"。

若将书店镜头中次数最多、时间最久的读者定格，当属与书店上至经理下至每一位工作人员都熟识的"梁先生"，有时也称作"梁老""梁老师"——他就是中国社会科学院荣誉学部委员、哲学研究所研究员、我国德国古典哲学研究专家、翻译家梁志学。

梁先生本名梁存秀，生于1931年，1956年北大哲学系研究生班一毕业就被分配到中科院哲学社会科学部哲学研究所，即现在社科院哲学所前身。他曾任《哲学译丛》责任编辑，是从20世纪50年代创刊起，历经三次停办、三次复刊，直至2002年更名《世界哲学》的全程亲历者。他还曾担任《自然科学哲学问题丛刊》的主编和《中国大百科全书·哲学卷》自然辩证法部分常务副主编。他是我国德国古典哲学，尤其是黑格尔和费希特研究的著名专家，撰著并翻译了大量著作。我与梁先生在书店的初识，就是从他1981年在我社出版的《从哲学看控制论》及1991年出版的《费希特青年时期的哲学创作》聊起来的。梁先生没有一点学者的架子，不论你是学人还是像我这样的"学盲"，他总是认真听完你的问题和话题，压低他平常洪亮的山西口音，与你深入浅出娓娓道来，且妙趣横生。从聊天中，我们知道了梁先生不仅是大学问家，也是老革命者，他"6岁参加儿童团，9岁当了团长，17岁就参加了地下党……"我们还知道，他在大学研究生班曾被选为党支部书记，还担任过政治辅导员……你会发现，梁先生记忆力极好，时间人名几乎从未忘记，他的神情充满自信，你会在他独立思想的氛围里受到感染，产生共鸣，从中得到教益。

我至今记得梁先生说过的一句话，"只有不朽的经典，没有不朽的译本"，这话是从商务版"汉译名著"聊起来的。他的老师贺麟先生是这套译著西方哲学著作翻译作品中最重要的译者，尤其是翻译了黑格尔的几部名著，如《精神现象学》《哲学史讲演录》（4卷），而最具代表性、影响也最大的是《小逻辑》。贺先生是中国现代思想界的著名哲学家，且有他中西汇通的哲学体系（"新心学"），以哲人之心译哲学名著，自然心想手到。他所翻译的《小逻辑》，不仅文字明白畅达，而且饱含哲思，将这位号称"晦涩哲学家"的高度思辨的思想传达得淋漓尽致（学者邓晓芒语）。梁先生聊到，任何翻译都不可能十分完美，因为人的思想在文化传承与思辨中不断发展，随着时代的变化，人们的理解程度、接受视野以及越来越多查阅便利的文献，都要求对过去囿于主观思想与客观条件限制的译本，要不断修订、更新甚至重新翻译，这是对经典的尊重，也是对读者的负责。梁先生这么说，也是这么做的。他从

20世纪80年代开始，一方面帮着老师贺麟先生对他的译著依德文版做修订，而且坚持只署老师一人的名；另一方面，他开始完全从德文原版直接重新翻译，这就是我们后来看到的2002年年底出版的新译本《逻辑学·哲学全书第一部分》。该书除恢复了德文版原书名，也是国内第一次完全从德文原版直接翻译的《小逻辑》译本，这是他主持承担的《黑格尔全集》的翻译项目。

梁先生对于社科书店不仅是读者，更是导师和长辈。作为导师，他对我们从来是有问必答、诲人不倦，而且只说"我认为"，不提别人如何认为，更不说大家"一致认为"。他还常给书店开列建议进货的书单，就像给他的学生开列读书单，梁先生堪称书店的"学术导师"；作为长辈，他又常用自己的人生感悟提醒告诫我们，"一定要靠自己的本事吃饭，要有自己的'两亩三分地'，就像我一样，这样就可以谁也不巴结"。

梁先生聊过的很多话，书店的每一位员工都能想起几句。可惜，当大家还惦记着他，想听他聊天，希望再看到他开的书单，他却悄无声息地走了，他用"后事从简，不举办告别仪式"的方式淡然告别这个世界。我懂他，梁老喜欢默默地做他应该做的事，不愿意有任何仪式，这最后的告别也一样，这是梁先生的一贯风格。

2018年1月15日，当我写下"故人西辞贡院街，书店再无梁志学"时，我知道，梁先生确实离开了我们，带走了他对书店温暖的情怀和精神的魅力。但我更情愿相信，梁先生没有走，他和蔼温馨充满自信的音容永远留在了我们记忆中！我还

镜头6.1

建议向商务印书馆进购

汉译世界名著

柏拉图《理想国》
培根《新工具》
笛卡尔《第一哲学沉思集》
里德尔《角色哲学》
乌格《康戈的百科》
贝克莱《人类知识原理》
爱因斯坦《爱因斯坦文集》（三卷）
亚里士多德《形而上学》
斯宾诺莎《伦理学》
黑格尔《哲学史讲演录》

黄枏森《黄枏森文集》（四卷）   不宜多进
黑格《黑格尔全集》   每种各10多
                            （3套）

梁存秀 2017-1-12

镜头6.2

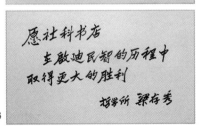

愿社科书店
在启迪民智的历程中
取得更大的胜利

哲学所 梁存秀

镜头6.3

257

听他生前说过要写回忆录，把他见过的、经过的都告诉后人，可惜，这也成为我们永远的期盼！我们庆幸和荣幸的是，梁先生为社科书店留下了他的寄语："愿社科书店，在启迪民智的历程中取得更大的胜利！"他为"启迪民智"已倾其毕生的心血，他寄望于我们，也寄望于所有承担文化传承的人接续。梁先生的寄语已定格在社科书店和我的镜头中，成为永久的怀念与纪念！

○胡　靖

书店杂记

　　不算在商务、中华翠微大院度过的少年时代，跻身于出版界已四十余年。从人民出版社、三联书店到群言出版社，最后落脚中国社会科学出版社，自与书店结下了不解之缘。

　　国有书店自不必说，作为主渠道，新华书店有过辉煌的历史，是出版社与读者之间的重要桥梁。记得20世纪80年代中期，去总店和京所走走是我一大乐事，单品种订货动辄几万、十几万册，即可见出当时人们的求知若渴。后来还有深圳书城、广州购书中心、四川文轩、上海书城的朋友，至今记忆犹新。

　　稍后的民营书店，也曾放射过璀璨之光，在人文中国的建设中，发挥过相当重要的作用。如做书业史，必有一席之地。在北京，曾有风入松、国林风，现在还有万圣、当当、纸老虎等。外地的不必说，我工作过15年的三联在不少城市都有分销店，还有贵州的西西弗、昆明的新知、广州的学而优、太原的尔雅、兰州的纸中城邦、福建的晓峰，不一而足，都曾有过深刻的印象。

1994 年从日本讲谈社研修归国后，受命做了三联的发行部主任。也算时势造化，赶上了卖"蔡"（漫画）淘"金"（武侠），还有《傅雷家书》等品种长销不衰，加上我将熟悉的三联旧版重印了两百余种，一年之内实现销售从 1300 万元提高到了 5700 余万元。后来到了中国社会科学出版社，主持了几年中社博雅公司，市场业绩差强人意，细细想来，也都是得到了主、二渠道书店朋友的鼎力相助。

适值我所在的中国社会科学出版社建社四十周年，便不能不提及与我颇有渊源的社科书店。这家书店早期的骨干，有几位曾成为我在三联书店主持发行工作的重要助手。更具戏剧性的是，长任书店经理的黄德志先生，曾是我表妹在长沙一中时的老师，因夫妻团聚的缘故，经家父介绍到中国社会科学出版社工作，编辑过很多重要图书，编审离任后接管主持了社科书店，竟然一干 18 年，帮很多知名学者觅得了所需之书，为书店的生存发展殚精竭虑，至今仍在发挥余热。就私心而言，甚感黄老太太使我中社博雅所出之书，有了展示销售的一席之地。但更使我感佩的是她的为人，一生耿直狷介，见不平拍案而起，所以在她八十寿辰之际，写了一首小诗："贺黄德志八秩寿：一生耿介未封侯，邪气歪风视寇仇。甫过八旬年尚少，南山可比不白头。"

其实我更想说的是，做书店的人，是要有一点理想的。卖书不同于其他生意，基本上难以盈利，没有坚守，很难支撑。然而书是什么？是人类精神文明源远流长的介质所在，是古往今来乃至千秋万代的理想支撑，读圣贤之书，悟人生道理；读英烈之书，则热泪湿襟。我不相信到了网络时代，纸介图书便寿终正寝了。民族的风骨，文明的精髓，书中便有，当使人奋发前行。

所以我相信，我们的出版业，绝非明日黄花；我们的书店，必将代有传人！

（作者系中国社会科学出版社副编审，中社博雅公司负责人，本文原载于《群言》杂志 2018 年第 2 期）

○冯阳丽

立足当下，展望未来

北京社科书店（以下称社科书店）对于我有与众不同的意义，它是我人生的一个节点。

我忘不了，2014年6月13日，在社科书店举行的"感恩读者，传递书香"的主题活动中，作为书店主管的中国社会科学出版社社长兼总编辑赵剑英在他主题发言的最后，宣布由我来接替在书店奉献坚守了18年的黄德志经理。当我手捧鲜花敬献给我由衷景仰钦佩的黄德志老师的时候，我知道，这一刻，沉甸甸的"接力棒"交到了我手里。我的人生从此与社科书店结缘。

我忘不了，那天的主题活动云集了众多学术大家、知名学者，他们有中国社会科学院老领导、学部委员汝信老师，世界史专家、学部委员廖学盛老师，世界史学者、荣誉学部委员陈启能老师，著名作家、翻译家、外文所研究员叶廷芳老师，日本研究所所长李薇老师，社科院研究生院原院长、经济学家刘迎秋老师，还有知名学者、哲学所研究员赵汀阳

2014年6月在社科书店奋斗了18年的黄德志经理将接力棒交给了年轻的掌门人冯阳丽经理

老师，文学所研究员、文学理论家金惠敏老师，文学所研究员、新媒体研究专家陈定家老师等，以及社科院各研究所及职能局的领导。这些专家学者和领导齐聚社科书店，不仅因为他们都是社科书店的读者，是社科书店成长发展的见证人，对社科书店有着特殊的情感，而且他们都是为黄德志老师的荣退而来。我记住了他们，是因为黄老师语重心长地对我说过，他们和那些没能来的专家学者及社科院所局的领导，从作为读者与书店的交往，到彼此成为书友、朋友，从他们是书店的衣食父母到成为书店的恩人，正是在他们的关怀、支持与陪伴下才有了社科书店的今天，才让社科书店坚守了三十多年。我要记住他们，要继续秉承书店传统，热忱为他们为每一位读者服务。

我知道，我肩上的担子有多重，我要继承黄老师为书店打造的品牌和传统还有很多的东西要学，有很长的路要走。我接手后的书店仍面临着各种困难和挑战，同时也面临着各种机遇。这一切必须从实际出发，从实干做起。

为了应对图书市场变化我们开始调整经营战略，开展多元化多模式经营。在坚持哲学社会科学学术书刊为主营品种以满足哲学社会科学工作者和爱好者的阅读需求的同时，适当延伸特色图书丰富品种（北京特色书刊、网络畅销书、少儿图书等）满足读者市场化的阅读需求；我们先后开设了同名淘宝店，承接中国社会科学出版社读者服务部业务及其天猫旗舰店，拓展网络销售，用服务和流量拉动销售，以崭新的面貌与新老读者互动；倾力打造"贡院学人沙龙"品牌，拓展阅读服务空间，营造全民阅读氛围，以优秀的创意策划、良好的现场服务，开展读者见面会、读书会、公益性讲座、文化沙龙、作品研讨等活动；社科书店为拓展读者沟通渠道，建立微信公众号及时向读者推送新书信息、活动预告及活动精彩回顾，让读者能及时了解书店图书信息和活动信息；为了更好地服务读者，社科书店除了日常的店面销售服务外，还及时解答读者电话和网络咨询，提供送货上门和邮寄服务，接受读者和企事业单位配书业务；书店根据自身学术定位引进相关文创用品吸引了大量读者，同时也让读者多角度了解了社科书店，从这里走近中国社会科学院、走近中国哲学社会科学。

在政府大力推动的"全民阅读"浪潮中，社科书店全力推进、积极提倡、以身作则：一是大力推广自有品牌"贡院学人沙龙"，参与扶持两大公益读书会"知止中外经典读书会"和"知与行读书生活会"与久负盛名的"长安街读书会"开展合作。其中"知止中外经典读书会"2012 年成立至今一直与社科书店风雨同行稳步向前，现已吸引了国内外大量志同道合的读书爱好者，每周每月都有线上线下读书、沙龙活动，在微信、新浪微博、豆瓣拥有一定的知名度和影响力；"知与行读书会"成立于 2016 年下半年，多次邀请各界大咖莅临书店与读者互动，如台湾学者戴景贤教授、中国社会科学院外文所专家许金龙教授、北京十大设计师之一梅松鹤老师、音乐大师沙日夫、台湾著名文化学者、佛光大学艺术研究所所长林谷芳大师等，每一次活动嘉宾和读者都是意犹未尽不舍离去。同时书店也积极策划创新活动内容，多次举办新书签售、学术讨论、大咖访谈等活动，产生了一定的社会反响。如与社科院语言所联合邀请世界语学院院士刘海涛开办讲座"大数据时代的语言研究"座无虚席，不大的活动场地挤进了近 70 人，创书店讲座人数新高，更有大量读者因为名额限制不能参加而申请书店能与刘海涛老师商议再开一场讲座，当时活动推文阅读总量也达到 1 万多；二是书店依托社科院各研究所学术会议开展主题图书展销和读书分享，走进了各大高校、各哲学社会科学相关研究机构，也扩大了书店的品牌宣传和社会影响力；三是联合书店所在地建国门周边社区开展"文化走进社区"活动，还与东城区图书馆合作打造赵家楼"书香社区"，与永安里小区合作打造"文化小区"，目前永安里社区已成为此活动的样板工程；四是顺应社会、市场变化开展各种社会热点书展，如"两会书展"、"一带一路"专题书展、"政府出版奖获奖图书展"、各社"年度好书展"、"网络畅销书主题书架"等，在读者群中产生了良好的社会反响。

今后，为了更好地服务读者大众，丰富"贡院学人沙龙"的活动内容，书店将进一步加强与各界的合作，策划邀请更多的专家学者、名家名人和各界优秀代表来书店，也会与其他特色书店合作复制合适的读书文化活动，为大家带来更为丰富的沙龙活动；同时书店也会逐步购进一批硬件设施来提升阅读体验，满足日益增长的阅读环境需求。

如今在新时代的大发展背景下，随着人民文化需求的增长和欣赏水平的提高，社科书店将响应政府号召积极参与"书香中国"建设，营造良好的"好读书、读好书"的阅读氛围，为推广"全民阅读"添砖加瓦；不断创新发展思路，紧跟社会发展潮流与时俱进，弘扬主流文化，多方式多渠道宣传推广哲学社会科学科研成果，把知识服务延伸到更深层次；强化服务意识和责任意识，提高自我学习能力推动业务自身发展，从而能加强优秀阅读内容的供给。

尽管实体书店的生存不易，社科书店仍要面对市场变化、各种困难的挑战，但老一代社科人黄德志老师为社科书店奠定的"追求学术品位、立足思想前沿、传播先进知识、忠诚服务读者"的宗旨不会改变，我们会继承传统，身负重任，坚守不弃，不忘初心，砥砺前行！

（作者系社科书店现任经理）

○杜　羽

社科书店散记

予生也晚，刚入行做记者时，老黄已经快要从社科书店退休了，书业也已不复当年繁盛的模样。予生也幸，待退未退的老黄，仍然干劲十足，于是我还有机会近距离地观察这位大半辈子做编辑、办书店的出版人，如何顶住重重压力，守住社科学人的这方园地。

第一次到社科书店，是奉报社前辈庄建老师之命。其时，同样待退未退的庄老师，交给我一个电话号码，主人叫黄德志，我还以为是位先生。电话打通了，那边是位女士，嗓门很大，湖南口音，我只能听懂十之六七，但事情大概清楚了，某日某时，社科书店要举办一个读书沙龙，过去是庄老师参加，这次希望我前去旁听。那天的沙龙是中科院的董光璧先生主讲，主题应该与科学哲学有关，以我哲学素养之低、思辨能力之差，听了几句就如入云里雾里，对于沙龙内容的印象远不及对初次见面的老黄印象深刻：热情、豪爽，讲起话来极富感染力、号召力。再有，就是感受到这个沙龙纯粹的学术氛围，没

268

有官腔，没有客套，在场的二三十位学者自由发言，有讨论、有呼应。这与我此前及此后参加的许多新书发布会、出版座谈会是截然不同的。

参加那次沙龙的学者，还有金吾伦先生，虽然对他高深的学问毫无所知，但我知道他是《科学革命的结构》的译者之一，自然心生敬意。我曾读过庄老师采写社科书店"优秀读者代表大会"的报道《小书店来了大学者》。置身其中，看到董先生、金先生就坐在不远处谈学论道，我明白了，对于社科书店来说，"小书店来了大学者"可以说是一种常态。

过了一段时间，老黄问我能不能写一写社科书店店史，不是在报上发表，而是为了将来出书用。可能是初生牛犊不怕虎，把这个事想简单了，也可能是脸皮薄，不好意思拒绝，当然更可能是对书店稍有认识之后，觉得和老黄、和书店志趣相投，反正我是应承下来了。老黄寄来了不少资料，还委托店里的同事发来了一些电子文本，我也几次跑到社科书店，听老黄聊店史、唱店歌，参观她那只能容下一桌一椅的"办公室"。任继愈、周叔莲是这里的常客。何祚麻主编的《伪科学曝光》新书发布会盛况空前，在九十多岁高龄的吴宗济先生的建议下，书店在 20 世纪初就有过开办网店的尝试……听了不少"大学者"的故事，我还想面对面地采访。卓新平先生是书店的忠实读者，他欣然接受了我的采访。我也给汝信先生打了电话，不巧，他那天刚好外出了。积累的素材越来越多，我甚至开始构思文章的开头，主要的想法是将书店的幽静与不远处喧哗的建国门大街对比，带有几分悲壮的色彩。但接下来如何结构，丝毫没有头绪。编年？纪事？以人物为主？似乎都要涉及，又似乎无法在一篇文章中兼顾。身陷困局之中，我最终没能完成这篇文章。每每念及此事，都免不了生出几分愧疚来。

2016 年，社科书店迁入新址，"磊哥"——王磊老师也从出版社退休，到书店做顾问。在新址的开业仪式上，不少知名学者到场庆祝。在王老师的引荐下，我和梁存秀先生聊了一会儿天。那时，他刚"惹了祸"——他的一封私人信件，被人发到网上，引起不小的波澜。他和我谈这封信的前因后果，谈自己的革命经历，也谈他的黑格尔新译，85 岁的老人，精神很好。我还记下了他的电话，希望找时间前去拜访。我尚未及拜访，今年 1 月 15 日，梁先生作古。几天之后，我在社科书店初见的金吾伦先生也故去了。时不我待，此之谓也。

如今，老黄退休了，磊哥退休了，我也很少到社科书店了，但偶尔在什么场合，看到书店举办活动的消息，都会感到亲切、温暖。有社科书店在，就仿佛有一点光亮，总能让人感受到希望。

（作者系《光明日报》记者）

○ 窦建中

我在社科书店
工作的日子

2008年年底，根据工作需要，我被安排到社科书店工作，任销售经理兼驻院联络代表。社科书店原坐落在院科研大楼一层，后搬到今天所在位置，是社科院唯一的书店，社里对它尤为看重。院领导、各院所及职能部门的大批专家学者经常光顾社科书店。对于中国社会科学出版社而言，它承担着图书展示、读者服务等功能，对于出版社发展意义重大。为了促使社科书店越办越好，出版社进行了专项投资。

社科书店称得上学者型书店，书店经理黄德志是中国社会科学出版社的编审。我协助经理工作，主要进行图书零售管理及为院领导和各职能部门服务。具体职责为：（1）设立社会科学文献出版社图书专架、专柜，将新书、重点书摆放在显眼位置，及时上架、添货，为出版社图书展示、宣传、销售做出了重要贡献。（2）按时为院领导及各职能部门上门提供出版社阅读引擎、工作用书，处理书稿转接及信件、文件、支票、发票等事项。

在社科书店工作六年间，我与黄经理关系融洽，为完成销售任务苦心经营，组织了多场文化沙龙、重点图书座谈会，开展会议促销、会议售书，进行图书流动等。为此，和院众多专家学者来往频繁，建立了深厚的友谊。每当"好友"光顾，总会送上一杯热茶，耐心帮助他们选书、包装及送书。

宗教所卓新平、历史所王宇信、外文所叶廷芳、哲学所梁存秀（梁志学）、欧洲所罗红波等一大批有名的专家学者都是书店的老顾客，无论是读书沙龙、评介会、座谈会，他们都会不约而同赶来。他们常说，书店是他们的家。当然，书店也是我的家，我对它有着浓烈的感情。六年间我在书店学习了很多，不禁回忆万千。衷心祝愿书店越办越好。

（作者系社会科学文献出版社出版部原副主任、驻社科书店原销售经理）

○唐建辉

我在为学者读者服务的
日子里成长

我是偶然到社科书店工作的，可是一干就12年。

2000年前我曾是一名军人家属，我爱人在解放军301医院当士官兵。我那时随军曾在北京前门大街的商场里做过服装售货员，工作很顺利，老板也很信任我。我记得每年春天，老板都让我联系钓鱼台国宾馆，为执勤的武警人员定制西服便装，生意很不错。2001年后，我随爱人一起转业回到了家乡。由于我有了在北京工作的经历，家里人希望我在大城市找份工作，既可有收入补贴家用，又能让孩子接受更好的教育。于是我想到了再赴北京，重操服装生意或另找份合适的工作。就这样，2002年3月我重返北京，联系了在京的伯父伯母并在他们家住下。我将我来京的想法告诉了伯父伯母。当时我的伯母黄德志是北京社科书店的经理，我听她说书店正缺少人手，我就向她提出能否到社科书店工作。伯母一听，她第一句话就坚定地说："好啊！但做一个卖书的售货员可不容易啊！"她又说：

"卖书不同于卖其他商品，要有文化素质和知识积累，要用心去卖书！用心就是要有心，有心学习，有心观察，要尽心尽责为读书人微笑服务。"我高兴地点了点头，也暗暗地将伯母的话记在心里。我想，为读书人服务和我干过的为顾客服务有共通之处，只要做事用心，待人用情，真心实意，耐心热情就好，我应该能够胜任这份工作。我当时想找工作的心情迫切，我坚定地对伯母说："我不休息了，明天就去上班，您看我的表现，不辜负您的期望。"

2002年3月14日我正式上班了，成为社科书店的一员，从此开始了我的卖书生活，也开始了每天穿着店服带着微笑日复一日为读书人为学者服务的生活，就像伯母为书店店歌写的歌词一样"为读者服务，我们心中乐融融"。这样慢慢地我融入了服务于读者的书店工作团队。

刚进入书店工作，我首先学的是如何整理书架，新书怎样码放，书放在哪里。经过一段时间学习和工作后，从不懂到略懂，我牢记用心做事，工作上心，记忆力也增强了，在书店，我脑子里始终装着各书架的书，读者来书店只要一说书名，我立刻能够反应过来，并很快把图书递入读者手中，读者对我的工作表示了肯定。在销售图书的过程中，有心多和读者沟通，让我学到了不少知识，书香的熏陶，也让我有了些文化的积累，知道了学术名家是什么样的。如国内学者白寿彝、钱锺书、贺麟、杨绛等，国外学者康德、黑格尔、萨特、亨廷顿、福柯、汤因比等，我从书店的书中大受裨益。黄经理曾经说过"用心做事，用情做人"，只要你肯吃苦，任何事都能够做好。

有一次，经理说，"你可以加任务了，今后你接管进货工作"。当时我很犹豫，因为我对进货工作什么也不会，这副担子落到我的肩上，不知从何入手。经理看透我的心思，找我谈话，告诉我书店工作最基本的四个字是：进、销、调、存。进货是首位，重中之重。她耐心、温和地给我讲解怎样进货，首先要知道名家、名社，因为名社出版的图书能够和我们书店销售的图书品位对口。比如人民出版社、三联书店、商务印书馆、中华书局等。我们对口的出版社出版的图书只能从出版社的目录中选购图书，外地的或者其他出版社的图书每周一、周四可去北京市店或图书批发市场进货。北京市店图书琳琅满目，一眼望不到边，我就认真地、细心地挑选每种图书。因为书店宗旨是：追求学术品位、立足思想前沿、传播先进知识、忠诚服务读者。把书店当成中国社会科学院学者的"图书资料库"和"后书房"。所以在选书的过程中要高品位、思想前沿方面的图书，还要严格把握图书的政治方向和学术质量关。如三联书店出版了一本杨绛先生的《我们仨》。我当时对进货不是很懂，也不了解作者。只进货10本。当天售罄，第二天再去进货已告售罄，正在加印，要我等待。回店后急匆匆地向经理汇报后，被经理狠狠地批评一顿。当时不懂得这本书的出版价值和意义，也不熟悉作者。从这次教训中得知自己需要加强文化知识和专业知识的学习。

我的进货过程也是提高知识积累的过程，而且在书海中挑选图书时看到适合书店内销售的图书，内心油然而生地产生愉悦之感，是一种精神上的享受。一边选书，脑海中一边思考哪些读者会买这些图书。高品位的书店一定要有常销图书，比如：岳麓书社出版的《清通鉴》和《明通鉴》到现在书店内还有销售，这两种书我进货不少，判断这书肯定能卖出去；中华书局出版的《甲骨文合集》我进了不少，很快也就销售出去了。我想一个好的书店进货员，要学会识书、懂书，更会藏好书。

社科书店能够立足于社科院内，黄经理付出了常人难以承受的一切，整整18年来把书店当自己儿子一样，一点一点用自己的汗水和泪水滋润它，让它在社科院始终屹立不倒。从寻址社科院大楼到大楼装修，经历"非典"，然后又搬家，加上受到了网络销售的冲击，书店遇到过各种困难，有时销售接近于零，但图书销售的税金及附加等各种税费也不能少交。面对困难，我们在经理带动下，售书员主动为读者送书上门、为学者找书。院里很多学者都给我们订书单，支持我们书店坚守阵地。记得宗教所卓新平所长对我说："我们支持书店，不到网上买书，由你们进货。"他还一下开了有二十多种书的书单，我千方百计给配齐了，卓老师竖起大拇指说："小唐真棒！书店成了我的后书房。"因这件事经理多次表扬我，说我工作用心、做事情有心、对读者热心。其实在为读者找书的过程中我也学到了很多书本上没有的知识，是书店工作增长了我的见识。我在书店虽然有时也很累，但在"书山有路勤为径，学海无涯苦作舟"精神的鼓舞下，我的精神生活十分充实。

我在书店的12年，是一本本的书滋养了我，是那些可敬可爱的读者和学富五车的学者老师们鼓励关爱支持着我，我是在为他们服务中学习成长起来的，我爱社科书店，我爱我曾经服务过的读者和学者们，我更爱引我走上这条路的亲爱的伯母黄经理和与我共同奋斗在书店的兄弟姐妹们。书店的每次变化与全体员工做出的巨大努力是密不可分的，社科书店每个员工都能吃苦耐劳、坚持不离不弃为书店付出。我相信有了他们，社科书店随着新时代发展，为我们的文化建设会做出更大的贡献。

社科书店是我成长的家。

（作者系社科书店店员）

○曹继玲

"六好管理"深铭我心
——漫忆我在社科书店的书香岁月

13年前，我来到黄德志老师领导的社科书店工作，这是我一生的荣幸，至今使我受益匪浅。如今回忆起当时那段在社科书店工作的书香岁月，我依然充满感触、感恩与感激。

黄老师大我二十多岁，我到社科书店工作的时候，她已经在社科书店总经理的职位上工作了10年。在我眼里，她是一位非常有个人魅力的领导。她总是精力充沛，雷厉风行，富有工作激情，敢于勇立潮头，善于开拓市场，总能与时俱进。

对于自己的员工，黄老师既关心、关怀又严格要求，建立了一套富有人性化、具有社科书店特色的管理模式，概括起来就是"六好管理"制度：了解市场进货好；店面动态管理好；微笑服务效益好；服从全局言行好；讲究卫生身体好；防火防盗坚持好。

正是通过这"六好管理"制度，社科书店成为中国社会科学院的一个学术窗口和一张学术名片，深受专家学者喜欢，包括时任中国社会科学院常务副院长汝信等在内的名家都成为社科书店的常客。

当时，虽然从隶属关系上讲，社科书店直属于中国社会科学出版社，是中国社会科学出版社的发行部门，但是为了更好地为专家学者服务，社科书店坚持凡是专家学者们需要的书，无论是哪个出版社出版的书，只需将书目告诉店员，书店一定会想方设法代为采购，切实为专家学者服务到位。那个时候，还没有今天这样铺天盖地的网购，买书要通过出版社、邮局或朋友代买，诸多麻烦与周折，但是在黄老师的领导下，店员们不怕麻烦，全心全意为专家学者们做好服务工作。

当时，我在社科书店主要是负责电脑管理工作。刚开始，我主要是做数据管理、统计、分析工作。那时候，已经有了网络和信息化的浪潮苗头，黄老师审时度势，主动联系网站公司建立了书店自己的网站，走到了同行业的前列。

对于新的沟通手段，黄老师非常感兴趣，严格要求员工学习这些新事物、新技能、新手段，并开通 QQ、MSN、微信、微博等平台。黄老师要求我们经常有针对性地给读者发一些书目。事实证明，黄老师在新技术使用方面无疑是很有先见之明的。正是通过这些手段和平台，书店与读者之间建立了便捷的信息沟通渠道，书店和读者之间的关系更紧密了，维护了良好的客户关系。

在黄老师的领导下，网站上线后第一个月就产生了销售额。大家都为之兴奋。一位六十多岁的老太太，竟然能有这么超前、时尚的观念，着实令比她年轻不少的我们赞叹不已！

在黄老师的带领下，书店还经常举办一些参与性强，能增强互动性、增进凝聚力的活动，例如读书会、新书发布会、读者联谊会、会议售书、文化沙龙活动等，凝聚了一大批忠实的铁杆读者。这些读者朋友们，有的来社科书店买书，有的把自己出版的书送到社科书店来寄销，有的约朋友来社科书店见面聊天洽谈，有的在社科书店举办同乡座谈会，甚至有的读者专门来社科书店，不为别的，只为来看看像母亲、像大姐一样亲切体己、不是亲人胜似亲人的黄德志经理。

后来，因为个人原因，我离开了社科书店，不在黄老师领导下工作了，但是只要回忆起当年在社科书店工作的书香岁月，回忆起当时举办各种活动的盛况，回忆起举办各种活动时体现出的向心力与凝聚力，我依然心潮澎湃，激动不已！

说真心话，我特别感谢在社科书店工作的那段书香岁月。那时候，人的心思特别单纯美好，大家心往一处想，劲往一处使，工作高效而富有人性！在社科书店工作的那几年，我深受黄德志老师与时俱进、终身学习精神的熏陶，学到了不少新兴的工作技能与手段，令我受益无穷！我为自己今生能有机会在黄老师领导下工作而深感荣幸，同时心存感激！

2018 年是中国社会科学出版社社庆 40 周年，借这本纪念文集编辑出版之机，我谨向黄老师致以衷心的感谢与祝福，老人家今年已经八十高龄了，衷心祝愿她福如东海、寿比南山，衷心祝愿中国社会科学出版社和我工作过的社科书店永葆活力，蒸蒸日上！

（作者系社科书店前员工）

坚守与付出——社科书店部

分工作人员

坚守与付出——社科书店部

分工作人员

○章新语

我想念社科出版社和
社科书店

　　我在北京大学国际政治系毕业后，到中国社会科学出版社做编辑工作。因为我从小就对艺术有浓厚的兴趣，在出版社做文编的时候，开始自学封面设计，同时也得到了毛国宣老师的指导。2000年为"社会学文库"丛书设计的封面被评为出版社当年的优秀封面设计。我也正是用这套设计作为申请作品，2002年被美国亚利桑那大学艺术学院视觉传达系录取，授予奖学金，攻读平面设计方向的艺术硕士学位（MFA），2005年毕业后留校做设计工作至今。2018年是中国社会科学出版社成立40周年，日子过得真快。我在出版社做文字编辑又做封面设计，是出版社培养了我，我很想念出版社，我祝福出版社越办越好。我向社长、全体员工问好！

　　另外，我还想念黄老师曾主管经营的社科书店。黄老师原从事编辑工作，一天她告诉我，社长要她管理长安街上的社科书店，要我帮忙清理库存，同时她还找了陈彪、罗莉，我们三人都同意帮黄老师。看到黄老师比我们年纪大，积极性还那么高，我们不管懂不懂清理库存也就去了。记得那是四月，刚停暖气，书店里没有暖气，烧铁炉子，灰很多，当年书店没有电脑，清理图书靠手抄书名，一天抄下来没有几张纸，可是每个人从头到脚，鼻孔全是灰，又饿又累。

还记得一件事，一个小偷来书店偷书，黄老师打电话告知派出所，派出所来人将小偷带走，据说还打了小偷。后来黄老师告诉我她很后悔。第二天黄老师的先生唐锡仁老师向我提起此事，意思是说黄老师处理不当，让偷书的人挨打，责备黄老师怎么不先教育，且不说有偷书不为偷之说。我提此小事只为说明唐黄夫妇心地善良，考虑人的事从人性出发，重在教育。

我在美国15年了，听华人朋友说，回国后在社科书店买到了剑桥大学出版的费正清主编的《剑桥中国史》的中译本11卷本，还买到了钱锺书的《管锥编》、汝信主编的《西方美学史》四卷本等。她的表情很高兴很自豪。

唐黄夫妇二人是我的老乡，也是我的良师益友。当时社长让黄德志办书店，我是很支持的，因为工作之余我俩谈的话题，总是以书为主题，我编的国际政治类，她编的哲学、美学图书，出版后我们相互赠送。黄老师开书店后视野更宽了。我想爱书的人，读书是一种超越了功利和技术的境界。就像和朋友促膝谈心，获得的是精神上的安慰。夜深人静，独坐灯下，摊开一本书，白天烦恼与矛盾远离……忘却自己，也获得了自己。有人要问我，喜欢什么样的书，我不会讲得那么具体，但我可以坚定地回答，我每天离不开书。我想黄老师读书、编书、卖书，她的精神生活多么富有啊！我祝福她为书服务一生，生命常青，永远年轻！

　　祝贺中国社会科学出版社40年来取得举世瞩目的成绩，愿出版社多出版为读书人需要的图书，让中国文化更多地走向全世界。

（作者系中国社会科学出版社原编辑，
现在美国亚利桑那大学）

○舒劲松

心中的书店

最早知道北京社科书店是 1996 年的事了。那时我还在香港工作，很想念远在北京的疼爱我的大姨——黄德志。

有一天下班，拖着疲惫的身躯回到宿舍，看见桌子上放着一封信。从信封上熟悉的字样，我就知道这是北京大姨的来信。我忘记了饥饿和疲倦，马上拆开来看。大姨在信中告诉我，出版社让她接手一项新的工作：书店经理，觉得她是个懂书的人。她一定将北京社科书店办成全国顶尖的专业书店。我看了就乐了：这老太太真是老骥伏枥，志在千里啊，老当益壮的劲头丝毫不输我等晚辈。我马上回信鼓励大姨，支持她的决定，并祝愿她能成功。

这以后，我在和大姨的电话或通信里常常要谈到她的书店，她的书店有什么新的变化，她都会第一时间告诉我，比如，什么时候搬迁了，在搬迁中遇到了什么困难，然后又是如何克服的。又比如，什么时候成功地举办了读书会，或者学者沙龙，她将那份喜悦跟我分享。我也仿佛是书店的一名读者，远远地见证着书店慢慢成长。

再后来，我和先生移民去了加拿大，书店继续成为我和大姨的电话和书信来往中的重要的话题。大姨跟我分享最多的是成功的喜悦，偶尔也会透露出遭受挫折时的灰心丧气。比如有一年，东长安街拆迁，书店地址没有着落，如果不能及时找到新址，书店就会停业，甚至关闭。她急得像热锅上的蚂蚁，到处打报告，找人帮忙，费了很大的劲才将新地址落实。她斗大的胆，居然打报告给中央政治局委员李铁映院长，要求书店迁到中国社会科学院大楼。院长和社科院有关领导爱读书，爱书店，终于同意了，大姨心里乐开了花。她来信说，虽然每个月要付十万元房租，可生意火爆没问题。还有一年，大约是"非典"那一年，书店需要临时关闭，好不容易渐渐好起来的业务马上跌入低谷，很长时间才缓过气来。再有一年，北京迎接2008年奥运会，社科院大搞装修，书店又停业近一年。困难是有的，但这些困难根本难不倒大姨，她兵来将挡，水来土掩，在极其困难的情况下，带领书店艰难前行。

远在加拿大的我除了祝福和鼓励，就是羡慕和钦佩。老太太这样执着地坚守着使命，让我这样的晚辈无限感慨和敬仰，而我也对那书店渐渐有了感情，有了一种非要见它一面的冲动和期盼。

这个机会终于来了。2012年我带两个孩子回国探亲，住在北京的妹妹家里。妹妹家的书房里，满书架都是从大姨书店买来的书，我特别爱读。据妹妹说，社科书店及大姨每年都被评为出版总署100个单位中的先进集体、优秀员工，她还编了一个店歌。书店在她老人家的悉心照顾下，业务不断扩大，员工福利不断提高，院里的员工都争着去书店工作。

一个风和日丽的下午，我和大姨终于约定，去看看我心中一直挂念的社科书店。出门坐出租车，我怕司机不知道书店地址，特意写在纸上。谁知他一听是社科书店，就说："社科书店啊，我知道，我儿子就是书店的粉丝，毕业很多年了，还常光顾书店。听说现在越办越火了。"我暗暗得意，也开始沉思，那让我魂牵梦萦的书店是怎样的一番光景呢？

到了社科大楼，往里走，很深很深，远远就看见了胡绳院长题写的"社科书店"四个大字，我想那就是书店了。那天是周末，外面有点冷清。走进书店才发现，里面却是另一番天地。各类图书，哲学的、历史的、人文的，整整齐齐按类别排列，书架上写着关于书的名言，比如"黄金有价，学术无价"，"千古之智，为善读书享之"等，给人以无限的启发。书店里聚集了很多从全国各地慕名前来的读者和爱书人士，有的在选书，有的在交款，有的在讨论问题，还有些年轻学子坐在角落，默默地读书。这样的氛围让我有了久违而且亲切的感觉。

我告诉工作人员，我是从千里之外的加拿大慕名而来的，她惊讶地问："你在加拿大也知道我们书店？"我骄傲地说："岂止是知道？我知道社科书店比你还早，知道的故事比你还多……"

这时，只听到一阵爽朗的笑声，大姨从店内办公室向我走来，热情地拥抱我，并将书店的工作人员逐一介绍给我，然后领着我参观书店。大姨边走边告诉我书店的情况。她对书店的每个角落都了如指掌，对不少书籍十分了解，对每个客人都彬彬有礼，我深深感到她对书店的投入和热爱。她老人家的情绪感染了我，我在书店里流连忘返，久久不愿离去，还买了一大包的书请他们邮寄，大姨说邮寄费会很多，随行李一块带走吧。我还以为邮寄费书店会付呢，想一想还是为书店省点成本吧。

如今，大姨在书店工作近二十年后的2014年，以近80岁高龄从一线岗位退居二线，开始享受本该十几年前就开始的退休生活。她曾来到我居住的加拿大温哥华短住了一阵子，又常常去海南过冬。不论到哪里，她老人家惦记最多的，心中最不舍的，永远是她的社科书店。而她的社科书店于我，也是我想念大姨时心中最温暖的去处。

人在加拿大，可常想起社科书店的歌声："我们的书店，美丽的书店，整齐的书架，摆着的一排排图书，高品位的图书，它像知识的海洋……"优雅的歌声，把我们带进如醉如痴的忘我境界，这就是我心中的社科书店。

（作者系汇丰银行职员）

○唐　勇

我爱妈妈爸爸的
精神家园

　　记得读大三时，通过班上的一位同学得知可以申请去德国留学读书，当时为了省钱，不坐飞机，而是乘一个多星期的火车经俄罗斯去柏林，分别时父母极为牵挂，一直不停嘱咐，直到火车要开了，父母才被乘务员劝下车，火车徐徐开动，透过车窗看到父母还在试图跟上火车的速度，随着他们的身影渐渐消失，我的眼睛立刻被泪水模糊了。心里只是想着：一定在德国拿到博士学位，接父母到德国去生活一段时间。

　　一别就是六年，因为我的硕士学位论文选题是中国的产业园，再回来见到父母时，模糊的记忆再次清晰，但父母已经老了。我告知父母：德国是自然科学事业最发达的国家之一，学习条件先进，我在一次欧洲范围的国际竞赛中获一等奖，还有幸得到奖金，有条件接父母来德旅游，父母回复：他们正在管理社科书店，离不开。当时我有些遗憾。一晃又过了三年，我在德国结婚，再次邀请父母，他们答应了！我们很高兴，终于实现当初的愿望。婚礼很简单温馨，是在纽伦堡市中心的一个家族式古堡中欢度的，然后就是和父母去欧洲旅游，途中收到书店来电：为书店提店名的胡绳院长病危，母亲坐不住了，立刻决定要和父亲回国，我很不理解，但还是尊重他们的决定。

又是几年后因为工作原因，我回国出差，再次见到父母，他们都老了：妈妈全部精力都放在书店上，爸爸则返聘继续稿科研，业余时间和假日就共同管理书店，我也常常跟着到书店去看看。母亲说，她喜欢看别人读书的样子，仿佛进入了另一个世界，在那里大家以书会友，促膝谈心，获取着精神上的安慰，书是我的精神伴侣，母亲总是说，读书是她生活的基本需要，宋朝诗人黄山谷有一句名言："三日不读书，便觉语言无味，面目可憎。"在书店边听母亲聊天，边观察到书店买书的人们，他们大多经常来书店，进来时都主动过来打招呼，记得一次来了好几位，母亲兴奋地向我介绍说：这是院财贸所副所长江小涓研究员，来书店主讲"WTO与中国"文化沙龙；这位是院法学所信春鹰研究员；这位是研究德国的周弘研究员、《欧洲发展报告》的主编，听他们聊天，各自有不同的专业，感觉很有启发。一次和父亲来到书店，忽然好奇地想起：这会不会也有父亲的书呢？沿着书架望去，徐霞客几个大字跳入眼里，走近将书拿下来，果真是父亲写的《徐霞客及其游记研究》，中国社会科学出版社出版。我问父亲：为什么不在中国科学出版社出版呢？爸爸看着妈妈笑眯眯地说：因为妈妈工作的出版社名气大呀！母亲也举起大拇指会心地笑了！

父母一聊起书店总是有说不完的话，他们总是说：读书和人生可以亲密地结合在一起，形成一种新的生命体验，书店就是我们共同的心灵和精神的家园!

现在时常会想起在书店的那些时光:仿佛又看到父母和读者在一起共同分享读书时的愉悦微笑,仿佛又听到父母轻声细语的读书声,仿佛又回到了那个安静却又充满活力的地方……此时此刻,我最想说的是:我爱爸爸妈妈的精神家园——社科书店!

祝贺中国社会科学出版社成立四十周年,感谢它四十年来对中国乃至世界文化做出了伟大贡献!

（作者系码维建筑事务所总经理）

书店剪影

书店剪影

○方　澜

北京社科书店，
我的至爱

美女爱选时装，文人爱逛书店，谓之常例吧。从事教育工作的我，爱阅读，爱逛书店，时不时买些书，以充实自己，也算是一种嗜好吧。

书籍是人类的朋友，好书里的白纸黑字，给你送来心灵的启迪和享受。那些著名的诗词歌赋，更若甘醇的美酒，让你心醉如痴。喜欢读书的人，永远不会感到无聊厌世。打开书页，犹如长了一双翅膀，使自己在精神的宇宙里翱翔。

因为逛书店和买书，20世纪90年代，我和北京社科书店结下了不解之缘，北京社科书店成了我的至爱。

石家庄与首都北京，可谓近在咫尺，高铁、高速来往快捷，又有老同学、好朋友在北京工作，因此我常去北京查资料，买书籍。一天老同学陪我逛王府井的新华书店，这里店面大，书籍品类齐全，但地处闹市，游人川流不息，熙熙攘攘，思想难以入静，不利于阅读和选购。陪我逛书店的老同学告诉我，建国门内大街中国社会科学院里有一个人文社会科学书店。这是一个社会科学的专业书店，主要销售中国社会科学界、文化界的知名学者的名著及工具书籍等，站在学术前沿，涵盖面广泛。在学术界、文化界和高等院校师生中有很大名气和影响，到那里阅读选购更好。他陪我乘车前往。很快，我们就来到了中国社会科学院内的北京社科书店。

一进门，洁白的墙壁上贴着"追求学术品位，立足思想前沿""传播先进文化，忠诚服务读者"的书店创办宗旨。工作人员的热情接待指点又让我有宾至如归的亲切感。

书店面积虽不大，但书店的书架、书柜里摆满了各种名家名著，如哲学泰斗张岱年的《中国哲学大纲》就是影响20世纪中国学术的重要文献。李泽厚的《美的历程》及《美学史》，罗尔纲的《太平天国史》，侯外庐的《中国思想通史》，翦伯赞的《哲学教程》《中国史纲》，朱谦之的《中国音乐文学史》《中国的历史科学》……应有尽有。

还有黄德志先生一边在书店工作，一边组编的汝信先生的《西方美学史》四卷本，更有她组稿的《古兰经》——伊斯兰教的经典，为加强民族团结、促进国家安全，起了重大作用，也成为书店多年的畅销书籍。

看着看着，我又发现了一个书架的上方贴着"黄金有价书无价""千古之智唯善读书享之"。啊，旧书架上那么多好书，我真是找到宝藏了。不知不觉拾起了两大捆，真有点背不动了，于是工作人员帮我送到车站。到家的第二天，学生们闻讯来家，旧书几乎被他们抢个精光。从此，他们也知道了社科书店的名声和地点。当他们考上北京高校读研时，也将社科书店作为他们的最爱。

20 世纪末，网络发展不快，系资料室要我去北京社科书店买过几次图书资料。如有一次买回《剑桥中国史》11 卷，成为我系资料室的镇室之宝。有几个青年教师抢着带回家阅读，提升自己的学术品位。

还有，我们河北师大西边的育才街，曾有一个由退休老师办的小小书店，邻近师大宿舍和校园。但这个书店的书籍多为科普类、生活类和儿童文化类。我也曾为这个小书店从北京社科书店购过不少品位高的书籍，使书店的人气大增。不少退休老师在这里看书，谈论国事世界新闻，犹如自由的沙龙聚会。后来，房产开发商的铁铲来了，书店荡然无存。但老教师聚会时，还在怀念这个小小的书店，也赞扬北京社科书店的高品位和优质服务。

"腹有诗书气自华，读书万卷始通神。"读书不仅增长知识、智慧和理论，补自己天然之不足，更能升华精神气质。读书当然要读好书，特别是人文科学类的好书。

找到一本好书，就是找到了开启心灵之门的金钥匙。阅读一本好书，就是读者与作者的心灵对话，是读者心灵的圣洁洗礼；阅读一部好的作品，也是与历史上伟大灵魂的交谈，是获取精神财富的源泉和途径。

大约十年前，我又来到北京社科书店，搬迁后虽然地点背了些，但书店的气氛和丰富的图书依然让我流连忘返。这时又有一部新作映入眼帘。它是《托尔斯泰夫人日记》精选本。

由张会森、朱启民和蔡时济三人编译，中国社会科学出版社于2006年出版发行。我对《托尔斯泰夫人日记》精选本情有独钟，立即买回，在退休的日子里细细品味。

在当今科技飞速发展的时代，物欲横流，人心不古，道德扭曲的气氛中，读一读《托尔斯泰夫人的日记》精选本，确实是一次灵魂的圣洁洗礼。

谨以此陋思感慨献给中国社会科学出版社成立四十周年暨社科书店创建三十七周年庆典。

（作者系河北师范大学副教授）

○冯依联

我的成长与社科书店分不开

1998 年一个偶然机会认识了中国社会科学出版社的黄德志老师，得知她要在中国社会科学院的科研大楼一层开书店，我饶有兴趣地进大楼联系黄老师。正巧她书店需要装修门面，就这样我与书店结缘了。一晃二十年过去了，回忆在书店干活的日子，除了我们几个其他全是读书人，有哲学所研究员贺林华，黄老师说她是研究马列的，我问黄老师马列是什么意思，黄老师笑着对我说："那怎么一两句话谈得清，你又怎么有时间听呢？装修活谁干呢？"一大串问题，我哑口无言……我说："不问了，你借书给我晚上看吧。"她随手拿了两本小书，一本是《论语》，另一本是《美学入门》，都是旧书，《美学入门》是黄老师自己编写的。晚上我如饥似渴地读起来，我先读《美学入门》，书上的文字句句都美，面对如画的山川，巧夺天工的艺术珍品和可歌可泣的英雄业绩，人们都会不由得从内心发出美的赞叹！谁人不爱美？谁人不懂美的生活？书上还说：一部人类文明和艺术的历史，不正是人类对美的向往和追求的记录吗？它留下了不同时代探索的足迹，它谱写了人类理想的美的赞歌。看得津津有味时，女朋友进屋来了，这时我大声朗读："在日常生活中，每个人对各种事物都在做着审美的追求。"女朋友问我她美不美，我肯定地回答说："美，美极了！"我们激动地拥抱亲吻，两人都在内心承诺：相爱白头到老。冷静后她对我说，我们年轻要继续学习知识。随后不久我联系上读在职中国科技经营管理大学现代管理专科（二年）。女朋友对我说："在书店干活不到一个月，得到《美学入门》一书，我们的关系也明确了，书店好大的功劳啊！"从此我跟书店保持密切联系，我弟媳原在外地打工，到北京后我介绍她到社科书店担任营业员工作，她的文化水平得到了提高。

我在北京装修工作勤奋苦干，常在晚上读黄老师送我的《论语》。孔子说："学而不思则罔，思而不学则殆"，孔子提倡的读书方法，告诫我们只有把学习和思考结合起来，才能学到切实有用的知识，否则就会收效甚微。这些话对我学习在职大专极有好处。在北京装修我不仅工作勤奋，也很体谅客户，口碑极好，客户排队等我干活，生意极好。我用积蓄的钱和安徽朋友按股份制在长安街8号IFO大厦三层合办酒楼。在大家关心下，至今每天客人满座。我是安徽人，在北京工作期间，不忘家乡的父老乡亲，我们兄弟三人出资为家乡修路、建立学校图书馆等。2011年年初，我当选为潜山县第十五届人民代表，这些都是家乡人民给予我的荣誉，我很高兴，也明白这是一种责任，我要全身心为人民谋福利。我于2016年6月在北京招商会上签约回家乡天柱山，投资创办中联（天柱山）营地，营地在天柱山旅游度假区风情大道与凤凰路交口东侧，占地面积610亩，主营项目有餐饮会议、户外拓展、游乐园区、养生度假、越野赛道等，是融研学休养于一体的露营地；经过三年大规模规划建设，即将成为天柱山旅游的新亮点，吸引国内外汽车露营自驾爱好者到天柱山旅游。

我所取得的一点点成绩，我的成长历程，回忆起来与社科书店很有关系，我感激黄老师。

我祝贺中国社会科学出版社建社四十周年取得令人瞩目的成绩。

我祝福中国社会科学出版社全体职工及社科书店全体员工身体健康，天天快乐！

（作者系安徽潜山县人民代表，
北京天柱山汇通四海酒楼经理）

〔附录〕
○庄　建

让更多的人读高雅之书

卓新平来了。这位全国人大常委会委员，著名哲学学者，中国社会科学院研究员、世界宗教研究所所长，带来他刚刚出版的六本书，送给每一个来听讲座的人。

2012年1月的一个下午，建国门内贡院东街僻静的胡同里，"贡院学人沙龙·新年读书会"如期举行。风有些大，天有些冷。人们还在假期中。

"新年伊始，有这么多朋友来社科书店参加读书沙龙，真是很感动。"卓新平的讲演就这样开场了。

面对静静期待着的听众，他精心准备了讲稿，讲的不是他的专业宗教学，而是《营造读书氛围　为重塑中华之魂提供气场》。请的人不多，有社科院机关的，有军人，有媒体的记者，有普通教师，也有社科书店附近的居民，按沙龙主持人社科院日本所所长李薇的话说，是"代表性很强，各界都有"，但小小的社科书店还是被挤得满满的。2010年开始举办的社科书店读书沙龙，总是这么有人气。

"这些天发生的一些事情，使我联想起自己在学术层面的许多所闻所感。一是媒体报道中国大陆近些年来已有上万家书店倒闭，二是最近在上海听说复旦大学的哲学教师张庆熊先生面对室无一人的教室而震怒，因为本应听他课的30多位武警学员为了给电影《色·戒》男主角在复旦演讲的场地维持秩序而集体缺课。我们中国今天的物质生活确实已好了很多，国民生产总值也占到了世界第二位，但我们的民族魂在哪里？我们的精、气、神是什么？"卓新平的发问，叩响在现场每一个听众的心上。

"对此，好像没有太多的人在关注，而对之较真儿的人则更少。党的十七届六中全会号召我们要弘扬中华文化，推动文化发展和文化繁荣。但我担心的是人们好像把重心转向了对文化产业发展的关心，而真正开始风行的也主要是通俗文化、功利文化，至于具有精神底蕴、思想深度的文化追求却尚未得到真正的重视。尽管今天的读书风气受到了网络文化、网络阅读的冲击，但整个社会的读书兴趣下滑已是不争的事实。虽有号召社会读书的呼喊，其效果仍然不尽如人意，对读书的社会关注从宏观来看也很少很少。"

"今天的社会转型时期，也是中华民族的精神回归、灵魂重塑的难得机遇和关键时刻，因此我们的社会媒体和大众舆论应该被引向对全民读书的提倡及拯救，而不要将主要精力放在具有'煽情'特点的吸引大众参与甚至倾心于娱乐'选星''创星'和'捧星'的宣传上。可以说，我们要想真正提高中华民族的文化气质和精神境界，能够自豪且具有竞争力地自立于世界文化之林，则有必要呼吁、号召全民读书，让社会营造出积极的读书氛围，尤其是让越来越多的人读高雅之书、学术之书，以便能为重塑中华文化之魂、体现我们的文化自知、自觉和自强提供必要而有利的气场。"

大家的手上，是卓新平送的六本学术散论：讲演集《学苑漫谈》，序文集《以文会友》，随感集《心曲神韵》，对话集《间性探幽》，人物集《西哲剪影》与调研报告《田野写真》。他说，这些书反映出自己学术生活的一个侧面，揭示出看似苦、累或复杂的学术活动给自己带来的一种乐趣、充实和收获；或许，这也说明学术应从点滴做起，同样能在这些点滴中折射出学术的觉悟和真谛。"通过这些散论的表述，我得以把自己零碎的做学问时间连成一线，使我的读书、谈书和写书乐趣串在了一块儿。"

"今天的文化发展及文化繁荣，其核心应是弘扬文化精神，关键在于找回中华文化之魂。为此，中国的读书人群体必须坚持并力争扩大，我们的书店应坚持为中华民族提供精神驿站和思想家园，使我们的文化创新努力能不断得到知识的调适和充实，能够思域开阔、博采众长。"

夜幕降临，卓新平的演讲还在继续。听众的脑子里，酝酿的是自己的发言。

（本文原载 2012 年 1 月 17 日《光明日报》，作者系《中华读书报》原总编辑）

○庄　建　李瑞英

小书店来了大学者

中国社会科学院副院长李慎明、武寅来了，全国政协委员叶廷芳来了，学部委员何龄修、周弘来了，学者于沛也来了……这些在我国人文社会科学界赫赫有名的学者，2011 年 1 月 19 日抽身百忙，是来参加一间小小的书店"社科书店"举行的"优秀读者代表大会"。

社科书店在北京贡院东街深深的巷子里。贴在门前的一张大红纸上，写着百名优秀读者的名字。这样的光荣榜几天前也贴在了社科院食堂的大门口。整日忙于读书、写书的学者们簇拥榜前寻找自己的名字，一时成为社科院冬日里的一景。

发端于 20 世纪 80 年代的社科书店，最早设在北京大学的三角地，只是中国社会科学出版社的一个小书摊。三十年来，几易其址，但服务学子、服务科研、服务学者的初衷经久弥坚，社科院的学者们都称它为"后书房"。此次，70 多岁的书店经理黄德志带着几名员工"燕子衔泥"似的把书店搬到了贡院东街。对学者们数十年的支持，黄德志把"感激放在心

学部委员周叔莲委托其夫人参会，她还带来一本珍藏的 1947 年出版的钱锺书《围城》第一版旧书

里"，评选优秀读者是她内心感激的一种表达。

"读书是一个人生命的组成部分。呼吸、吃饭是生理需要，读书是精神需要，不可或缺。要读好书。现在信息大爆炸知识大爆炸，书多得读不过来，读书还是要有选择，否则，坏书越读品位越低。读书要对比，各种流派、观点对比、鉴别，在鉴别中才能学到真正的知识。读书为了用。吴冠中先生说，人生有两条路，一条小路，愉人愉己；一条大路，震撼人心。一百个齐白石也赶不上一个鲁迅。这话让我震撼。一个思想家对民族、对社会的贡献是巨大的。"优秀读者代表李慎明发言时说。

"读书、写书不仅是学者的职业，更是嗜好。我每天的工作是拿起文件与书本。拿起文件，是沉甸甸的感觉，拿起书本，是一种享受……为了这小小的书店，黄经理操碎了心，不易啊。年终岁尾，各位学者这样忙，还来开这代表大会，说明黄经理的感召力，是不是?"学者们用掌声应和了武寅的提问。

学部委员周叔莲因事未能出席代表大会，请夫人彭先生代劳参加会议。"周叔莲爱书。70年前，他读书读到废寝忘食，母亲又心疼又气，把书撕了，可他，把撕破的书拼起来接着读。"接着彭先生拿出了特地带来的一本书，是1947年版的第一版《围城》。"1948年，周叔莲在上海考大学。就在四川北路的书摊上，用每天赶考路过的时间，把30万字的《围城》读完了。1969年，要去干校，很多学者把家里的书拿出来卖。周叔莲看到吕叔湘老先生拿着自家的《围城》《四世同堂》要处理，就向吕先生开了口。吕先生把它们送给了周叔莲。可惜，这本书的扉页没有了。"彭先生的故事让人感动。"建外大街高楼大厦林立，没有一个书店，社科书店应有一个醒目的标志；现在一本书托在手上，像托着一块砖头，累得手臂疼，印书装帧、用纸都应想着读者的需要；书店书的分类，要做改进，书的排列，要方便读者选书……"彭先生一条一条转达着周叔莲先生的意见。

在社科院工作了10年的张冠梓，是读者，也是买书人，还是作者，去年，为他的新作《哈佛看中国》在社科书店举

308

行了"贡院学人沙龙"。他说，十年中，他在社科院去得最多的地方就是食堂和书店。书店，为蓬勃发展的中国社会科学院增加了一抹新的亮色。

读书，写书，爱书，大学者们在小书店里谈着自己最感兴趣的话题，其乐融融。

（作者系《光明日报》记者，本文原载
2011年1月21日《光明日报》）

迎接哲学社会科学和书店的春天！

新年伊始，万象更新。承载着我国人文社会科学学术文化巨舟的中国社会科学院，正撑起"创新"的风帆驶向又一个新的航程。而傍其舷旁的社科书店也随波助航向新的一年前进。

当今是数字化的世界，不仅席卷了引领新的消费时尚的网上购物，网络书店也一波又一波的低价促销，不断影响着阅读与购书的形态与形式。这让本来就已脆弱的实体书店，遭遇了一股股"寒流"。据不完全统计，近几年全国已关门倒闭上万家实体书店。

我们庆幸社科书店依然活着，我们感激使它健在的所有理由。

因为我们的背后是我国哲学社会科学最高殿堂。这里是展示学术研究成果的一个窗口，而恰恰是这些成果的作者、研究者、学者成为书店的主要读者，是他们不仅支撑起国家学术

"殿堂"的高度，也支撑着社科书店的生存。他们对于社科书店的热情关怀、无私帮助，是我们坚持与坚守的巨大动力，他们的优秀成果不仅给社科院带来了极大的社会效益，也给书店带来经济效益。

还因为我们的背后是国家最高决策层的思想库、智囊团。日理万机的院领导不仅领导全院为国家大政方针贡献大智慧，而且还对我们社科书店给予了政策扶持，免缴大部分房租。这一小措施却产生了大效果，书店生存得以保证，学术文化得以弘扬。这已不是感激之词能报答的，我们只能以办好书店的具体行动对支持我们的领导给予回报。

为感激报答关心支持我们的读者，去年我们评选出100位优秀读者，产生了一定影响，今年我们将为广大读者选出一年以来在我店销售的100种优秀图书。这是我店营业员根据电脑销售记录选出的受读者欢迎、有很好口碑及影响力的图书。

这些图书中有中国社会科学出版社出版的获得我国图书最高荣誉奖项中国政府出版奖的《中国历史地名大辞典》《摩诃婆罗多》等，令我店蓬荜生辉。皮书系列是社会科学文献出版社推出的大型系列品牌图书，也是我院学者作为国家决策层的智囊团献计献策的具体体现。这一系列权威研究报告每年出版百余种，在社会上很有影响力，有读者评价说："这些专家的行业报告使我们能够预见未来。"我院考古所主持编撰，由刘庆柱、白云翔等主编的《中国考古学》系列中的《夏商卷》《新石器时代卷》等销售几月即告售罄。

海内外学者不断致函致电社科书店求购，仅我们书店一家就已售出100多套。

王伟光先生的《利益论》和李慎明先生主编的《居安思危——苏共亡党二十年的思考》在社科书店曾作为重点推荐专著举行活动，销售一路领先，为书店带来了极好的效益。邸永君先生的《百年沧桑话翰林》通过在书店举办的"贡院文化沙龙"活动也产生了很大影响，此书恰与古今贡院的巧合，不如说是一种文化契合，无论是文脉之所出，还是学问之所系，社科书店已成为知识阶层精神修养与阅读诗书的好场所。张冠梓先生的《哈佛看中国》一书不仅创书店销售新高，还引来在华美国学者来店购买……

社科书店的目光始终投向中国社会科学院的学者、专家，将为学者精诚服务作为我们店每一位员工的工作目标。我们希望将社科书店打造成为中国社会科学院和我国哲学社会科学工作者的优秀成果展示窗口；成为中国社科院和我国社会科学科研服务的文本资料库；以及中国社会科学院与社会科学学者思想交流与交锋的活动场所与后书房。

党的十七届六中全会关于促进文化大繁荣的决定，为我们哲学社会科学的发展繁荣带来新的契机。我院实施的创新工程也决定我们社科书店也要改变传统经营模式。新的一年要有自己更好为科研服务举措，为读者服务创意新思想。世界首富比尔·盖茨曾说："创意具有裂变效应，一盎司创意能够带来无以数计的商业利益和奇迹。"

文化是民族的血脉，书店是爱书者的精神家园，相信书店在社科院这块肥沃的土地上有充足的阳光和水分,能开花结果。相信天下的爱书人都会在社科书店相聚,因为有着共同的读书爱好,因为有着共同的精神追求。让我们张开双臂迎接新年!迎接哲学社会科学和社科书店新的春天!

○赵剑英

感恩读者，传递书香[*]

尊敬的各位老领导、老专家学者、各位老读者：

大家下午好！

今天我们在社科书店欢聚一堂，举行这个座谈会，主题是"感恩读者、传递书香"，也就是谈书事，叙人情。

谈书事是为感恩读者。首先，我代表中国社会科学出版社，也代表我社主办的社科书店的全体同仁，向长期以来支持、关心、呵护社科书店的在座的和没有来的各位领导、专家学者、读者表示最诚挚的感谢！没有你们的支持、关心、呵护就不会有社科书店的今天。社科书店从 1984 年正式挂牌成立至今整整 30 年，从东单长安街到社科院大楼，再到现在贡院东街，虽历经两次大搬迁，也经历了图书市场千变万化的荣衰

---

[*] 本文是时任中国社会科学出版社社长兼总编辑赵剑英在黄德志经理荣休座谈会上的讲话。

洗礼，而它作为一家专营哲学社会科学学术书刊的专业书店的特色没有变，它所坚持的追求学术品位、立足思想前沿、传播先进知识、忠诚服务读者的办店宗旨没有变。它作为我院和国家哲学社会科学科研成果展示窗口的作用没有变，它已成为我院专家学者和学界读者的精神家园。应该说，社科书店能坚持至今的动力来自包括在座的各位院领导、所局部门领导和专家学者们，来自广大读者们，在这里我们同社科书店全体同仁一样充满感恩之心和感激之情！也希望大家继续对社科书店给予支持与关心。这是我要说的第一点。

第二点叙人情是为传递书香。社科书店能有今天，能以其坚持学术品位、热心服务读者赢得好评，能吸引众多的学者专家把它当成精神家园，能在上万家书店包括比自己规模大的书店中胜出，荣获国内书店的至高荣誉"中国书刊发行行业双优单位"称号，能成为学界有一定品牌影响力的书店，这一切都与社科书店的掌门人、带头人、深得广大专家学者和读者尊敬的黄德志经理分不开。今天，我们要为黄德志经理从奉献了18年的书店荣退并由我社委派的年轻的新人接续举行这个座谈会。

大家知道，黄德志老师是我们社科出版社的元老，是一名资深的老编辑和杰出的出版人。经她联系的作者既有张岱年、任继愈、沈有鼎、汝信、叶秀山、方克立、张立文、方立天、杜继文等这样的学界大家，也有陈来、刘笑敢、李申、赵汀阳等这些由青年才俊成长起来的学术名家。而经她编辑出版的《中国哲学大纲》《朱熹思想研究》《中国道教大辞典》《古兰经》（汉译本）等很多图书不仅为社科出版社留下了精品力作，也留存了宝贵资源。仅一部马坚翻译的汉译本《古兰经》就已重版重印达 40 多万册，至今还是出版社的看家书之一，并成为沙特阿拉伯官方钦定的汉译本。

黄德志老师也是一位学者型编辑，她在哲学、宗教学尤其是美学领域都有学术造诣。她策划组织出版的《美学译文丛书》《美学论丛》《美学读本》以及《中国美学史》等成为 20 世纪 80 年代美学的热门读物，对于国内美学研究与普及，黄老师是助推者，可谓功不可没。值得一提的是，黄德志老师在倾其心力耕耘书店的同时仍然为美学为学术著作而耕作，四卷本的《西方美学史》及今天大家拿到的《简明西方美学读本》都倾注了黄老师的心血。

我也想借此机会对我社新近出版的这部《简明西方美学读本》做一发布，同时向本书主编汝信老师和责编黄德志表达衷心祝贺，感谢你们为我社又奉献了一部精品力作！

当然，今天我们在这里要说的并非是编辑的老黄、学者的老黄，而是卖书人老黄。她从 1996 年入主社科书店，以勇于开拓的创业精神将那时遭遇瓶颈、困难重重的书店领入正轨，她以吃苦耐劳的奋斗精神，在书店两次大的搬迁中克服重重困难，让社科书店始终屹立于长安街旁，成为依傍在中国社会科学院这艘国家社会科学研究最大航母旁的一叶小舟，随我国哲学社会科学事业的繁荣发展而前行。

社科书店在老黄的带领下除了热心服务于科研和学者之外，还创办了"贡院学人沙龙"，举办读书与学术讲座活动为学者和读者间建起沟通交流的平台，"请将这里的好书告诉别人，请将别处的好书告诉我们"这句口号成为书店的招牌。我院很多研究机构以及大专院校的著名学者成了书店的常客，书店也成为他们的精神驿站。这与其说是社科书店的特色品牌效应，也可以说是黄德志经理编书、读书、卖书三位一体的个人魅力所致。当前，图书市场的巨大变化，读者购书的业态形式都为实体书店的生存带来巨大困难，社科书店的发展也面临巨大挑战。年已古稀的黄德志经理本应该安度晚年，却仍在为此操劳，这对于她本人、对于书店、对我们出版社来讲确实都于心不忍。作为主办者，我们出版社经过慎重研究考虑，决定委派冯阳丽同志作为社科书店新的法人代表接替黄德志经理。

这是社科书店一个新的起点。在此，我代表社科出版社领导班子，代表出版社全体干部职工，并以我个人对老黄的敬重之心向黄德志老师鞠上一躬，感谢她对社科出版社、对社科书店、对我国哲学社会科学事业做出的业绩与杰出的贡献！向她致以崇高的敬意！

2014 年 6 月 13 日

（作者系中国社会科学出版社社长）

后　　记

　　作为中国社会科学出版社建社四十周年的系列纪念文集之一，《书香岁月：漫忆社科书店》一书如期编辑完成了，看着数十位师友、作者和读者交来的充满心香的稿件，感恩、感激之情涌上心头并化作泪涌：这也许是我这一生最后组编的一本书了，从此以后，我们因书结缘的友谊就只能化作无限时空之中心灵的际会和思念了。

　　我于 1978 年来到中国社会科学出版社，工作了整整 37 年，前一半时间在社里做编辑，后一半时间受命经营管理社科书店。几年前我正式离开社科书店时，赵剑英社长给我拟定了《黄德志与社科书店》这个图书选题，当时我想，我黄德志有什么值得写的呢？社科书店倒是值得写，但我写不好，如果请那些做大学问的作者和读者来写的话，谁会写这种小玩意儿呢？而且我当时满脑子考虑的是趁着自己腿脚还行，去身居美国、加拿大的妹妹、侄女那里潇洒走一回，就把写书这回事撂下了。

　　今年是出版社成立四十周年，我是出版社的元老之一，应该祝贺，值得纪念，于是，几个同仁一起议论这事，并拟定了书名《书香岁月：漫忆社科书店》，随后向部分院内外学者（作者或读者）征求文稿，不到3个月，赐稿学者达60余人。

最早收到的稿件，竟然是在中国社会科学院任职副院长14年的哲学家汝信先生写的，先生今年已经88岁高龄了，还为社科书店欣然命笔，实在出乎我的意料，但又在我的期盼之中。调离社科院已经15年、曾在社科书店举办的第一次文化沙龙做主讲人的江小涓研究员，现任国务院副秘书长，工作极为繁忙，联系她时她正在外地出差，请她爱人转达。几天后回音说："我会挤时间写一写，以表达对社科书店的情谊。"社科院学部委员、欧洲所研究员周弘，因脚跟发炎住院治疗，发烧39度，血压190（高），我不知其病情，微信告之请她为小书撰稿，她回信说目前身体状况正在水深火热之中，我立即回复请她安心养病，文章一定不要写了，并说要去看望她。她说："你别来了，今天烧退下来了，如果血压也下来，我会立即提笔的。"第三天，血压稳定后，她就把稿件完成了。

退休后的人事局局长单天伦还在院办公厅主持院史研究，接到我们的邀请后，利用双休日写了《黄德志与社科书店》，我把此稿发给在美国的妹妹看，没想到把她给彻底感动了。我这个妹妹一直反对我高龄管理书店，常来电话挖苦、讽刺和劝说，看了单局长的文章后，感动得几次流泪（姐：你转发的这篇《黄德志与社科书店》的文章，我认真读了好几遍，他写了大量的事实，描写了唐锡仁姐夫的高贵品质，和你们夫妻的真情互补……文章讲了许多你们为书店的生存和发展而奋斗的故事，你们克服各种困难，几十年如一日地做了许多烦琐细碎的工作，看着看着我泪流满面，我那七八十岁的姐姐，真正做到了生命不息工作不止。在这儿我要深深地感谢单天伦这位作者，由于他的写作那么真实详细，使我深刻理解我姐姐多么不容易，使我深刻认识到，姐姐的实干能力和吃苦精神是值得我学习和尊敬的。我也会把单天伦的这篇文章转给我的儿孙好好看看，让孩子们更了解你这位长辈几十年的工作是何等的不容易……愿你健康平安快乐地活到 100 岁，我为单天伦作者点100 个赞）。中国社会科学院哲学研究所研究员刘培育先生得知我要编小书纪念中国社会科学出版社建社四十周年时，他主动联系我，他指导我如何编好小书，最早交来文稿鼓励我积极完成。已退休的张树相社长主动承担了本书的审读加工工作，对如何编好本书的各个环节，都给予悉心指导和具体帮助。

在感激所有赐稿人慷慨相助的同时，借这个机会，我还要特别指出的是，社科书店本身近 20 年的发展史，当然不是我一个人书写的，而是由书店全体员工书写的。我和他们一起很注意店内购书环境，有读者说："走进社科书店扑面而来的是一种书香，加上营业员的温馨微笑，细甜的轻声介绍图书构成了一种特有文化气息，乳白色的灯光洒下来，虚化了背景，突出了书籍主体，又给人一种宁静的感觉。书店文化和员工文化，以良好的书店内部关系为基础，与读者、市场、社会建立良好的外部关系，使社科书店成了中国社会科学出版社的一个形象大使，成为中国社会科学院的一张文化名片和一个对外文化交流的窗口。"这些都与员工们数十年如一日的辛劳奉献分不开。我认为，在这本书的后记中，必须留下他们平凡而特殊的名字：王立辉、石书平、郑德宝、闫以凤、唐建辉、闵莉、王琼、张贺荣、郑东利、刘晓利、阮晓惠、于梅。

我今年八十岁了！人生七十古来稀，我已经幸运地超过大多数古代中国人的寿命了，没有更多的个人要求了。在我幸运的一生中，最幸运的是，我通过编书、出书、卖书，结识了许许多多的作者和读者，他们成了我精神上的良师益友，使我的生命增加了文化的质量和社会的重量。在这生命的黄昏时刻，我唯一的愿望就是，中国能早日成为一个"富强、民主、文明、和谐、自由、平等、公正、法治"的国家，同时每一个中国人都成为"爱国、敬业、诚信、友善"的公民。

黄德志

2018 年 4 月 23 日

学者的著作与日月齐光

（社科书店店歌）

作词：黄德志

作曲：张文纲

1=F 2/4

```
0 3    5   3 | 6   5 | 5   6 5 | 3 · 5 | 1 3   2 |
```
我　们的书店，　美　丽的书　店，
尊　敬的学者，　你　们的成　果，
黄　金　有价，　学　术　无　价，

```
0 5 | 1 2 | 3 5   3 | 3   3 5 | 6   6 · 6 | 5 3   2 - |
```
整齐的书　架，　摆着　一排排图书，
人人都分　享，　担负　社会的责任，
我们的服　务，　感到　无尚的荣耀，

```
2 0 3 2 | 1   7 | 6   1   5 | 5 0   1 2 | 3   3 · 3 | 2   5 | 1 - |
```
高品位的　图书，　好像知识的海　洋。
与天地　同寿，　它与日月　齐光。
为读者　服务，　我们心中　乐融融。

本书图片摄影及提供者：

黄德志、王磊、朱高磊、冯阳丽、兰倩、于梅、唐建辉